W0283499

LONG STORY short

Tous droits réservés. Ce livre, ou quelque partie que ce soit, ne peut être reproduit de quelque manière que ce soit sans la permission écrite de l'éditeur.
Ce livre est une fiction. Les noms, caractères, professions, lieux, événements ou incidents sont les produits de l'imagination de l'auteur utilisés de manière fictive. Toute ressemblance avec des personnages réels, vivants ou morts, serait totalement fortuite.

2023 © Lucile Jones
Image de couverture : Adobe Stock © viktorijareut © Good Studio © Natalia

Collection New Romance® créée par Hugues de Saint Vincent
et dirigée par Arthur de Saint Vincent
Ouvrage dirigé par Marie Maublan
Conception de couverture : Marion Rosière et Camille Decoster

© 2023, New Romance, Département de Hugo Publishing
34-36, rue La Pérouse
75116 Paris
www.hugopublishing.fr

ISBN : 9782755672183
Dépôt légal : novembre 2023
Imprimé en France par CPI Brodard

Lucile Jones

LONG STORY short

Hugo Roman

Pour S. et H., les véritables héros de cette histoire.

CHAPITRE 1
Tillie

— Le nouveau coach est un sadique ! grogne Nate en jetant un M&M's en l'air.

Le bonbon décrit une courbe parfaite avant d'atterrir dans la bouche de mon meilleur ami. C'est au moins le dixième lancer qu'il réussit, ce qui m'impressionne et m'exaspère à la fois. Sans doute parce que j'ai autant de coordination qu'un mulet sur une patinoire.

Avant que je puisse répondre, la porte de la salle de bain s'ouvre sur Ryan dans un nuage de vapeur, vêtu d'une serviette qui ne cache rien de ses muscles soigneusement entretenus. À tous les coups, il a vidé mon ballon d'eau chaude !

Comme les garçons résident à une dizaine de kilomètres du campus, ils ont pris l'habitude de squatter ma chambre à la fin de chaque entraînement. Et cela inclut évidemment ma douche…

— Sadique est encore trop faible, si tu veux mon avis. Mais si ça nous permet d'écraser Washington, ça en vaudra la peine.

Ryan n'a toujours pas pardonné à W&J de nous avoir raflé la coupe universitaire l'an dernier.

— Désolé, mimé-je avant même que le mot sorte de la bouche de Nate.

J'échange un regard complice avec Ryan qui ajoute en même temps que moi :

— « J'aurais dû mieux anticiper la frappe de Samy. »

Depuis que son tir est passé à un millimètre du but il y a trois mois, Nate n'arrête pas de se rejouer la scène. Et malgré le soutien de ses coéquipiers, il ne peut pas s'empêcher de culpabiliser. Laissant le soin à Ryan de le réconforter, je me repenche sur la liste des ouvrages à acheter pour le cours d'écriture créative, surlignant tous ceux que j'ai lus. À côté des titres, je marque quelques mots clefs que je reporterai plus tard dans mon carnet de notes.

— Arrête de te torturer, mec, insiste Ryan. Ce n'était pas plus ta faute que la mienne ou celle de Samy. Et puis ça nous aura au moins permis de nous débarrasser du vieux McKernon, c'est déjà ça !

— Le coach McKernon n'est pas parti parce qu'on a perdu, argue Nate en enchaînant trois lancers de bonbons. Il est parti parce que c'était un dinosaure fainéant et alcoolique !

— Alors que Finley Griffin est jeune, dynamique et psychopathe.

À la mention de Griffin, je fais pivoter ma chaise sans réfléchir et me retrouve face à Ryan, dans son plus simple appareil.

— Bordel, Tillie ! s'exclame-t-il en plaquant ses deux mains sur son entrejambe.

— Bordel, Tillie ? m'étouffé-je à moitié. Attends, rassure-moi, tu as quand même conscience que tu es dans ma chambre, pas vrai ?

— Elle marque un point.

Pour toute réponse, Nate écope d'un regard noir de Ryan tandis que ce dernier s'efforce d'enfiler un caleçon. Du moins j'imagine, vu que mes paupières sont étroitement closes.

J'ai rencontré Ryan et Nate lors d'un rassemblement étudiant en première année, et bien qu'ils suivent des cours de biologie et moi de littérature anglaise, nous avons tout de suite accroché. À l'époque, j'ai pensé que Ryan et moi pourrions être plus que des amis, jusqu'à ce qu'un incident très gênant impliquant un pot de glace menthe chocolat et trois points de suture sur la fesse gauche ne mettent un terme à cette idée.

— C'est bon, tu peux ouvrir les yeux, j'ai dissimulé mon incroyable virilité.

Quand je relève les paupières, je le découvre en caleçon, prenant la pause façon statue grecque, ce qui, compte tenu de sa plastique de joueur de foot, est assez réussi.

— Si tu n'as pas encore vidé mon paquet de M&M's, lancé-je à Nate, toujours avachi sur mon lit, n'hésite pas à en utiliser un ou deux contre son « incroyable virilité ». Et, s'il te plaît, vise bien.

— Je vise toujours bien.

— Sauf contre W&J, riposte Ryan.

Ce coup bas, qui lui vaut un tir de bonbons en pleine tête, me rappelle soudain pourquoi je me suis retournée initialement.

— Attendez voir, votre coach, c'est Finley Griffin ?

— Lui-même, confirme Nate. Tu le connais ?

— Pas personnellement, mais son nom est sur ma liste des ouvrages à lire pour le cours d'écriture créative, expliqué-je en levant ma feuille presque entièrement bariolée.

— C'est un livre sur le foot ? interroge Nate.

— Pas que je sache. Ou alors avec des joueurs très dénudés parce que c'est tout ce que montre la couverture.

— La couverture ? s'étonne Nate. Tu plaisantes, ne me dis pas que tu ne l'as pas lu !

Je hausse les épaules, évasive. La vérité, c'est que nous avons reçu la liste le mois dernier et que j'ai délibérément laissé celui-là de côté. Je sais que le cours d'écriture créative doit aborder tous les genres et pas seulement ceux qui me plaisent, mais j'ai quand même du mal à comprendre qu'un professeur respectable ait choisi d'ajouter des romances cucul à la liste. Tout comme j'ai du mal à croire que la romance en question ait été écrite par un joueur de football. Ça en dit long sur la qualité du texte...

À la façon dont ils me dévisagent, je devine que les garçons ne vont pas se priver de cette occasion de se payer ma tête.

— Pincez-moi ! s'esclaffe Ryan. Otillie Marshall qui n'a pas lu un livre pour les cours ? C'est forcément un rêve.

— Un très très beau rêve, approuve Nate. Dans lequel les bibliothèques n'existent pas et où la bière coule à flots tous les soirs.

— Et surtout, où on n'entend pas parler à longueur de journée du cours d'écriture créative qui est...

— « Le cours le plus important de toute ma vie... » poursuit Nate avec une abominable voix de fausset.

— « La raison pour laquelle j'ai rejoint cette fac », enchaîne Ryan sur le même ton.

— « Ma raison d'être... »

— « Le soleil de mes jours, la lune de mes nuits, le sel de ma mer, le miel de mes abeilles... »

— Vous avez bientôt fini ? demandé-je, blasée. C'est vrai, je n'ai pas encore lu tous les livres pour mon cours d'écriture créative, et oui, étant donné que je compte bien devenir écrivain, ce cours est important pour moi. On peut passer à autre chose, maintenant ?

Autant parler à un mur. Alors, pendant qu'ils continuent leur cinéma, j'extrais mon téléphone de ma poche et entre rapidement le nom de Finley Griffin dans la barre de recherche. Au milieu de résultats sportifs, la page se remplit d'une multitude de couvertures toutes plus évocatrices les unes que les autres. Quelle horreur ! Dieu merci, je n'en aurai qu'un seul à lire pour le cours. Et encore, si ça se trouve, il s'est retrouvé sur la liste uniquement pour flatter l'ego du nouveau coach.

✦✦✦

Comme la plupart des universités, la nôtre est entourée d'une multitude de bars éclairés aux néons. Nous avons nos habitudes au *Shadow*, qui organise trois fois par semaine une soirée scène ouverte. Ici, week-end ou pas week-end, il y a toujours du monde et nous devons jouer des coudes pour atteindre le comptoir.

Quand la serveuse vient contrôler nos pièces d'identité, je surprends Nate qui louche sur son décolleté et je lui assène un violent coup dans les côtes. Malheureusement, mes élans féministes sont contrés par le clin d'œil qu'elle lui adresse en déposant devant lui une chope accompagnée d'un papier que mon ami glisse dans sa poche d'un air entendu.

Je lève les yeux au ciel et m'éloigne pour trouver une place.

— Allez, Tillie, ne te fâche pas, implore Nate en s'installant sur une chaise proche de la mienne. Qu'est-ce que j'y peux, moi, si elle m'a donné son numéro ?

— Rien. Appelle-la et profites-en bien !

Bon. Visiblement, ça m'a mise de mauvaise humeur. Et pour ne rien arranger, cet imbécile éclate de rire. Je le frapperais bien une nouvelle fois, mais la première m'a probablement laissé un bleu et je ne tiens pas à réitérer l'expérience.

— Je le cogne pour toi, si tu veux, propose Ryan.

— J'apprécierais beaucoup.

— Et moi, beaucoup moins, proteste Nate.

— Alors j'apprécierais d'autant plus.

Ryan lève un poing menaçant et frappe avec une lenteur exagérée. Lorsque ses doigts heurtent le menton de Nate et que ce dernier fait mine de partir en arrière au ralenti, je tends la main pour le retenir et il m'adresse un sourire taquin.

— Suis-je pardonné à présent ?

Je voudrais le rembarrer, mais c'est plus fort que moi, j'éclate de rire. Une seconde plus tard, je suis étouffée par ses bras massifs qui me serrent contre lui. Je me dégage, ou plutôt, j'essaie, et il accepte de me relâcher, juste à temps pour voir un nouveau groupe monter sur scène.

Je note avec plaisir que Nate veille à ne pas reluquer la chanteuse et, pour ne pas être hypocrite, je m'exhorte à ne pas dévisager le bassiste aux allures de Viking qui joue derrière elle.

Comme leur playlist est à la hauteur de leur plastique, nous délaissons bientôt notre table pour nous joindre à la foule qui s'est rassemblée devant l'estrade. Entre la chaleur, l'alcool et la musique, j'ai un peu la tête qui tourne, mais la sensation est loin d'être désagréable.

Après une demi-heure, le groupe laisse la place à un autre et j'en profite pour retourner chercher une bière. Je ne suis pas la seule à avoir eu cette idée et je dois poireauter dix bonnes minutes avant qu'on me serve. Quand je rejoins les garçons, je constate qu'ils se sont désintéressés de la scène au profit d'une cible de fléchettes.

— Tu veux jouer ? me propose Nate, un sourire innocent aux lèvres.

Pour toute réponse, je lève mon majeur. Nous savons tous les trois comment s'est terminée notre dernière partie, et rien ne pourra me convaincre de rejouer un jour contre eux.

— Comme tu voudras ! se marre Ryan en lançant une flèche.

Écœurée, je regarde le projectile se ficher dans le triple vingt. Comment deux géants pareils peuvent-ils faire preuve d'autant de dextérité ? C'est un mystère.

— Ils laissent vraiment entrer n'importe qui dans ce bar…

Je reconnaîtrais cet accent français entre mille.

— Cléo ! m'exclamé-je en me retournant pour serrer ma meilleure amie dans mes bras. Je croyais que tu étais avec Lucas ce soir.

— C'est ce qui était prévu.

À la façon dont elle détourne le regard, je devine sans mal ce qu'il s'est passé. Depuis que je la connais, Lucas et elle sont sans arrêt en train de se séparer et de se rabibocher, ce qui ne les a pas empêchés d'emménager ensemble au début de l'été.

— Je reviens, je vais me chercher à boire.

Même avec des talons, Cléo m'arrive à peine à l'épaule. D'ordinaire, elle râle sur sa petite taille, mais ce soir, elle en profite pour se faufiler, et en moins de temps qu'il n'en faut pour le dire, elle est de retour avec un Ice Tea.

La première fois que nous avons bu un verre toutes les deux, j'ai été surprise de la voir rester au soft, mais au cours des deux dernières années, j'ai eu l'occasion de m'y habituer. Tout comme je me suis faite aux jurons dont elle a le secret et qui jaillissent parfois aux moments les plus inopportuns.

— Peigne-zizi ! éructe-t-elle justement alors qu'un homme aux bras aussi larges que mes deux cuisses la bouscule. On ne t'a pas appris à regarder devant toi ?

Je grimace, mais heureusement pour elle, le type ne semble pas l'avoir entendue, à l'inverse de Nate.

— Pour sa défense, intervient-il, s'il regardait devant lui il n'avait aucune chance de te voir.

— Et celui-là tu l'as vu ?

Elle lui adresse un doigt d'honneur, provoquant les rires de mes deux meilleurs amis.

— Décidément, entre Tillie et toi, on est entourés de rayons de soleil, ce soir, ricane Ryan.

Contrairement à moi, les garçons n'ont pas revu Cléo depuis cet été, et pendant l'heure qui suit, nous discutons gaiement des vacances de chacun. Comme tous les ans, Ryan, le deuxième de sept enfants, est rentré dans l'Ohio servir de baby-sitter à ses parents. Quant à Nate, il revient de deux mois au Sri Lanka, où il a aidé à construire une école.

— Voilà qui explique tous ces muscles, constate Cléo en tâtant son avant-bras.

— Non, réplique-t-il sans dissimuler un sourire satisfait. Ça, c'est l'œuvre de notre premier entraînement avec Finley Griffin.

— Sérieusement, le prof d'écriture créative c'est votre coach ? demande Cléo, surprise.

— Pardon ? m'écrié-je, horrifiée. Tu as bien dit : « le prof d'écriture créative » ? Comme dans « professeur d'écriture créative » ? Avec qui on a cours demain matin ?

LUCILE JONES

Je ne peux pas le croire. Quand j'ai vu qu'on devait lire son livre, je n'ai pas du tout envisagé qu'il puisse être notre nouveau prof. Même pas une seconde ! Mais bordel, qu'est-ce qui s'est passé dans la tête du doyen pour qu'il décide de confier le cours le plus important de ma vie à un joueur de foot amateur de romances olé-olé ?

C'est forcément un cauchemar.

— C'est exactement ce que j'ai dit, confirme Cléo sans se rendre compte du déferlement de panique qu'elle vient de provoquer chez moi. Tu ne le savais pas ?

— Bien sûr que non ! Si je l'avais su, j'aurais…

Oh bon sang, si je l'avais su, j'aurais *lu* son livre.

CHAPITRE 2
Tillie

— Aïe, gémis-je, la tête enfouie dans mon oreiller qui... vibre ?

Perplexe, je me redresse et découvre mon téléphone sous le bouquin de Finley Griffin. J'ai dû m'endormir dessus après en avoir lu presque la moitié cette nuit. L'écran affiche un visage souriant surmonté de cheveux noirs en bataille. Pourquoi Nate m'appelle-t-il à 7 h 37 un mercredi ?

— Allô ?

Ma voix pâteuse traduit mes excès de la veille mais Nate a la délicatesse de ne pas relever.

— Salut Tillie. Dis-moi, tu pourrais venir me chercher ?

— Ryan n'est pas là ?

— Ne me tue pas s'il te plaît !

Il ne m'en faut pas plus pour comprendre qu'il n'est pas chez lui.

— Ta serveuse t'a mis à la porte ?

— 2476 Sylvania Avenue, dit-il en guise de réponse.

Trente minutes plus tard, je me gare sur le parking d'une résidence BCBG où mon meilleur ami m'attend, la mine coupable.

— J'ai besoin de dire quelque chose ? demandé-je tandis qu'il prend place sur le siège passager.

— Contente-toi de rouler.

Je jubile et appuie sur l'accélérateur.

Pour se faire pardonner de m'avoir tirée du lit aux aurores, Nate propose de m'offrir un petit déjeuner à *La Maison du pancake*. Il sait que je ne peux pas résister à leur sauce chocolat-marshmallow. Malgré ma gueule de bois, je mange avec appétit, l'écoutant me raconter ses déboires, et je parviens presque à réprimer un sourire satisfait lorsqu'il admet que téléphoner à la serveuse était une mauvaise idée.

— Au fait, pourquoi tu n'as pas appelé Ryan pour qu'il vienne te chercher ? l'interrogé-je en remontant en voiture une fois notre petit déjeuner fini.

— Je l'ai fait, mais ce traître n'a jamais répondu. Cela dit, ce n'est pas plus mal : vu tout ce qu'il mange, l'inviter ici aurait vidé mon compte en banque.

Je ris et tourne la clef pour faire redémarrer ma Golf. Mon père a toujours prétendu qu'on peut connaître l'identité d'une personne rien qu'en regardant la voiture qu'elle conduit. C'est sans doute vrai pour beaucoup de gens, toutefois, en ce qui me concerne, ce n'est qu'un mensonge de plus à son actif. Ma voiture et moi ne pourrions pas être plus différentes. Elle fume, ce que je ne fais plus depuis mes dix-sept ans. Elle se traîne, quand je démarre au quart de tour. Et alors que je mets un point d'honneur à ne jamais arriver en retard, elle prend un malin plaisir à tomber en panne de manière inopinée.

— Ce n'est pas vrai... pleurniché-je lorsqu'un voyant rouge s'allume sur mon tableau de bord au bout de quelques minutes. Pas maintenant !

Mais bien sûr, comme il faut bien que nous ayons un point commun, ma voiture est têtue. Insensible à mes suppliques, elle crachote, ralentit, et, pour finir, s'arrête dans une longue plainte qui me donne envie de mordre le volant. On est presque à vingt kilomètres du campus, bon sang, sans compter que mon premier cours démarre dans moins d'une heure.

— Désolé, marmonne Nate en se passant la main dans les cheveux.

Je lui jette un regard blasé.

— Parce que tu as le don de faire fondre les moteurs, maintenant ?

— Je suis multitâche, confirme-t-il en attrapant son portable. Mais ne panique pas, je vais appeler Ryan qui va nous sortir de là en deux temps trois mouvements.

— À condition qu'il soit réveillé...

Dieu merci, cette fois il l'est, et une vingtaine de minutes plus tard son minivan se gare à côté de nous.

— Ryan Prewett Taxi à votre service ! claironne-t-il en extrayant sa carcasse gigantesque de l'habitacle.

Je lève les yeux au ciel sans masquer un sourire de soulagement. Cléo n'ayant pas le permis, il était ma seule chance de rejoindre le campus.

— Ce n'est pas trop tôt, dit Nate en entrechoquant son poing à celui de notre ami. Une minute de plus et j'étais obligé d'enfermer Tillie dans le coffre pour l'empêcher de partir à pied !

— Et me voilà, tel un dieu sauveur...

— Il n'est pas trop tard pour marcher, grogné-je.

— Drôle de façon d'accueillir ton héros, commente Ryan. Quand je pense que je me suis arraché aux bras d'une très jolie fille pour vous...

— Quel menteur, ricane Nate. Je te signale que je t'ai raccompagné à l'appart cette nuit, et aux dernières nouvelles, tu étais seul.

— Hé ! Sabrina est peut-être imaginaire, mais l'effet qu'elle produit dans mon caleçon, lui, était bien réel.

Je plisse le nez, dégoûtée.

— Dites, ça vous ennuierait vraiment de poursuivre cette conversation passionnante en me ramenant au campus ?

Sur la bande d'arrêt d'urgence, Ryan ricane et m'ouvre la portière.

— Tu ne viens pas ? m'étonné-je en voyant que Nate reste adossé à ma Golf.

— Mon premier cours n'est qu'à 11 heures. Je vais appeler un dépanneur pour ta voiture, et ensuite je prendrai un bus.

— Tu ne vas pas…

— Laisse tomber, Tillie, me coupe Ryan. On sait tous les deux que, quoi que tu dises, il ne viendra pas avec nous, donc pas la peine de perdre ton temps.

— Exact, confirme Nate. Surtout que, du peu que j'en ai vu, Griffin déteste les retardataires, alors foncez !

Je secoue la tête, vaincue, et Ryan referme ma portière avant d'aller s'installer côté conducteur. Au fond, je suis plutôt rassurée de savoir que Nate va s'occuper de ma voiture, mais pas question de l'admettre. À la place, j'interroge Ryan :

— Griffin est si terrible que ça ?

J'ai du mal à imaginer l'homme à l'origine de l'histoire si douce de cette nuit dans la peau d'un type désagréable.

— Comme prof je ne sais pas, mais comme coach, oui. Samy est arrivé en retard hier, et il a passé tout l'entraînement à faire des tours de terrain. McKernon ne nous a jamais autant persécutés, mais si ça nous permet de…

— « … battre Washington, ça en vaut la peine ».

— Exactement !

Il rit et je l'imite, avec un peu moins d'enthousiasme cependant. Sa description de Griffin ne m'a pas vraiment rassurée, et lorsque nous nous garons sur le parking de la fac précisément deux minutes après le début des cours, je ne suis plus qu'une boule de nerfs. Sautant du minivan, j'adresse un remerciement express à Ryan et m'engouffre dans le hall principal. Le cours a lieu au niveau moins 1. Sans hésiter, je délaisse les ascenseurs surchargés et dévale les escaliers. Ma montre indique 10 h 04 quand j'entre dans l'auditorium, mais les élèves sont déjà tous installés. Quant au fameux professeur Griffin, il se tient face à moi, et il me fixe d'un air glacial.

CHAPITRE 3
Tillie

À la façon dont les garçons parlaient de lui, je m'étais figurée que Griffin serait beaucoup plus âgé, mais l'homme qui me fait face doit avoir à peine cinq ans de plus que moi. Pourtant, quand je croise son regard polaire, je me recroqueville comme une enfant prise en faute. Ce qui est précisément ce que je suis. Enfin, pas une enfant, mais prise en faute. Et à en croire le pli furieux qui barre le front de mon nouvel enseignant, ce n'est pas le genre de faute qu'il tolère. Ryan m'avait prévenue.

— Que faites-vous ici ? demande Griffin avec une froideur qui se répercute contre les murs de la salle.

— Je...

Ma voix, rendue rauque par ma course effrénée, se bloque dans ma gorge. Au premier rang, je repère Cléo qui m'adresse un sourire d'encouragement. Griffin hausse un sourcil impatient.

— Je viens pour le cours d'écriture créative.

— Vraiment ? J'avais pourtant l'impression que ce cours était à 10 heures.

— Je suis désolée... J'ai eu un problème avec ma voiture et...

— Je ne crois pas vous avoir demandé de me raconter votre vie. Gardez ça pour votre journal intime.

Je pique un fard tandis que des gloussements se font entendre de part et d'autre de la pièce. Griffin n'a besoin que d'un regard pour ramener le calme. Quand il reporte de nouveau son attention sur moi, j'ai l'impression que ses yeux sont deux lames qui me transpercent.

— Vous pouvez sortir.

Son ton est sans appel, pourtant je ne peux pas m'empêcher de protester. Mon « Non ! » fuse bien plus fort que je ne le voulais, et je vois Cléo sursauter dans le dos de Griffin. Pour atténuer un peu ma rebuffade, j'ajoute plus calmement :

— Je vous en prie, laissez-moi rester. J'attends ce cours depuis...

Un nouveau regard de sa part me réduit au silence. Bon sang, comment s'y prend-il pour être aussi autoritaire rien qu'avec les yeux ? C'est un auteur de romance, nom d'un chien. Il écrit des histoires d'amour. J'en sais quelque chose, j'ai passé la moitié de la nuit à lire son livre. Il devrait sourire, faire des œillades et être en tout point charmant, pas m'inspirer le sentiment de le supplier comme une adolescente pathétique.

— Vous me faites perdre mon temps, et j'ai un cours à donner.

Il se détourne de moi avec une condescendance qui me fait sortir de mes gonds. Pour qui il se prend au juste ? Si j'ai rejoint cette fac, c'est presque uniquement pour ce cours, je ne peux pas passer à côté pour quatre minutes de retard.

— Vous auriez perdu beaucoup moins de temps si vous m'aviez simplement laissée m'asseoir ! Je vous ai présenté mes excuses et vous ai expliqué la raison de mon retard. Qu'est-ce qu'il vous faut de plus ? Un bouquet de fleurs et un mot de mes parents ?

Le silence qui règne dans la salle n'a plus rien de naturel et j'ai l'impression que la température a chuté de dix degrés. La mâchoire de Griffin se contracte et je care les épaules, prête à subir ses foudres, mais il reprend comme si je n'existais pas et s'adresse directement à la foule d'élèves qui me dévisagent avec un mélange de respect et de compassion.

— Bien. Comme je m'apprêtais à vous le dire, cette année, nos séances seront divisées entre les cours théoriques et les travaux dirigés. Les cours théoriques auront lieu ici, et les travaux dirigés au deuxième étage. Dans l'un comme dans l'autre, la prise de notes se fera exclusivement de façon manuelle, donc inutile de sortir vos ordinateurs.

Il marque une pause tandis que son auditoire s'empresse de faire disparaître lesdits ordinateurs. Bien que nous soyons près d'une centaine, cette transition se fait dans un silence religieux. J'ignore ce qu'il leur a fait pendant les quatre minutes que j'ai manquées, mais ça a eu son effet.

Pendant que la classe s'agite, Griffin boit une gorgée d'eau puis se tourne vers moi, toujours figée devant la porte.

— Puisqu'il paraît évident que vous ne comptez pas sortir, auriez-vous au moins l'obligeance d'aller vous asseoir ? Et s'il vous plaît, choisissez un siège au fond, je vous ai assez vue.

Je manque d'en tomber à la renverse. Les joues encore rouges mais un sourire aux lèvres, je me dépêche de gagner le fond de la salle tandis que Griffin passe dans les rangs pour nous distribuer le plan de cours.

Quand il arrive à ma hauteur, il se penche lentement pour que sa bouche ne soit plus qu'à quelques centimètres de mon oreille. Je frémis lorsque ses lèvres s'entrouvrent pour me chuchoter d'un air menaçant :

— Ne me refaites jamais un coup pareil.

✦✦✦

Pendant les deux heures suivantes, le cours se poursuit sans autres interruptions que les questions posées çà et là par les étudiants. Pour ma part, je garde la bouche fermée et les yeux baissés sur le carnet dans lequel je note scrupuleusement chaque parole prononcée par Griffin. À aucun moment il ne mentionne son livre, ce qui me rassure car je me suis endormie avant de l'avoir entièrement lu et je n'ai aucune envie de me faire spoiler la fin.

Quand je pense que j'ai cru qu'il s'agissait d'une simple romance olé-olé... Pour ma défense, la couverture était assez évocatrice, mais dès le prologue, j'ai compris que j'allais embarquer pour une histoire de vie aussi touchante que captivante. On y suit un joueur de basket obligé de renoncer à son rêve qui tombe amoureux d'une journaliste ambitieuse. J'en suis aux deux tiers et ils commencent tout juste à se rapprocher, mais cela n'a pas empêché Griffin de faire monter la tension durant les deux cents pages précédentes.

Lorsque la sonnerie retentit, je suis parmi les premières à sortir de la pièce, et ce n'est qu'une fois revenue au rez-de-chaussée que je m'autorise un soupir de soulagement. Quelques instants plus tard, Cléo me rejoint et nous nous dirigeons vers la terrasse de la cafétéria pour débriefer.

— C'était incroyable, s'extasie-t-elle. Je n'aurais jamais pensé pouvoir apprendre autant de choses en seulement deux heures.

Elle a toujours eu tendance à l'exagération, mais aujourd'hui je dois bien reconnaître qu'elle a raison ; c'est de loin le meilleur cours auquel j'ai assisté depuis que j'ai quitté le lycée. Comme à notre habitude, nous nous échangeons nos carnets afin de comparer nos notes. Cléo a relevé une phase à propos de la structure narrative qui m'a échappé. Tandis que je la recopie, mon amie enchaîne :

— Je n'en reviens pas que Griffin t'ait laissée rester. Quand tu es arrivée, j'ai cru qu'il allait t'arracher les yeux.

— J'ai pensé la même chose. Il est terrifiant !

— Terrifiant, mais séduisant...

— J'en conclus que ça ne s'est pas arrangé avec Lucas ?

À la mention de son copain, son sourire se transforme en une moue contrariée.

— Monsieur n'est pas content que j'aie prévu de passer Noël en famille. Je ne sais pas pourquoi il s'était figuré que j'allais forcément venir célébrer les fêtes avec lui, et maintenant il en fait tout un drame. C'est ridicule, ce n'est pas parce que j'ai envie de voir mes parents que je n'ai pas envie de le voir lui.

— Tu ne lui as pas proposé de t'accompagner ?

Elle pince les lèvres d'un air pensif, puis, tel Archimède sortant du bain, se penche brusquement pour extraire son téléphone de son sac.

— Ça t'ennuie si...

— Pas du tout, je vais aller me chercher un café. Tu en veux un ?

Dans la queue qui mène au comptoir, j'en profite pour vérifier mon portable. J'ai un message de Nate m'informant que ma voiture est dans un garage, à quelques kilomètres du campus. Il a pris soin de me joindre le numéro, et comme il reste une demi-douzaine de personnes devant moi, je leur téléphone.

Après six sonneries, un homme finit par décrocher.

— L'problème vient de vot' radiateur, m'explique-t-il quand je lui demande des nouvelles de ma Golf. Va falloir changer toute la pièce.

— Et ça coûterait combien ? questionné-je en jouant nerveusement avec mes cheveux.

— Faut qu'je voie avec mon fournisseur pour savoir l'modèle exact, mais vous devriez en avoir pour quelques centaines de dollars.

Quand je raccroche, je suis dépitée. Entre le temps nécessaire au diagnostic, le délai d'envoi des composants et les réparations en elles-mêmes, je ne sais pas quand je pourrai récupérer ma voiture, sans compter le prix, qui va m'obliger à faire des heures supplémentaires au café où je travaille déjà tous les week-ends...

Lorsqu'arrive mon tour de commander, je renonce à regret à la chantilly dans mon mocha – il n'y a pas de petites économies – et achète un thé à la cannelle pour Cléo. Vu son sourire quand je me rassieds face à elle, je devine que sa conversation avec Lucas s'est bien déroulée.

— Il va venir chez mes parents, confirme-t-elle avec bonne humeur. Et l'an prochain c'est moi qui irai chez lui !

Pendant l'heure suivante, elle s'évertue à retaper ses notes à l'ordinateur tandis que, armée d'un surligneur, j'entreprends de dégager les grandes lignes des miennes. J'ai du mal à faire le tri tant tout me semble fascinant. J'ai hâte d'être à vendredi pour découvrir à quoi va ressembler la mise en pratique. En même temps, je redoute de me retrouver de nouveau face à Griffin. Il a beau être terriblement jeune, il a une présence qui me déstabilise complètement. Maintenant que j'ai assisté à son cours, je comprends mieux pourquoi les garçons parlent de lui avec autant d'admiration.

Et de crainte aussi.

CHAPITRE 4
Tillie

Je ne me rappelais pas avoir eu autant de travail l'année dernière, mais il semblerait que les brochures ne mentaient pas en affirmant que la troisième année de fac était décisive. Que ce soit en littérature anglaise, en traduction française ou en théorie de la non-fiction, les enseignants nous ont accablés de devoirs et j'ai du mal à imaginer en venir à bout avant la semaine prochaine. Et encore, je peux consacrer mes soirées à bûcher, contrairement aux garçons, qui ont des entraînements tous les jours.

En attendant qu'ils terminent leur session du jeudi, je me suis réfugiée à la bibliothèque. Malgré le panneau « SILENCE » placardé au mur, la plupart des étudiants révisent en groupe et je ne supporte le brouhaha ambiant que grâce au casque vissé sur mes oreilles. J'aurais pu travailler depuis ma chambre, mais pour être honnête, j'ai un faible pour cet endroit, même si on est loin de l'image glamour que je m'en faisais avant d'intégrer Chatham University. La pièce est immense, certes, mais au sol, point de parquet, simplement une moquette grise qui doit être aussi vieille que la fac elle-même. Quant aux étagères qui s'alignent de part et d'autre de la salle, elles ne sont pas en bois mais en plastique. Un mythe s'effondre...

Je termine ma dissertation quand mon portable se met à sonner. Je me dépêche de sortir l'appareil de ma poche, prête à répondre aux garçons qui doivent avoir enfin fini, lorsque je vois le nom de Giulia s'afficher sur l'écran. Un frisson glacé remonte le long de mon dos et je sens mon cœur tambouriner dangereusement dans ma poitrine. Pourquoi m'appelle-t-elle ? Ça fait deux ans maintenant, elle ne devrait plus... *N'y pense pas, Tillie !* Je ne veux pas l'entendre. Je ne *peux* pas l'entendre. J'ai laissé Ravendale derrière moi quand j'ai quitté le lycée, et s'il y a bien une chose dont je suis certaine, c'est que mon ancienne meilleure amie ne fera que remuer de douloureux souvenirs.

Une nouvelle vibration de mon téléphone m'informe qu'elle a laissé un message. Sans hésiter, je fais défiler ma boîte vocale et le supprime. Ça n'en vaut pas la peine.

J'avais prévu d'enchaîner sur la littérature anglaise, mais je n'ai plus vraiment la tête aux études. Je remballe donc mes affaires et quitte la bibliothèque. Ma chambre est située dans le bâtiment principal – un bon point étant donné l'état de ma voiture – et il ne me faut que quelques minutes pour la regagner. Une fois à l'intérieur, je cherche des yeux mon édition d'*Alice au pays des merveilles*. Mon étagère n'est pas très fournie : quelques ouvrages pour les cours et des manuels empruntés à la bibliothèque ou prêtés par Cléo. De tout ce que j'ai abandonné en quittant Ravendale, mes livres sont sans doute ce qui me manque le plus, mais ce roman, le premier que m'ait offert mon père, fait partie de ceux que je n'ai pas pu me résoudre à laisser là-bas. Les pages sont un peu jaunies, cornées, le dos est cassé à force d'avoir été lu et relu, mais les photos que je garde cachées sous la couverture, elles, sont intactes.

La première nous montre, Giulia et moi, à douze ans, allongées sur un transat, dans le jardin de mes parents. Elle porte mon débardeur préféré et moi ses lunettes en forme de cœur, et on rit tellement que ma mère a dû s'y reprendre à trois fois pour obtenir une image nette. Quant à la deuxième, je ne dois pas y avoir plus de cinq ou six ans et je suis au zoo, perchée sur les épaules de mon père. Il est vêtu d'un costume impeccable et tient ma mère par la taille. Elle aussi est très élégante, comme à chaque sortie en public. À l'époque, je n'avais pas encore conscience d'à quel point les apparences étaient importantes pour eux. Sur cette photo aussi je ris, la tête rejetée en arrière, et le bras tendu vers quelque chose qui ne figure pas dans le cadre.

Je souris tristement, déçue de ne pas me souvenir de ce que je désigne. Je me vois mal appeler ma mère pour lui poser la question. Elle a fait son choix, comme Giulia, comme mon père, comme tous les autres… Il n'y a plus rien pour moi à Ravendale.

Lorsque Nate et Ryan frappent à ma porte un quart d'heure plus tard, je sèche mes joues d'un rapide revers de la main et replace soigneusement les photos et le livre sur l'étagère. Même s'ils sont au courant de ce qu'il s'est passé dans ma ville natale, je ne tiens pas du tout à ce qu'ils me trouvent allongée sur mon lit à pleurer comme un veau marin. J'imagine trop bien ce qu'ils me diraient s'ils savaient que Giulia m'a appelée, et je n'ai aucune envie de l'entendre.

Quand j'ouvre la porte, je reste un instant stupéfaite. Les pauvres font peine à voir avec leur peau rouge et transpirante, leurs cheveux ébouriffés et leur visage recouvert de terre.

— Waouh, vous avez l'air K.-O. tous les deux…

— On l'est, confirme Nate en me contournant pour se laisser tomber sur mon lit.

Je grimace en pensant à mes draps propres.

— Griffin nous a fait faire du fractionné, soupire Ryan comme si ça expliquait tout.

Devant mon expression perplexe, il précise :

— C'est une série d'exercices visant à améliorer la puissance et l'endurance…

— Et c'est horrible ! complète Nate. On a dû sprinter d'un bout à l'autre du terrain, faire dix squats, repartir en sens inverse, faire dix pompes, puis vingt squats et vingt pompes, puis trente, et quarante.

— Et comme deux crétins de première année n'ont pas été fichus d'encaisser sans se plaindre, Griff a décidé qu'on était encore trop en forme. Une fois arrivés au bout, il nous a fait recommencer depuis le début.

— Ce type est un sadique, compatis-je.

— Ce type est un génie.

Comment peuvent-ils continuer de l'aduler après ce qu'il vient de leur infliger ? Ça me dépasse.

— On peut utiliser ta douche ?

— Elle risque d'être un peu petite pour vous deux.

— Pas grave, on se serrera, répond Ryan.

Je lève les yeux au ciel et il se marre, avant de foncer dans la salle de bain en me laissant seule avec Nate, qui me scrute d'un air inquisiteur.

— Tu me le dirais si quelque chose n'allait pas, Tillie ?

— Pourquoi tu me demandes ça ?

— Ne joue pas les bravaches. Tes yeux sont rouges et bouffis comme si tu venais de pleurer toutes les larmes de ton corps… Il s'est passé quelque chose ? C'est grave ?

— Bien sûr que non, j'étais en train de lire !

Nate hausse un sourcil sceptique et son regard atterrit sur le torse masculin qui illustre le roman posé sur ma table de nuit.

— Tillie…

— Je ne rigole pas, c'est vraiment triste, insisté-je. Je pensais qu'il n'y avait qu'en classe que Griffin pouvait faire pleurer les élèves, mais…

— J'ai pas pleuré ! me coupe Ryan en surgissant brusquement de la salle de bain. Il t'a dit que j'avais pleuré ? C'est pas vrai, j'ai pas pleuré ! J'avais de la terre dans les yeux, ça n'a rien à voir !

— Personne n'a parlé de toi, répliqué-je en saisissant l'opportunité de détourner la conversation. Mais maintenant que tu le dis, c'est vrai qu'il m'a semblé apercevoir quelques traces humides sur tes joues.

— C'était de la sueur !

— Évidemment ! Et à présent, si tu retournais te doucher, qu'on puisse aller dîner. Je meurs de faim et je ne veux pas rentrer trop tard : j'ai cours avec Griffin demain matin, et comme tu le sais, il a le chic pour faire pleurer ses élèves...

CHAPITRE 5
Tillie

Malgré ma résolution de ne pas rentrer trop tard, c'est largement après minuit que je rejoins mon lit. Seule et furieuse.

Nous avions simplement prévu de manger une pizza chez *Gino*, mais sur le trajet du retour, j'ai laissé les garçons me convaincre de faire un détour par le *Shadow*. J'aurais dû m'abstenir. Lorsque nous sommes arrivés au bar, le groupe de l'autre soir était de nouveau sur scène et, cette fois, je ne me suis pas privée pour reluquer le bassiste, jusqu'à ce que son regard accroche le mien et que ses mains accrochent une tout autre partie de mon corps sitôt leur concert terminé.

Le souci, c'est qu'il s'est révélé particulièrement décevant. Non pas en matière de baisers – je dois admettre qu'il embrassait divinement bien – mais en termes de morale. Après avoir quitté le bar pour une ruelle plus intime, j'ai constaté en entremêlant mes doigts aux siens un contact froid et métallique, du genre qu'on glisse à l'annulaire. Or, s'il y a bien une chose que je déteste, ce sont les types qui se la jouent célibataires quand ils ne le sont pas. Et, surtout, qui se gardent bien de prévenir la fille avec qui ils s'apprêtent à s'envoyer en l'air. Connard. Connard, connard, connard.

Quand il a retrouvé ses copains, il avait encore l'empreinte de mes doigts imprimée sur le visage, et moi j'étais tellement énervée qu'il m'a fallu trois verres et demi pour me calmer.

Trois verres et demi que je paie cruellement ce matin.

D'un geste sec, j'attrape mon portable sur l'écran duquel une petite cloche s'agite dans tous les sens. Mécaniquement, je clique sur « Me le rappeler plus tard » avant d'enfouir ma tête dans mon oreiller. Je vais juste fermer les yeux un instant, le temps que la douleur s'apaise, et ensuite je me lèverai. Ma seconde de répit se transforme en cinq minutes, au terme desquelles je suis de nouveau tirée du sommeil par mon alarme, que j'éteins à tâtons. Rien ne mérite de se réveiller aussi tôt. Rien, sauf peut-être...

Oh, bon sang ! J'ai cours avec Griffin.

Ces cinq mots agissent sur moi comme un électrochoc. En moins de temps qu'il n'en faut pour le dire, je me mets debout, faisant fi des répercussions de cette action sur mon crâne douloureux.

En poussant la porte de la salle d'eau étriquée, je constate que Nate et Ryan ont abandonné leurs tenues de sport par terre. Ils sont vraiment pas possibles... Ils n'auront qu'à passer à midi s'ils ne veulent pas se pointer à leur entraînement en caleçon.

Mon reflet dans le miroir m'arrache un gémissement. Avec mon air cadavérique et mes cernes soulignés de mascara, je fais peine à voir. Et ma coiffure n'est pas mieux. J'ai définitivement besoin d'une douche.

Dix minutes plus tard, je m'enroule dans une épaisse serviette avant de m'habiller. Je me satisferai de n'importe quelle tenue dans laquelle je n'aurai pas dormi. Finalement, j'opte pour un tee-shirt gris et une salopette, et comme je n'ai plus le temps d'arranger mes cheveux, je les laisse simplement sécher sur mes épaules. Au moins, ils sont propres !

Malgré mon réveil tardif, j'arrive devant la salle avec dix minutes d'avance. Contrairement aux cours théoriques, les TD se font en petits groupes, ce qui en temps normal me réjouirait sans doute mais qui, pour l'instant, m'ôte surtout tout espoir de passer inaperçue. Par chance, la première lettre de mon nom de famille est suffisamment proche de celle de Cléo pour que nous soyons ensemble. Malheureusement, elle se rapproche aussi dangereusement de celle de Dylan Muller, qui vient tout juste d'arriver.

Dylan et moi suivons pour ainsi dire les mêmes cours depuis notre entrée à l'université et je dois bien admettre qu'au départ j'en étais plutôt satisfaite. Avec ses cheveux platine et ses yeux gris, il aurait fallu que je sois aveugle pour ne pas le trouver séduisant, voire très attirant. Enfin, jusqu'à ce que je découvre quel crétin arrogant se dissimule derrière sa plastique. Dieu merci, je n'ai pas mis trop de temps à m'en rendre compte, ce qui m'a empêchée de finir épinglée sur son tableau de chasse. Fils du directeur de l'une des plus grandes maisons d'édition du pays, Dylan fait partie de ces enfants rois devant qui toutes les portes s'ouvrent. Contrairement à moi, je suis certaine qu'il n'a eu besoin que d'un coup de téléphone pour obtenir sa place à la fac, et qu'il n'aura aucun effort à fournir pour voir son premier roman en librairie.

Griffin arrive peu de temps après lui et nous fait entrer. À la différence des cours magistraux qui ont lieu en amphi, la salle de TD ressemble plus à un modèle réduit de classe de lycée.

D'ordinaire, j'aurais mis un point d'honneur à m'asseoir au premier rang, c'est ce que je fais dans tous les cours, mais aujourd'hui je préfère m'installer le plus loin possible du bureau professoral.

— Où tu vas ? chuchote Cléo quand je passe devant elle.

— Je ne tiens pas à m'approcher de lui plus que nécessaire.

Le regard compatissant de ma meilleure amie m'accompagne jusqu'au dernier rang, où j'essaie de me faire toute petite. Une fois tout le monde assis, Griffin tire de son sac une feuille toute simple et commence l'appel. Quand il arrive à mon nom, il marque une pause et lève les yeux vers moi. Je retiens mon souffle, mais l'échange visuel dure à peine une fraction de seconde avant qu'il ne se détourne. Je n'en jurerais pas, pourtant j'ai l'impression qu'il a eu l'air surpris de me trouver ici. Il devait s'attendre à ce que je prenne la tangente...

— Avant de commencer le cours, je vais vous demander de remplir deux feuilles. La première est un questionnaire basique et la seconde va surtout me permettre de me faire une idée sur le niveau général de la classe afin de pouvoir adapter les cours en conséquence.

Il se lève et distribue les copies. Comme annoncé, la première concerne notre spécialité. J'y retrouve aussi des questions plus poussées sur notre rapport à l'écriture, nos éventuelles publications, les exercices qui nous posent le plus de problèmes, et ce que nous attendons de ce cours. Quant à la seconde, elle ne se compose que d'un grand cadre surmonté de la consigne : « En trois cents mots au maximum, illustrez le sentiment qui vous habite à l'instant présent. »

Stylo en main, j'hésite un long moment. La gueule de bois vient sans doute en premier, mais je ne suis pas certaine qu'il s'agisse vraiment d'un sentiment, plutôt d'une sensation atroce qui martèle l'intérieur de la tête et retourne l'estomac. Et puis, de toute façon, pas question de parler de ça à un professeur, et encore moins à celui-là. Impossible également de lui faire part de l'autre émotion prédominante, à savoir l'angoisse. C'est pourtant un vrai sentiment, et qu'il serait facile d'illustrer si la source de la dite angoisse n'était pas précisément la personne destinée à lire mon texte. La troisième émotion qui me vient à l'esprit est à peine moins gênante que les deux autres, mais j'ignore combien de temps nous avons pour compléter cet exercice, et autour de moi, tout le monde est déjà en train d'écrire. Résignée, j'appose mon stylo sur le papier et trace les premières lettres.

CHAPITRE 6
Tillie

Trente minutes environ après que j'ai commencé la rédaction de ce qui s'annonce être le pire essai de ma vie, Griffin nous ordonne de lever nos stylos. J'ignore combien de mots j'ai écrits, mais à vue d'œil, je ne dois pas être très loin des trois cents demandés. Au moins un point sur lequel Griffin ne pourra pas s'en prendre à moi. Pour ce qui est du sujet, en revanche... Rien qu'en l'imaginant lire cette rédaction, je sens mes joues s'empourprer. Mais qu'est-ce qu'il m'a pris ? En même temps, il voulait de l'authenticité, non ? Alors il va être servi.

Devant moi, une fille aux cheveux méchés de rose lève sa feuille pour la relire et j'aperçois le titre de son essai. Elle a choisi de l'orienter sur son ambition, et je regrette de ne pas avoir fait de même. Du peu que je sais de lui, Griffin est sans aucun doute un homme ambitieux. Après tout, d'après mes recherches, il a déjà écrit plus d'une dizaine de romans alors qu'il est au début de sa carrière, ça démontre clairement qu'il n'est pas là pour faire de la figuration. Et, de fait, il doit certainement respecter ceux qui ont autant d'aspiration que lui. Compte tenu de notre dernière altercation, j'aurais peut-être dû miser là-dessus, histoire de remonter un peu dans son estime.

Idiote, idiote, idiote !

M'insulter mentalement est la seule chose que je parviens à faire tandis que Griffin passe dans les rangs pour ramasser nos questionnaires. Quand il arrive à ma hauteur, je lui rends ma copie en évitant soigneusement de croiser son regard, ce qui ne m'empêche pas de déceler le sourire amusé qui flotte sur ses lèvres. Connard.

— O.K., on reprend dans quinze minutes, annonce-t-il une fois retourné à son bureau. En attendant, allez boire un café. Si je me fie à ce que je vois, vous en avez tous bien besoin !

D'accord, je retire le « connard ». Même s'il aurait pu se passer du regard un peu trop appuyé dans ma direction.

Je ne suis pas la seule à accueillir cette pause avec bonheur ; tout le monde se rue devant la machine à café et les bavardages vont bon train. Je penche la tête en arrière en attendant que la boisson de Cléo soit prête. Ce mal de crâne va m'achever.

— Qu'est-ce que vous avez mis dans vos sujets ? demande la fille aux cheveux roses.

— Moi j'ai dit que j'étais enthousiaste, lui répond une autre entièrement vêtue de noir. En même temps, c'est la rentrée, difficile de ne pas l'être.

Je souris devant le contraste qu'offrent ses vêtements et son ton joyeux. Une preuve de plus qu'il ne faut pas juger un livre à sa couverture, comme se plaisait à le répéter ma mère. C'est sans doute le contre-coup de l'appel de Giulia qui me fait soudain monter les larmes aux yeux, et une fois n'est pas coutume, je suis heureuse d'entendre la voix traînante de Dylan, qui coupe court à mes pensées.

— Moi, j'ai choisi de parler de ma grande impatience à l'idée d'étudier avec lui, annonce-t-il avec une satisfaction évidente.

Quel lèche-bottes.

— Ce n'est pas un peu fayot de ta part ?

Ses yeux acier se plissent d'un air mauvais lorsqu'il les pose sur moi.

— Là d'où tu viens, peut-être, Marshall, mais dans le monde civilisé, on appelle ça le respect. Tu sais, c'est ce truc qui fait que tu arrives à l'heure en cours et que les professeurs t'apprécient. Enfin, quand je dis « tu sais », c'est une façon de parler.

Il accompagne sa remarque d'une moue narquoise, et je me mords la lèvre pour ne pas répliquer. Je lui ai déjà fait le plaisir de répondre une fois, deux ce serait lui accorder trop d'importance. Cléo n'a pas autant de retenue :

— Les professeurs t'apprécient peut-être, crache-t-elle d'un air dégoûté, mais comme tous les autres te détestent, tu ferais aussi bien de la fermer !

Dylan ouvre la bouche, mais avec une pirouette formidable, Cléo se détourne de lui. J'attrape mon café de justesse avant qu'elle ne m'entraîne à sa suite.

— Ce mec est un vrai cuistre ! râle-t-elle dès que nous sommes hors de portée d'oreille. Sérieusement, il est avec moi en histoire de la littérature, et chaque fois qu'il prend la parole, je dois me retenir pour ne pas lui jeter des stylos à la figure.

— Fais-moi plaisir, la prochaine fois ne te retiens pas !

Nous remontons le couloir en direction de la salle de cours. Je marche lentement, pour ne pas risquer de renverser mon café. Ce serait le bouquet… Devant la porte, des petits groupes d'élèves sont assis contre le mur. Bien entendu, la rédaction de Griffin est sur toutes les lèvres.

— J'ai vu passer au moins trois copies sur le thème de l'ambition, dit Cléo qui, pour sa part, a décidé de parler d'espoir.

— Oui, j'en ai vu passer une aussi et j'ai un peu regretté de ne pas avoir eu la même idée.

— Oh, n'aie pas de regrets, vu l'humeur de Griffin, je suis sûre que l'originalité doit faire partie de ses critères… Qu'est-ce que tu as choisi ?

Je sens mes joues virer au cramoisi et je suis presque heureuse en voyant la porte s'ouvrir sur notre professeur. Du moins, jusqu'à ce que ses yeux croisent les miens et que je comprenne qu'il a lu mon texte.

Écarlate, je vais rejoindre ma place au fond de la salle. Dans certains cours, les bavardages durent parfois longtemps après l'entrée en classe, mais pas ici. J'ignore si c'est dû à sa réputation ou à une quelconque autorité naturelle, mais le fait est qu'il suffit d'un regard à Griffin pour ramener toute l'assistance au silence.

— Je ne vais pas y aller par quatre chemins, dit-il en attrapant nos copies, j'ai lu vos textes. Et ça ne me convient pas du tout. Le meilleur d'entre eux est tout juste passable, les autres sont franchement décevants. Entre les fautes d'orthographe, les styles affligeants ou les sujets d'une banalité navrante, je ne vois rien, absolument rien, qui justifie votre présence dans ce cours. Et je vais être très clair, je ne vois surtout rien qui justifie que je perde mon temps avec vous.

Malgré la chaleur de la salle, un frisson glacé me parcourt. Mon sujet était tout sauf banal et je ne fais jamais de fautes, ce qui ne laisse que la troisième option. Devant moi, Cléo a les doigts crispés sur son stylo, et un peu plus loin, Dylan affiche une expression qui me ferait sans doute rire si nous n'étions pas exactement dans la même situation.

Insensible à nos réactions, Griffin poursuit :

— J'ai mis dans la marge la note que vous auriez reçue s'il s'était agi d'un examen. Si vous avez obtenu moins qu'un C, ce n'est pas la peine de vous représenter en cours.

J'ai le cœur au bord des lèvres, et cette fois, ça n'a plus rien à voir avec la gueule de bois.

Avec une lenteur insupportable, surtout pour un type qui a lu une vingtaine de rédactions en quinze minutes, Griffin se lève et commence à arpenter la classe pour nous distribuer nos essais. Par moments, il s'arrête pour s'entretenir avec un élève, rendant l'attente insoutenable. Quand il atteint la table de la fille entièrement vêtue de noir, il se penche vers elle et lui dit quelque chose. Je suis trop loin pour entendre quoi que ce soit, mais c'est inutile. Il suffit de voir les larmes rouler sur ses joues pour savoir qu'elle ne sera pas autorisée à revenir. Après elle, trois autres élèves sont priés de sortir.

Enfin, Griffin s'arrête à ma hauteur.

— Mademoiselle Marshall...

Je retiens mon souffle. Évidemment, il va profiter de cette opportunité pour se débarrasser de moi.

— J'ai trouvé votre choix de sujet pour le moins... intéressant, dit-il en abordant une mine narquoise. Cela dit, compte tenu du suçon qui marque fièrement votre cou, j'aurais tendance à dire que la frustration n'est pas votre plus gros problème.

Pitié, faites que je rougisse. Il faut que le sang afflue dans mes veines et se répande jusqu'à ma nuque pour faire disparaître la trace que ce connard de bassiste a osé y inscrire. Pourquoi a-t-il fallu que je laisse ce salopard infidèle poser sa bouche sur mon cou ? Et pourquoi a-t-il fallu que je sois trop en retard ce matin pour le voir ? Et pourquoi, de toutes les personnes que j'ai croisées aujourd'hui, a-t-il fallu que ce soit *lui* qui le remarque ?

D'un geste vif, je ramène mes cheveux vers l'avant, ce qui accentue le sourire de Griffin.

— Je ne... je ne parlais pas de ce genre de frustration, je...

— Vraiment ? susurre-t-il. Alors pourquoi étiez-vous si rouge en l'écrivant ?

Je voudrais pouvoir disparaître sous terre, et à l'instant précis, je prie de toutes mes forces pour avoir obtenu un D et ne plus jamais croiser son regard moqueur. Dire que j'ai trouvé que la frustration serait un meilleur sujet que la gueule de bois... Mais qu'est-ce qui ne tourne pas rond chez moi ?

Après un temps qui me paraît infiniment long, Griffin se dirige enfin vers un autre élève et je recommence à respirer. Adressant une dernière prière au dieu des étudiants en détresse, je baisse les yeux vers mon humiliante rédaction, et je découvre que j'ai obtenu un B+.

Pour la religion, on repassera...

Griffin nous demande ensuite de décortiquer diverses structures de romans et de films afin de nous faire travailler sur le développement de la narration, et une fois de plus, je me retiens de prendre la parole lorsqu'il nous invite à participer. Je me suis assez fait remarquer pour la journée. Du moins, c'est ce que je pense, jusqu'à ce que sonne la fin du cours et qu'il nous annonce :

— Pour la prochaine fois, je veux que vous rédigiez un essai de sept mille caractères au maximum. Voici le sujet : « Une étudiante présente humblement ses excuses à son professeur après être arrivée en retard en classe. » Et surtout, ajoute-t-il en plantant son regard dans le mien, soyez convaincants !

CHAPITRE 7
Tillie

Dieu merci, on est samedi. J'ai l'impression que cette semaine a duré une vie entière. Et dire que j'étais impatiente de démarrer ma troisième année…

N'y pense pas, Tillie, surtout n'y pense pas.

Je m'exhorte au calme, consciente de ce que je risque si je m'attarde trop sur le souvenir du cours d'hier. Quel connard !

N'y pense pas, je me répète en entrant sous la douche. *N'y pense pas*, j'insiste en me choisissant des vêtements. *N'y pense pas*, je conclus en claquant la porte de ma chambre derrière moi.

Les mains dans les poches pour les protéger du vent, je remonte l'avenue principale en direction de l'arrêt de bus. Depuis ma première année, je travaille chaque week-end au café *Delage*, en centre-ville. Ce n'est pas le boulot du siècle, mais ça paie assez pour me permettre de vivre sur le campus, ce qui est déjà pas mal. Surtout maintenant que je n'ai plus de voiture.

Comme pour me rappeler la chance que j'ai de ne pas devoir dépendre de lui quotidiennement, mon bus se pointe avec dix minutes de retard et tombe en panne deux arrêts avant le mien. Quand j'entre dans le café, mes oreilles sont gelées. On est en septembre, bon sang, comment peut-il faire déjà si froid ?

— Tillie ?

Derrière le comptoir, Régis, mon patron, me scrute d'un air étonné qui ne me plaît pas du tout. J'ai un drôle de pressentiment, qui s'accentue d'un cran quand il demande :

— Qu'est-ce que je te sers ?

Il se fout de moi ? Je serais bien tentée de le croire, mais après deux ans à le côtoyer, je sais qu'il n'a aucun humour.

— Rien. Je suis là pour bosser.

— Célia ne t'a pas appelée ?

Et merde. Jusque-là j'espérais qu'il s'agissait d'une question d'horaires, mais Célia est chargée de la gestion du personnel. Si elle devait m'appeler, c'est forcément parce que…

— On ne va pas avoir besoin de toi cette année, confirme Régis. Notre fille est rentrée de New York. Elle a suivi un cursus accéléré et…

Il poursuit son explication, mais je ne l'écoute plus. J'ai l'impression d'avoir pris un coup dans l'estomac. Ma bourse ne couvre pas le loyer de ma chambre à la résidence. Je n'ai aucune autre source de revenus, et aucun parent prêt à me soutenir. Je suis seule. Complètement seule.

Ma détresse doit se lire dans mes yeux car ceux de Régis s'adoucissent.

— Va t'asseoir, propose-t-il. Je t'apporte un café. Blanc avec beaucoup de crème ?

Tandis qu'il me prépare mon breuvage habituel, je me laisse tomber sur une banquette près de la fenêtre. Et moi qui pensais qu'après le cours d'hier ma semaine ne pourrait pas empirer… Quelle imbécile !

— Voilà pour toi.

Régis me tend ma boisson et un cookie. Je le remercie d'un sourire et il me tapote maladroitement l'épaule avant de partir s'occuper de ses clients.

Du bout de ma cuillère, je dessine des cercles dans la crème fouettée en attendant que mon café refroidisse. Trouver ce job était un coup de chance incroyable. Dans une ville estudiantine comme celle-là, les boulots sont pris d'assaut dès le mois de mai et je n'ai aucun espoir d'en décrocher un autre. Dépitée, je mords dans mon cookie chocolat-caramel. J'ai intérêt à le savourer, parce qu'au train où vont les choses, je ne suis pas près de m'en repayer un.

Je frissonne quand la porte s'ouvre derrière moi, laissant entrer une vague glaciale. Je pose les mains de part et d'autre de mon café pour me réchauffer en attendant que les nouveaux venus referment le battant, ce dont ils n'ont pas l'air pressés.

— Ça vous tuerait de fermer cette foutue porte ?

À bout de nerfs, je me tourne pour fusiller les arrivants du regard et je sens un frisson qui n'a plus rien à voir avec le froid me parcourir. Devant moi, Finley Griffin me gratifie de son visage le plus impassible. Qu'est-ce qu'il fait ici, bon sang ?

En réponse à ma question silencieuse, il se décale pour laisser entrer une femme d'une soixantaine d'années. Je reconnais aussitôt Ann Vreeland, mon enseignante de littérature anglaise qui, contrairement à Griffin, est une habituée des lieux.

Son regard suit celui de son collègue et elle sourit en m'apercevant.

— Otillie, comment allez-vous ma petite ?

Avec une pointe de satisfaction, je vois le masque impassible de Griffin s'écraser au sol tandis que ses yeux vont du professeur Vreeland à moi. Il ne lui faut toutefois pas longtemps pour le remettre en place et afficher à nouveau un calme indifférent. Crétin arrogant.

— Finley, je vous présente Otillie Marshall. C'est l'une de mes meilleures élèves. Pour ne pas dire la meilleure.

— J'ai déjà eu le plaisir de la rencontrer, réplique Griffin d'un ton qui laisse clairement entendre ce qu'il a pensé de notre échange.

Je baisse les yeux sur mon café pour dissimuler mon regard noir. Ma journée est suffisamment pénible comme ça, pas besoin d'en rajouter avec les commentaires odieux de Finley Connard Griffin.

— Je me serais plutôt attendue à vous trouver derrière le comptoir, poursuit Vreeland comme si de rien n'était.

— Je ne travaille plus ici, apparemment.

J'essaie d'annoncer la nouvelle avec décontraction, mais prononcer cette phrase à haute voix accroît ma panique et je suis obligée de resserrer mes doigts autour de ma tasse pour qu'ils ne tremblent pas. Comment je vais faire pour m'en sortir ?

— Quel dommage, si j'en avais été informée avant... Mon assistante a été diplômée l'an dernier, mais je l'ai déjà remplacée. Si j'avais su que vous étiez disponible, vous auriez évidemment été mon premier choix...

Une chape de déception s'abat sur moi. Non seulement les assistants universitaires ont accès à une formation des plus poussées, mais ils sont en plus rémunérés pour le temps qu'ils passent à travailler auprès de leur professeur référent. C'était le poste idéal. Et il ne sera jamais pour moi.

— Je pourrais demander au doyen si... mais ça ne marchera pas... poursuit Vreeland, inconsciente du trou que ses paroles creusent dans ma poitrine.

À son côté, Griffin affiche un ennui poli. En dépit de ce que j'ai affirmé à Cléo, je ne peux pas nier qu'il s'agisse de l'un des hommes les plus attirants que j'aie rencontrés. Tout chez lui est sexy, de la fine barbe qui recouvre sa mâchoire carrée à ses iris d'un gris étonnamment foncé. Et, malgré son air sévère, je découvre même en observant plus attentivement son profil une marque à la commissure de sa bouche qui pourrait laisser croire qu'il lui arrive parfois de sourire.

Sans doute lorsqu'il écrase un chaton...

Un début de rire m'échappe, qui meurt sur mes lèvres à l'instant où Griffin se tourne dans ma direction. Lorsque ses yeux si particuliers rencontrent les miens, je dois me faire violence pour ne pas me détourner. Je le sens sur le point de dire quelque chose, mais il est interrompu par le professeur Vreeland :

— Mais j'y pense, Finley, toi, tu n'as pas d'assistant !

Splatch !

Merde. Merde. Merde. Mon gobelet renversé inonde la table d'une vague brûlante qui coule jusqu'à Vreeland et Griffin. Si la première bondit en arrière pour échapper au désastre, le second se contente de reculer d'un pas, sans pour autant se détourner de sa collègue qu'il transperce du regard. De toute évidence, je ne suis pas la seule à avoir été surprise par la suggestion à peine voilée de Vreeland. Moi, assistante de Griffin ? C'est...

— Hors de question.

Sa réponse, aussi glaciale que la température extérieure, fait sursauter Vreeland autant que moi.

— Pourquoi pas ? insiste-t-elle. Cette petite est brillante et avec elle tu peux être sûr que le travail sera toujours effectué à la perfection.

— Je ne crois pas que...

— Je ne veux pas d'assistante. Et encore moins de celle-là.

Je tressaille. Ça a le mérite d'être clair. Net et précis, comme dirait Cléo. Et douloureux aussi. Sans que je parvienne à savoir si la blessure vient de son rejet manifeste ou de ce travail de rêve qui, une fois de plus, va me passer sous le nez. Sans doute un peu des deux, quoique mon ego fragile guérira certainement plus vite que ma future carrière ou mon compte en banque. De toute façon, c'est un mal pour un bien. Griffin est odieux, si j'avais dû passer plus de temps avec lui que nos quatre heures hebdomadaires, je serais devenue cinglée avant Noël.

— Je te trouve bien catégorique, s'insurge Vreeland, à qui je découvre des tendances suicidaires. Otillie a toutes les qualités nécessaires pour être une excellente assistante !

— Si je devais choisir une assistante, sa première qualité serait la ponctualité, et Mlle Marshall et moi savons tous les deux que ce n'est pas son fort. Et en ce qui concerne la seconde qualité, j'attends encore qu'elle fasse ses preuves.

Ce disant, il incline la tête dans ma direction, un sourire narquois aux lèvres. Je me sens rougir sans même savoir pourquoi. De quelles preuves est-ce qu'il parle ? À la façon dont il me regarde, je devine que la réponse est à portée de main, mais je suis trop sur les nerfs pour trou... oh ! Évidemment.

Son sourire s'accentue quand il constate que j'ai compris, et je regrette encore plus d'avoir renversé mon café. Eût-il été plein que je le lui aurais envoyé à la figure rien que pour effacer son air de crétin satisfait. Il parle de la rédaction. Celle dans laquelle je dois lui présenter mes plus plates excuses. Et dont je n'ai pour le moment rédigé qu'un seul mot : connard. Pas génial si je veux devenir son assistante, ce dont je ne suis pas encore tout à fait sûre. D'un point de vue purement matériel, ce serait la solution à tous mes problèmes, mais, d'un autre côté, ça voudrait dire passer plus de temps en sa compagnie. Beaucoup trop de temps.

Vreeland nous observe d'un air curieux. Elle a deviné qu'il se joue ici plus qu'une simple conversation et elle a renoncé à intervenir. Une sage décision. Griffin continue à me sonder avec cette moue qui me hérisse le poil. « Gueule d'ange, cœur de démon », je songe en serrant les dents. S'il attend une réponse, il peut toujours courir. Pas question de lui faire ce plaisir !

— Je vais devoir vous laisser, annoncé-je en saisissant mon sac. Professeur Vreeland, merci pour votre soutien, mais je devrais pouvoir me débrouiller. Bon week-end et à lundi.

Quand je passe devant lui pour rejoindre la sortie, je jurerais entendre Griffin murmurer un « trouillarde » amusé, mais je ne me retourne pas pour vérifier.

J'avais prévu d'appeler les garçons pour qu'ils viennent me chercher, mais je suis trop à cran et le kilomètre qui me sépare de l'arrêt de bus me semble soudain salutaire. Dans ma tête, deux Tillie s'affrontent : l'ambitieuse et la « trouillarde ».

Celle qui rêve d'une grande carrière et qui pense que supporter Griffin n'est qu'un petit prix à payer, face à celle qui se demande si elle ne devrait pas se réorienter en étude des soins capillaires. Je n'ai pas fait un si mauvais travail avec ma coupe et je suis sûre que je pourrais m'habituer à l'odeur entêtante de l'après-shampoing à l'huile de coco. Il faudrait que je demande à Ryan s'il me laisserait lui faire une frange, pour m'entraîner. Ça ne doit pas être beaucoup plus compliqué que sur ma vieille tête à coiffer, même si les cheveux de Ryan ne repousseront pas juste en tirant dessus, mais c'est un détail. Voilà, c'est décidé ! Adieu la Tillie écrivain et bonjour la Tillie coiffeuse. Sauf que... une troisième Tillie monte sournoisement sur le ring, armée d'un argument qui agit comme un uppercut : *Mais ces études-là aussi sont payantes, ma grande... Et puisque aucune autre fac n'acceptera de te confier une bourse, autant aller au bout. Tu n'as pas le choix, si tu ne trouves pas un travail d'ici à la fin du trimestre, tu pourras dire adieu à Chatham.*

De nouveau, je sens un étau désagréable se refermer sur ma cage thoracique. Parce que cette troisième Tillie a beau dire vrai, elle oublie juste un détail : Griffin ne veut pas de moi.

Du moins, pas pour l'instant, mais il m'a donné une occasion de lui faire changer d'avis et je suis bien décidée à la saisir.

CHAPITRE 8
Tillie

— Tu me laisserais te couper les cheveux ?

Installée à la bibliothèque, je fais défiler les pages de petites annonces à la recherche d'un plan B au cas où l'option rédaction ne donnerait rien, mais rien de ce que je trouve ne s'accorde avec mes horaires de cours, sans parler de l'éternelle question du manque d'expérience qui revient systématiquement. En désespoir de cause, j'ai envoyé des candidatures spontanées à tous les cafés que j'ai pu lister, mais aussi près de la rentrée, j'ai peu d'espoir qu'elles aboutissent.

Ryan redresse la tête et me dévisage avec effroi.

— Non ! Pourquoi ?

— Pour rien, laisse tomber...

Dépitée, je ferme mon navigateur et sélectionne mon document intitulé « Rédaction Griffin ». Après quelques secondes dues à la vétusté de mon ordinateur, le fichier s'ouvre enfin. Tout en haut de la page, j'ai noté la date et la consigne. Le reste du document est vierge. Pour la première fois de ma vie d'écrivain, je sèche complètement sur un sujet. Et il fallait que ça tombe sur celui-là. C'est bien ma veine.

Le plus simple serait sans doute de retranscrire mon arrivée de mercredi dernier en servant à Finley Ponctuel Griffin des excuses plates et sans intérêt, mais je suis à peu près certaine que c'est ce que vont faire tous les élèves de ma promo. De toute façon, je me suis excusée ce jour-là et ça n'a servi à rien. Je ne vois pas pourquoi ça marcherait aujourd'hui. Non, si c'est un test – et c'en est un –, alors Griffin attend autre chose de moi, mais quoi ?

— Et voilà ! s'exclame Ryan en me tirant de ma réflexion. Quatre pages et deux heures de ma vie que personne ne me rendra jamais...

— Et si pour une fois tu te réjouissais de ce que tu viens d'apprendre au lieu de te plaindre ?

— C'est vrai. Tu as raison Tillie. Merci de m'éclairer de ta sagesse. Comment ai-je pu vivre jusque-là sans savoir que le roselin pourpré met entre trois et huit jours pour construire son nid ?

— Tu sais quoi ? Va au diable.

— Mais c'est qu'elle est de mauvaise humeur la briseuse de ménage, intervient Nate.

Pourquoi suis-je amie avec eux, déjà ? Depuis que je leur ai raconté l'incident du bassiste marié, j'ai droit à ce surnom vingt fois par jour. Et encore, j'ai de la chance qu'ils se limitent à celui-là, car de mon côté j'en ai trouvé une demi-douzaine d'autres. Il faut dire que je m'y connais...

— Je ne suis pas de mauvaise humeur. Je suis concentrée. Et vu vos bavardages, c'est un miracle.

— Que quelqu'un appelle le Vatican !

En d'autres circonstances, leurs pitreries me feraient peut-être rire, mais ce soir, je suis trop énervée. D'un geste sec, je referme mon carnet. De toute façon, ça ne sert à rien !

— Ne te fâche pas Tillie, tu sais qu'on plaisante.

— Je sais, oui, mais là j'ai vraiment besoin d'une pause. On se reparle plus tard, O.K. ?

Et sans attendre de réponse, je remballe mes affaires et quitte la bibliothèque pour rejoindre ma chambre, qui au rythme où vont les choses, ne le restera pas très longtemps. J'ai du mal à croire qu'hier matin je m'exhortais à ne pas penser à Griffin et à sa rédaction, et que maintenant celle-ci est presque devenue décisionnaire de mon avenir...

Histoire de remuer le couteau jusqu'au bout, la première chose que je vois en entrant dans ma chambre est le visage figé de Griffin, sourire charmeur aux lèvres, qui me toise depuis la couverture de son roman. C'est le deuxième que je lis, et je crois que je le préfère encore au premier. J'ai eu un mal fou à le lâcher hier soir, j'étais trop curieuse de savoir comment les deux héros allaient surmonter leurs préjugés. Quand j'ai fini par m'endormir, il venait de la rejoindre à la bibliothèque pour « discuter ».

J'envisageais de prendre une douche, c'est généralement ce que je fais lorsque je suis en panne d'inspiration, mais la tentation est trop forte. Tant pis pour la rédaction, je me cale confortablement sur mon lit et reprends ma lecture. Si j'ai refermé le livre sur une héroïne furieuse, au bout de quelques pages, je me rends compte que le héros a trouvé une manière très originale de se faire pardonner. Originale et… osée !

Quand il la plaque contre l'étagère et qu'elle enroule ses jambes autour de son bassin, je sens une douce chaleur se répandre dans mon ventre, qui s'accroît à mesure que leurs gestes s'accélèrent. Bon sang, comment de simples mots peuvent-ils faire autant d'effet ? Le livre toujours dans une main, je fais courir l'autre le long de ma peau jusqu'à atteindre mon jean, sous lequel je me glisse. Lorsque mes doigts rencontrent mon intimité, je ne retiens pas un gémissement de plaisir. À mesure que les protagonistes se trouvent et que la tension dans mon ventre s'intensifie, j'accentue ma caresse et laisse mon imagination dériver. Leur étreinte brûlante devient mienne, mon corps se cambre de plaisir et, quand il l'allonge sur le bureau, un sourire coquin aux lèvres, je pense aux lèvres de son auteur, avant de…

— Tillie ?

Des coups frappés à ma porte interrompent brusquement ma rêverie érotique. À travers le battant fermé, je reconnais les voix de Nate et Ryan et j'étouffe un grognement frustré dans mon oreiller avant de planquer le livre de Griffin dessous.

— Arrête de bouder, insiste Ryan. On a apporté de la tequila !

Il faudra au moins ça pour chasser les images imprimées sous mes paupières. J'aurais mieux fait de prendre une douche. Quoique... Je crois que j'ai enfin trouvé quoi écrire dans ma rédaction. Sautant à bas de mon lit, je vais ouvrir aux garçons puis rejoins mon bureau.

— Ne me dis pas que tu vas travailler ? manque de s'étouffer Ryan en me voyant faire.

— Ne t'inquiète pas, je n'en ai pas pour longtemps !

Et c'est vrai. L'inspiration a mis du temps à venir, mais à présent les mots semblent couler d'eux-mêmes sans que j'aie besoin d'y réfléchir. Ce n'est qu'un brouillon, mais pour un premier jet il est plutôt satisfaisant. Et à des kilomètres du texte convenu que je n'arrivais pas à écrire. Si Griffin trouvait divertissant de me provoquer, il ne va pas être déçu !

Lorsque j'inscris le point final, les garçons en sont déjà à leur deuxième verre. Pour ne pas être en reste, je vide mon gobelet d'un trait avant de me resservir, puis je réactualise les pages des petites annonces toujours ouvertes sur mon téléphone. J'ai beau être satisfaite de mon texte, rien ne dit que ça suffira à convaincre Griffin.

— Je vais finir à la rue, grommelé-je en avalant une nouvelle gorgée de tequila. Et je ne pourrai même pas vivre dans ma voiture puisque je ne la récupérerai jamais !

— On ne laissera pas les choses en arriver là, me rassure Nate. S'il le faut, Ryan viendra s'installer dans ma chambre et tu prendras la sienne.

— Youpi, je vais aller dormir avec Sabrina, la copine imaginaire de Ryan.

J'ironise, mais au fond, je leur suis sincèrement reconnaissante de cette proposition, même si j'espère ne jamais avoir besoin de l'accepter. À présent, tout repose sur ma rédaction, et d'après le peu que je sais de Griffin, sa réaction devrait être à la hauteur de ma provocation, en bien, ou en mal.

CHAPITRE 9
Tillie

Je suis cinglée. Complètement cinglée. C'est la seule explication possible au regard du texte que je viens de déposer sur le bureau de Griffin. Mais voyons le bon côté des choses, si un jour je suis arrêtée pour meurtre et que je dois plaider l'irresponsabilité, ce devoir pourra me servir de preuve. « Regardez Votre Honneur, déjà à la fac ma cliente présentait des signes de troubles du comportement. Vous ne me croyez pas ? Eh bien, lisez cette rédaction et nous en reparlerons ! »

— Si vous êtes tous là, nous allons pouvoir commencer, dit Griffin après avoir fait l'appel. Aujourd'hui, j'aimerais qu'on poursuive le travail de la semaine dernière sur la structure du roman. Vous avez dû recevoir dans l'été une liste d'ouvrages à lire avant la rentrée. Pendant la première demi-heure de cours, je vais vous demander d'en choisir un, celui que vous voudrez, et de me rédiger sa pyramide de tension narrative selon le modèle que nous avons vu l'autre jour.

À côté de moi, Cléo plonge vers son sac, dont elle sort la liste en question. Je l'imite et balaie le document des yeux, ignorant sciemment le livre de Griffin pour me focaliser sur les autres. Je laisse ça aux fayots comme Dylan. Je finis par arrêter mon choix sur un roman d'apprentissage que j'ai lu il y a quelques semaines seulement, et que j'ai encore bien en tête.

En quelques phrases, je présente la situation initiale et commence à lister les bascules. L'exercice n'est pas particulièrement compliqué et je me sens plutôt confiante, jusqu'à ce que je constate que pendant que nous écrivons, Griffin lit les textes que nous venons de lui rendre. Merde, merde, merde. Comment je suis censée me concentrer en sachant que d'une minute à l'autre… Rien que d'y penser, j'ai envie de disparaître. Ce qui va peut-être m'arriver : vu comme mes joues chauffent, la combustion spontanée n'est pas à exclure. Je vais prier pour ça ! S'il y a réellement des dieux qui veillent sur nous, pitié, faites que mes joues s'embrasent et qu'il ne reste de moi qu'un tas de cendres fraîches. Et s'il vous plaît, ne laissez pas Nate et Ryan rédiger mon épitaphe. Ni Griffin. Surtout pas Griffin !

Oh bon sang… mais qu'est-ce qu'il m'a pris ?

À chaque nouveau paragraphe que j'écris, je ne peux m'empêcher de lever les yeux en me demandant si le texte que Griffin est en train de lire est le mien. À cette distance, impossible de discerner quoi que ce soit, mais je le saurais si c'était le cas, non ? Les auteurs ne sont-ils pas censés sentir ce genre de chose ? Comme cet écrivain réputé qui arrivait à savoir si les gens avaient aimé son livre rien qu'en touchant leur main, et qui traquait les autres pour les assassiner dans leur sommeil. Bon, d'accord, c'était un film, mais ça ne veut rien dire, je connais quantité d'histoires qui sont inspirées de faits réels.

Ressaisis-toi Tillie, ce n'est vraiment pas le moment de te prendre une sanction !

« Sanction ». Un choix de mot intéressant, que j'ai utilisé dans ma précédente rédaction et que j'ai fait rimer avec… Hum. *Stop*. Je ne dois pas penser à ça, pas alors que Griffin est justement assis derrière son bureau, en chemise blanche déboutonnée au col, et que… STOP ! On se concentre, Tillie. Et on arrête de regarder Griffin, qui tire une nouvelle feuille de sa pile et la parcourt en buvant une longue gorgée de café. Qu'il recrache aussitôt. Merde. Je baisse vivement les yeux tandis que les siens se rivent sur moi. Nos regards se croisent une fraction de seconde, juste assez pour que je distingue son expression incrédule. Cette fois pas de doute, il a lu ma copie. Et le moins que l'on puisse dire, c'est qu'elle lui a fait de l'effet.

Il me faut plusieurs inspirations pour me rappeler que c'est exactement ce que je voulais : lui montrer que je peux le surprendre. Me mettre à son niveau, utiliser les mêmes codes que lui et le prendre à son propre jeu.

Lorsque j'ose de nouveau lever la tête vers lui, il a reporté son attention sur ses feuilles et je n'arrive pas à décider si ça me rassure ou si ça me déçoit. J'ai à la fois envie d'accrocher son regard et de ne plus le lâcher jusqu'à ce que j'aie obtenu pleine et entière satisfaction, et à la fois de quitter cet endroit au plus vite pour ne plus jamais y revenir.

Notre professeur nous accorde trente minutes pour achever nos écrits avant de nous octroyer une pause. Je n'ai toujours pas tranché entre mes différentes émotions, ce qui explique sans doute le regard effronté que je lui jette en passant. Ce que ça n'explique pas, en revanche, c'est le coup d'œil que lui m'adresse et qui me donne soudain très chaud...

Quand nous sommes conviés à retourner dans la salle, je ne suis plus qu'une boule de nerfs.

Le troisième café était probablement de trop.

Griffin prend tout son temps pour nous distribuer les copies. Je suis peut-être parano, mais j'ai l'impression qu'il le fait exprès. J'aurais dû m'installer au premier rang. Le voir remonter vers moi, rangée après rangée, est une torture. Enfin – enfin ! – il arrive à ma hauteur. Dans la main, il tient la feuille qui lui a fait recracher son café. Celle qui m'a été inspirée par la lecture de sa scène érotique. Celle dans laquelle une étudiante se présente humblement dans le bureau de son professeur, contourne son fauteuil, se met à genoux devant lui et fait lentement glisser sa braguette. Tout comme, avec une lenteur qui confine au sadisme, Griffin fait glisser la feuille vers moi. Mon cœur bat si fort que je le sens vibrer dans tout mon corps. Mais là où je m'attendais à trouver une note, il a rédigé une courte phrase de son écriture fine et penchée :

« Je vous attends dans mon bureau ce soir à 19 heures, pour des excuses en bonne et due forme. »

CHAPITRE 10
Tillie

Il fait presque nuit lorsque je gravis l'escalier menant au deuxième étage. J'ai l'impression d'avoir à nouveau quatorze ans, sauf que cette fois je ne suis pas en route pour un ciné et un McDo, mais pour... pour quoi au juste ? Est-ce que Griffin s'attend vraiment à ce que je lui serve « des excuses en bonne et due forme » ? Cette formulation, qu'il a tirée de ma rédaction et qui a conduit mon héroïne à genoux devant son professeur, c'est ça qu'il attend de moi ?

Harcèlement sexuel !

Mais est-ce réellement le cas ? Il ne ferait que me prendre au mot. Et maintenant, qu'est-ce que je suis censée faire ? Si je me défile, je dis adieu à mes chances de devenir son assistante. Mais ai-je vraiment envie d'être l'assistante d'un homme capable d'exiger ça de moi ? Ce type est un connard fini et ce n'est pas parce qu'il est incroyablement sexy et que ses livres ont sur moi un effet dévastateur que je vais céder à son odieux chantage. C'est absolument hors de question. Merde, j'ai quand même ma dignité. Et si Finley Pervers Griffin espère obtenir de moi plus que ce qu'il serait en droit d'attendre d'une brillante élève de troisième année, qu'il aille se faire voir !

Animée par une détermination toute neuve, je frappe à la porte du bureau et entre sans même y être invitée.

— Il n'est pas question qu'il se passe quoi que ce soit de sexuel entre nous !

Mon éclat résonne dans la pièce vide. Merde. Il n'est pas là. Pourquoi il n'est pas là ? Et pourquoi il laisse la porte de son bureau déverrouillée si…

— Vous m'en voyez ravi.

Putain ! La voix impassible de Griffin me parvient depuis un coin sombre de la salle et je sursaute si fort que je manque de me prendre le mur. Mais qu'est-ce qu'il foutait dans le noir ? Une seconde plus tard, la lumière s'allume et j'aperçois sa silhouette parfaite allongée sur un divan. Quand il se redresse et que nos regards se croisent, je vire à l'écarlate.

— Vous avez un canapé dans votre bureau ?

Il ne répond pas tout de suite, prenant tout son temps pour se relever et me faire face. J'ai tellement l'habitude de côtoyer Nate et Ryan que je n'y avais pas prêté attention, mais à présent qu'il se tient juste devant moi, je prends conscience de sa taille. Il est grand. Vraiment grand, et très intimidant.

— Quel dommage, si vous l'aviez su, vous auriez pu l'intégrer dans votre rédaction.

Malgré le sérieux de ses yeux, ses lèvres s'étirent pour former la moue narquoise qu'il semble me réserver et je dois mordre mes joues très fort pour ne pas l'envoyer se faire foutre. Aussi grand et intimidant soit-il.

— Je peux toujours la corriger s'il n'y a que ça pour vous faire plaisir.

— Si c'est vraiment mon plaisir que vous cherchez, ajoutez plutôt une ou deux étudiantes.

Il se moque de moi, là ?

— C'est tout ce que vous aviez à me dire ? Dans ce cas je crois qu'on va s'arrêter là.

J'ai employé ma voix la plus P.-D. G. surbookée possible, assortie d'une rotation parfaite, avant de me diriger à grandes enjambées vers la sortie.

— Il me semblait que c'était vous qui aviez quelque chose à me dire, m'interrompt Griffin au moment où je quitte son bureau.

Figée sur le pas de la porte, j'attends qu'il poursuive.

— Vos excuses en bonne et due forme.

Très lentement, je pivote de nouveau sur mes talons.

— Êtes-vous en train de me harceler sexuellement ?

— Demande l'étudiante qui m'a remis un devoir des plus érotiques, réplique-t-il. Qu'est-ce que c'était déjà ? « Voyant qu'il se laissait faire, elle fit courir sa langue de la base de son sexe vers son gland avant de l'enserrer de ses lèvres chaudes et humides, tandis que, d'une main ferme, il agrippait ses cheveux pour accompagner son mouvement de... »

— Oh, bon sang, vous l'avez appris par cœur ?

— Je ne fais que manifester un intérêt poli pour le travail de mes étudiants.

Cette fois, c'est clair, il se moque de moi.

— Quelle chance nous avons d'œuvrer sous la supervision d'un professeur aussi attentionné.

— C'est sans doute pour ça que vous souhaitez devenir mon assistante.

— Évidemment, ça et votre énooorme bureau.

— Effectivement.

Il lève un sourcil en faisant glisser un doigt provocateur sur le meuble en question. Je déglutis et m'oblige à détourner le regard. Il va me rendre folle.

— Alors c'est entendu ?

Est-ce qu'il parle du poste d'assistante ? Ou de... Argh, cette incertitude constante va me tuer ! Et je suis sûre qu'il le sait. Connard sadique.

Voyant que je ne saute pas tout de suite de joie, Griffin penche légèrement la tête sur la gauche et me lance une œillade appuyée.

— Si ce travail vous intéresse toujours.

— Oui !

Il l'a vraiment dit ! J'étais tellement certaine qu'il refuserait que je ne m'étais pas préparée à la vague de soulagement qui me submerge soudain. Je vais pouvoir garder ma chambre et finir mes études. Et je vais peut-être enfin pouvoir faire taire cette petite voix dans mon esprit. Celle de la Tillie adolescente qui ne cesse de me tourmenter depuis l'appel de Giulia.

Je secoue la tête avant de me ressaisir et de confirmer d'un ton beaucoup plus professionnel :

— Hum, oui, tout à fait.

— Alors c'est entendu, répète-t-il.

— Vous n'allez pas le regretter.

— Je le regrette déjà. Ah, et une dernière chose, mademoiselle Marshall. Manquiez-vous à ce point de confiance en vos capacités pour avoir cru devoir coucher avec moi pour obtenir ce poste ?

— Il n'a jamais été question de coucher avec vous, répliqué-je, piquée. Dans ma rédaction je ne mentionnais qu'une fellation. Mais vous avez raison, je dois avoir du talent si en trois paragraphes j'ai réussi à vous donner envie de plus.

Non sans une pointe de satisfaction, je vois ses lèvres frémir, puis il s'avance vers moi et je retiens mon souffle quand le sien effleure ma peau incandescente :

— Huit heures, lundi matin, ne soyez pas en retard.

Et sans me laisser le temps de comprendre ce qu'il vient de se passer, il recule et me claque la porte au nez.

CHAPITRE 11
Finn

De : logan.fields@d-a-r.com
À : f.griffin@rc-sup.com
Objet : J-100

Finn,

Je viens d'avoir ton éditeur au téléphone, il me dit que tu ne lui as toujours pas envoyé tes premiers chapitres. Je te rappelle que tu n'as plus que 100 jours pour lui faire parvenir le manuscrit définitif. Ne déconne pas, mec, je sais que tu es très occupé avec toutes tes nouvelles responsabilités, mais n'oublie pas ce qui est en jeu !

Logan

De : f.griffin@rc-sup.com
À : logan.fields@d-a-r.com
Objet : Si j'avais voulu un compte à rebours…

J'aurais installé une alarme sur mon téléphone.

Finn

Sans déconner, ils se sont tous passé le mot pour me faire chier ou quoi ?

— Prewett, t'es là pour jouer au foot ou pour faire de la couture ? Bouge ton cul !

— Oui, coach.

Sourcils froncés, j'observe mon gardien allonger la foulée pour rattraper le reste de l'équipe. Bien. Si je les ai fait venir un samedi matin, ce n'est certainement pas pour les regarder se tourner les pouces. Et s'ils espèrent quitter le terrain avant ce soir, ils ont intérêt à s'activer.

Un ping sonore m'annonce un nouvel e-mail de Logan. Qu'il aille se faire foutre avec ses délais à la con. Je n'ai pas besoin de lui pour savoir ce que je risque si je ne remets pas mon manuscrit dans les temps : mon compte en banque me le rappelle en permanence. Mais de toute façon, ça n'arrivera pas ! Cent jours, c'est largement suffisant pour terminer un roman, normalement. Et ce serait sympa si mon agent me faisait un peu confiance de temps en temps. Est-ce que moi je suis derrière lui à m'assurer qu'il fait bien son travail ? Merde à la fin.

J'ai l'impression d'être un môme de dix ans, et ce qui m'énerve le plus, c'est qu'il a raison. Quand il m'a annoncé les chiffres de mon premier roman, j'ai failli faire un saut périlleux. Jamais je n'aurais imaginé rencontrer un tel succès dès mes débuts. Ni tout court d'ailleurs. Mon deuxième livre a été tout autant plébiscité, et le troisième après lui. Pendant les cinq ans qui ont suivi, j'ai connu l'âge d'or des écrivains : les idées venaient toutes seules, et l'argent avec elles. Alors, quand mon éditeur m'a proposé une avance de deux cent mille dollars pour mon prochain roman, j'ai signé sans hésiter. Pourquoi l'aurais-je fait ? Comment, tout auréolé de mon succès, aurais-je pu envisager qu'un an plus tard je n'aurais toujours pas réussi à pondre la moindre ligne ? Mais l'année a passé, et sans que je m'en rende compte, l'argent a filé. Et maintenant, je me retrouve comme un con à coacher une équipe de soccer dans l'espoir que mon retour à Chatham marquera du même coup le retour de mon inspiration.

Le souci, c'est que j'ai consacré la soirée d'hier, comme des dizaines avant celle-là, à tenter de terminer une des scènes clefs de mon roman, et rien n'est venu. Ou plutôt, rien n'est venu qui ne soit pas directement inspiré par la rédaction d'Otillie Marshall. Bordel. Rien que d'y penser... Comment se fait-il que ses mots m'affectent à ce point ? Je suis auteur de romance. J'ai écrit des douzaines de scènes de cul, je devrais être immunisé. Et pourtant, en à peine quelques lignes, cette fille m'a tellement retourné le cerveau que je ne peux même plus m'asseoir à mon bureau sans l'imaginer se glisser dessous. J'espérais que la voir hier soir calmerait l'excitation provoquée par la lecture de son fichu devoir, mais ça a eu l'effet inverse. Il faut dire qu'elle est presque aussi habile de sa langue que de sa plume. Hmm. Si seulement je pouvais vérifier ça. Mais il n'en est pas question, surtout maintenant qu'elle est mon assistante... À quoi je pensais ? Je veux dire, à part à ses lèvres serrées autour de moi ? Une image qui m'a déjà obnubilé toute la journée d'hier, au point que j'ai annulé l'entraînement rien que pour... Non. Je n'ai jamais envisagé de la faire venir pour concrétiser le fantasme qu'elle a implanté dans mon esprit, quel genre de connard ferait une chose pareille ? Mais malgré tout, lorsqu'elle a prononcé le mot « fellation », j'ai dû lutter de toutes mes forces pour dissimuler mon envie de la basculer sur mon bureau et de la prendre dans l'instant.

— Coach ?

En un battement de paupières, je repousse l'image beaucoup trop précise qui vient de s'installer dans ma tête pour reporter mon attention sur Nate Evans. Malgré les vingt tours de piste que je leur ai infligés, le capitaine des Cougars transpire à peine. Un regard aux autres m'apprend que ce n'est pas le cas de tout le monde, ce qui me fait grincer des dents. On joue notre premier match dans deux semaines et il est clair que, pour certains, le soccer a été tout sauf une priorité pendant l'été. Mais les vacances sont finies et il est temps qu'ils s'en rendent compte.

— On repart pour dix tours.

Cette fois, je m'élance sur la piste avec eux, en espérant que courir m'aidera à me vider la tête et me ramollira la queue. Il fait encore plus froid que la semaine dernière, mais malgré ça, mes gars s'exécutent sans broncher, même Muller, qui donne pourtant l'impression qu'il va tomber dans les pommes d'un instant à l'autre. Dieu merci il nous épargne ça. J'ai autre chose à faire de ma matinée que de remplir de la paperasse. Après dix tours de stade, je suis de nouveau focus sur le sport.

— Prewett, Terrens, Jenson, Avery, Baker, Garrick, Brown et Mitchelle, vous prenez les maillots blancs. Evans et les autres, vous êtes en rouge. On joue sur le but gauche. Mettez-vous en 4-2-2. Et faites-moi le plaisir de faire des passes.

Je choisis volontairement de déséquilibrer les équipes en favorisant les maillots rouges. Les blancs jouent en défense et je veux voir comment ils vont réagir face à une offensive plus poussive. À l'entraînement de jeudi, mes défenseurs s'en sont remarquablement bien sortis, mais j'ai eu l'impression que le flanc droit n'était pas assez couvert et ça ne m'a pas plu. Si ça se confirme aujourd'hui, il faudra que je réfléchisse à une nouvelle stratégie pour fortifier nos rangs, ce qui va encore me prendre un temps monstre.

Logan a sans doute raison quand il dit que je me disperse trop. Je devrais peut-être me contenter d'écrire. Mes livres se vendent largement assez bien pour me permettre de ne faire que ça. Mais à force de rester assis derrière un bureau à scruter mon ordinateur, je devenais fou. Non, j'avais besoin de plus, et c'est exactement ce que m'apportent l'équipe et mes cours. Et il n'est pas question que j'y renonce. Il faut simplement que je trouve un moyen de jongler entre tout ça sans que l'une prenne le pas sur les autres. Mais après tout, c'est justement à ça qu'est censée me servir mon assistante, non ? À... comment

Vreeland l'a formulé, déjà ? Ah oui, « me soulager de certaines tâches pour me permettre de me concentrer sur l'essentiel ». Évidemment, si c'est de la concentration que je veux, j'aurais mieux fait de choisir Dylan Muller pour le poste. Lui au moins je peux regarder sa bouche sans passer le reste de la journée à y penser.

Je pousse un très long soupir quand je prends conscience de la direction que mes pensées ont prise, une fois de plus. Putain, il faut vraiment que j'arrive à me la sortir de la tête, ne serait-ce que le temps de l'entraînement.

Ce qui ne va pas être évident, puisqu'elle vient de s'asseoir dans les gradins.

CHAPITRE 12
Tillie

Mais c'est pas vrai, il ne va jamais les laisser partir ou quoi ? Ça fait presque deux heures que je suis là et Finley Sadique Griffin vient encore de leur filer une série d'exercices. Il sait qu'on est samedi et qu'il y a une vie en dehors du soccer ? Sans parler du fait que la température extérieure avoisine les moins quinze et que s'il ne se dépêche pas de relâcher les garçons, je vais perdre un orteil. En plus de ma patience.

Au moins, la météo est raccord avec ma nouvelle lecture. Encore un roman de Griffin. La suite de celui de l'autre jour, au détail près que nous avons quitté la chaleur provençale pour suivre nos deux héros au fin fond de l'Écosse. J'en ai déjà lu deux tiers, et au rythme où vont les choses, je l'aurai terminé d'ici à la fin de l'entraînement.

Ignorant Griffin qui invective Dylan Muller, je replonge le nez dans mon chapitre. Il était plus que temps pour Thomas de rejoindre Clara dans les jardins. Après la scène du dîner, j'ai cru qu'il ne se déciderait jamais à agir, mais il se rattrape bien. Hmm. Décidément, Griffin aime que ses personnages s'embrassent collés contre un mur, un arbre ou une bibliothèque. Et il aime également qu'ils… Oh Seigneur !

Je referme le livre si brusquement que je manque de le lâcher. J'ai l'impression que mes joues ont pris feu tout à coup et la seule chose que je trouve à faire, c'est de plaquer mes mains dessus pour les refroidir. Mains qui, à l'heure actuelle, seraient bien mieux occupées à autre chose. Oh bon sang. Bon sang. Bon sang. Il faut que j'arrête de penser aux lèvres de Thomas sinon je vais mourir de combustion spontanée.

— Du nerf ! hurle Griffin. On se met en place pour le Luc Léger. Prewett et Evans, vous m'installez une ligne de plots à vingt mètres. On commence à huit kilomètres à l'heure et on augmente toutes les minutes. Allez, en position !

Je lève les yeux au ciel. Sérieusement ? Encore un exercice ? Il veut que Muller s'effondre ou quoi ? En ce qui me concerne, j'ai eu ma dose pour ce matin. Malgré toute l'affection que j'ai pour Ryan et Nate, ils ne méritent pas que j'attrape une pneumonie pour eux. Et surtout, j'ai désormais une excellente raison de vouloir regagner ma chambre… Les garçons n'auront qu'à m'appeler quand Griffin se décidera à les renvoyer au vestiaire.

Profitant que mes bras ne soient pas encore congelés, je me lève et les agite pour signifier à mes amis que je m'en vais. Malheureusement, ce n'est pas leur attention que j'attire mais celle de Griffin, et même à cette distance, je peux clairement voir ses sourcils se froncer. Cette seule image suffirait à me faire hâter mon départ, si la seconde suivante il ne retirait pas son sweat pour l'envoyer valser sur le banc de touche. Oh. Mon. Dieu. Ses costumes laissaient déjà deviner une certaine musculature, mais là, j'en reste bouche bée. J'ai pourtant l'habitude des physiques de joueurs de soccer, alors pourquoi ai-je autant de mal à détourner mon regard du spectacle qui se joue devant moi ? Non content d'avoir ôté son pull, Griffin a maintenant rejoint son équipe, et quand il commence à courir, je ne peux pas m'empêcher de me rasseoir. Tout à coup, j'ai complètement oublié Thomas, Clara et leur jardin, et lorsqu'une demi-heure plus tard Griffin se décide enfin à libérer ses joueurs, je suis presque déçue.

Tandis que les garçons foncent au vestiaire, je me rapproche du terrain et observe leur coach arpenter la pelouse pour ramasser les accessoires. Vu la façon dont il a traité son équipe pendant l'entraînement, j'aurais plutôt pensé qu'il leur ferait ranger eux-mêmes, mais il a visiblement estimé qu'ils méritaient un peu de repos. Profitant qu'il me tourne le dos, je laisse mes yeux dériver le long de ses muscles délicieusement moulés par son maillot. *Reprends-toi, Tillie !*

— Avez-vous des difficultés à retenir les jours de la semaine ?

La question de Griffin me fait sursauter. Merde, je ne pensais pas qu'il m'avait vue approcher.

— Voyons voir, si nous étions samedi au début de l'entraînement, alors maintenant nous sommes... jeudi ?

— Rien ne vous obligeait à rester aussi longtemps, réplique-t-il en se retournant enfin pour me faire face. D'autant qu'il ne me semblait pas vous avoir donné rendez-vous avant lundi.

— Vous croyez que je suis ici pour vous voir ?

— Bien sûr que non. Je suis certain que c'est la météo qui vous a incitée à sortir.

Il lève un regard sarcastique vers le ciel de plus en plus sombre et, comme pour lui donner raison, c'est le moment que choisit le vent pour souffler une violente bourrasque.

Instinctivement, Griffin pose sa main sur mon épaule pour m'aider à garder l'équilibre et ce simple contact suffit à embraser mes sens. Foutu bouquin beaucoup trop détaillé. C'est à cause de lui si je suis autant à fleur de peau. De lui et de son auteur...

— Vous savez que le monde ne tourne pas autour de vous n'est-ce pas ? demandé-je en me dégageant.

— Ne jouez pas à ce jeu-là avec moi. Vous venez de passer plus de deux heures assise dans ces gradins alors dites-moi ce que vous voulez, que je puisse retourner à une activité plus intéressante.

— Au risque de vous décevoir, ma présence ici n'a rien à voir avec vous. Je suis venue pour...

— Tillie ! me coupe une voix joyeuse derrière moi.

L'expression qui s'affiche sur le visage de Griffin valait largement une potentielle pneumonie. Malheureusement, elle se transforme très vite en un sourire narquois lorsque Ryan poursuit :

— Pas trop froid la briseuse de ménage ?

— Oh non, ricane Griffin, ne me dites pas que M. Suçon était marié…

Merci Ryan.

— Vous n'aviez pas des plots à ramasser, vous ?

— Votre ami va s'en charger, n'est-ce pas Prewett ?

— À vos ordres, coach.

Ryan effectue un salut militaire avant de se précipiter sur le terrain. En voyant sa silhouette immense bondir d'un plot à l'autre avec ses cheveux blonds volant autour de lui, j'ai soudain l'impression de voir un golden retriever obéissant joyeusement à son maître. Sincèrement, après l'entraînement auquel je viens d'assister, j'ai du mal à croire que les garçons puissent continuer d'aduler Griffin. C'est peut-être un super coach, mais ça ne suffit pas à rattraper son attitude. Je rappelle qu'il a failli envoyer Dylan Muller à l'hôpital – certes, ça n'aurait pas été une grande perte, mais quand même… Et c'est pareil pour l'écriture : d'accord, c'est un bien meilleur écrivain que ce que je m'étais figurée en voyant ses livres, et oui, ses cours sont passionnants. Mais ça ne change rien au fait que c'est un con.

— Donc, M. Suçon ?

Un vrai con.

CHAPITRE 13
Finn

— Il est 8 h 03.

Je ricane intérieurement en voyant les sourcils d'Otillie Marshall se froncer. Elle sait que je mens. Et elle sait que je le sais. Ça ne l'empêche pourtant pas de jeter un coup d'œil à l'horloge qui surplombe mon bureau pour s'assurer qu'elle n'est pas en retard. L'élève modèle par excellence… Mi-amusé, mi-exaspéré, j'attrape le café qu'elle me tend et en avale une gorgée avec prudence. Il était trop amer lundi, et beaucoup trop sucré mardi. Mercredi, elle avait oublié le couvercle, si bien qu'il était froid, et hier… J'aime autant ne plus jamais y penser. Toutefois, malgré ma réticence plus que légitime, Marshall a le toupet de lever les yeux au ciel. Je m'apprête à lui rappeler les précédentes occurrences lorsqu'un goût atrocement salé se heurte à mes papilles.

— Qu'est-ce que c'est que cette horreur ? craché-je, en même temps que la boisson qui vient maculer mon bureau de millions de taches brunes.

Marshall écarquille les yeux, manifestement horrifiée, et je vois ses dents se refermer sur sa lèvre inférieure dans un geste qui chasse aussitôt le café de mes pensées. Ça fait presque une semaine que je la côtoie tous les jours et j'espérais qu'à force j'en viendrais à oublier l'effet ravageur de sa dissertation, mais au contraire, chaque minute passée en sa compagnie ne fait que l'attiser un peu plus. Il n'y a qu'à voir la réaction de mon hémisphère Sud en cet instant pour comprendre que je suis dans la merde.

Frustré, j'attrape la première chose qui me tombe sous la main - une copie de deuxième année - pour éponger mon bureau.

— Faites-moi une faveur, mademoiselle Marshall, ne m'apportez plus jamais de café.

— Je croyais que c'était ce que vous attendiez de moi.

Elle lève un doigt professoral devant elle et, avec un certain talent, je dois l'admettre, récite :

— « Je veux vous voir dans mon bureau chaque matin à 8 heures tapantes, et si vous oubliez mon café ce n'est pas la peine de revenir. »

Je me pince les ailes du nez pour contenir mon agacement. Je n'ai pas besoin d'elle pour me souvenir de notre discussion de lundi dernier. Après avoir passé la grande majorité de mon week-end à me prendre la tête à son sujet au lieu d'écrire le manuscrit que Logan continue de me réclamer, j'étais de particulièrement mauvaise humeur lorsqu'elle s'est pointée. Et je l'ai reçue en conséquence.

— C'était avant d'avoir connaissance de votre incapacité pathologique à vous servir d'une machine à café. Pas étonnant qu'on vous ait renvoyée...

Sa bouche s'entrouvre avant de se refermer aussi sec, ravalant certainement une insulte. Son absence de protestation est assez inhabituelle pour que je la note, et je ne masque pas mon sourire satisfait. Touchée !

— Bien, reprends-je. Maintenant que cette question est réglée, passons à la suivante. J'ai une réunion à 11 h 30 et je ne vais pas pouvoir assurer le cours des deuxième année, donc...

— Vous voulez que je le donne à votre place !

— Je veux que vous vous chargiez de leur envoyer un e-mail pour le reporter à 16 heures.

Son sourire se fane, remplacé par une moue boudeuse.

— Vous savez que le travail d'un assistant universitaire ne se résume pas à servir le café et à envoyer des e-mails, n'est-ce pas ?

— Vraiment ? Je vous aurais bien proposé de vérifier les freins de ma voiture, mais vu vos résultats avec le café, j'aurais peur de finir dans un fossé.

— Si seulement...

Je peux lire très précisément sur son visage le moment où elle prend conscience d'avoir parlé à haute voix. Ses joues, jusque-là légèrement rouges, se vident soudain de toutes leurs couleurs et ses yeux s'écarquillent d'horreur. Elle se reprend vite cependant et relève le menton d'un air fier, ce qui, je dois le reconnaître, est terriblement sexy. Cette fille aura ma peau.

— Je n'ai pas l'intention de passer l'année à vous servir de domestique.

— Au rythme où vont les choses, vous ne passerez même pas la semaine.

À cet instant précis, je sais qu'elle me déteste. Il n'y a qu'à voir l'incendie qui s'allume dans ses yeux chaque fois qu'elle les pose sur moi. Il est d'ailleurs étonnant qu'elle continue de s'accrocher comme ça à ce travail d'assistante. Du peu que j'en ai vu, je pensais qu'elle aurait jeté l'éponge au bout d'une journée, mais elle tient bon. Il y a peut-être quelque chose à tirer d'elle après tout. Reste à savoir quoi.

— Il n'est pas question que je vous autorise à faire classe à ma place, et ce n'est pas la peine de protester, enchaîné-je en la voyant ouvrir la bouche. Peu importe ce qu'Ann Vreeland raconte sur vous, vous êtes pour l'instant loin d'avoir le niveau requis pour enseigner. Dans quelques mois, nous en reparlerons. En attendant, le mieux que je puisse vous offrir, c'est de venir assister à certains de mes cours.

Je formule ma proposition comme une faveur, me gardant bien de préciser que cela fait partie de mes obligations en tant que professeur titulaire. Elle n'a aucun besoin de connaître ses droits en la matière, et tant qu'elle les ignorera, je pourrai continuer de prétendre qu'elle m'en est redevable.

Quand elle a fini de sautiller intérieurement de joie - se croit-elle vraiment discrète ? -, je lui tends une pile de feuilles à photocopier pour la classe de première année ainsi qu'une copie de mon emploi du temps afin qu'elle puisse le comparer avec le sien et y noter les cours auxquels elle compte assister. Lorsqu'elle me le rend, je constate qu'elle a pris soin d'éviter les TD de son propre niveau ainsi que du niveau supérieur, privilégiant ceux des première et deuxième année.

— Quelle humilité, raillé-je. Et ça, c'est pour...

Je désigne son nom, inscrit au milieu d'une case vide.

— Le TD de ce matin que vous m'avez demandé de déplacer à 16 heures.

Évidemment... Je secoue la tête, résigné à l'idée de la voir trois fois par jour, et je lui donne finalement congé. Nous nous retrouverons bien assez tôt. Alors que la porte se referme doucement sur elle, je pousse un long soupir et me laisse aller contre le dossier de ma chaise, mains croisées derrière la nuque. Et c'est seulement là que je prends conscience du détail qui aurait dû m'alerter dès le départ : il n'y a pas de sel dans les machines à café.

CHAPITRE 14
Tillie

Tillie 1 – Griffin 0

Lorsque la porte du bureau claque derrière moi, je laisse libre cours à mon triomphe. Le poing levé, je sautille sur place et me déhanche au rythme d'une chanson de la victoire muette. Ça m'a demandé un effort surhumain pour ne pas me trémousser de bonheur quand mon nouveau patron a cédé sur ma présence à ses cours. Dieu merci, je suis plutôt douée au poker et il ne s'est évidemment aperçu de rien. Tout comme il ne s'est pas aperçu de mon petit sabotage caféiné. Ça lui apprendra à ne pas me former correctement.

Un des points positifs de mon statut d'assistante, c'est qu'il me donne accès aux photocopieuses des enseignants, ce qui m'épargne d'avoir à faire la queue devant celles de la bibliothèque. Une fois mon devoir envers Griffin accompli, je relis soigneusement mes notes avant de me mettre en route vers la salle de TD, mon paquet de copies sous le bras.

— Tu as agressé une imprimante ? me hèle Cléo.

— Griffin m'a demandé de faire des photocopies.

— Faut-il en conclure que tu n'as toujours pas réussi à le convaincre de te donner de vraies missions ?

— En fait, si, je vais pouvoir assister à ses cours de première et deuxième année, et qui sait, un de ces jours, il me laissera peut-être corriger quelques copies…

— Pitié, dis-moi que le jour où il te laissera corriger cette tête-de-pipe de Muller, je pourrai être là !

Griffin fait son entrée peu de temps après et déverrouille la porte pour nous donner accès à la salle. En passant devant lui pour rejoindre ma place, je m'efforce de réprimer le sourire qui me monte aux lèvres. Pas question qu'il soupçonne à quel point sa capitulation de ce matin me réjouit. Le connaissant, il serait sans doute capable de changer d'avis rien que par esprit de contradiction. D'ailleurs, à voir la façon dont il m'observe, je me demande s'il n'y songe pas déjà. À moins qu'il ne réfléchisse à comment faire disparaître mon corps.

— Dépêchez-vous de vous installer et sortez de quoi écrire, ordonne-t-il sèchement. Ce matin je veux qu'on s'intéresse au polar comme vecteur de coloration du langage. Vous allez me rédiger un dialogue entre un inspecteur de police et un suspect : le genre qui pensait pouvoir s'en sortir après avoir pris le policier pour un con, ajoute-t-il en rivant ses yeux orageux aux miens. Vous pouvez utiliser la forme que vous voulez, passé, présent, narration interne ou focalisation externe, peu importe, ce que je veux, c'est ressentir une ambiance, et une voix propre à votre scène. Je vous laisse une demi-heure.

Le reste du cours se déroule sans accroc, même si le regard furieux de Griffin revient régulièrement sur moi sans que j'en comprenne la raison. Je profite de ma longue coupure entre le TD d'écriture créative et celui de scénarisation pour réorganiser mon emploi du temps afin d'y insérer les classes de Griffin. Il n'y en a qu'une qui tombe en même temps que mon cours de poésie moderne, mais je suis sûre que Mme Barlow acceptera de m'envoyer les leçons par e-mail.

Évidemment, il fallait que le TD des deuxième année ait lieu à l'autre bout du bâtiment…

Je traverse les couloirs au pas de course et arrive à l'instant où Finley Ponctuel Griffin ouvre la porte. Mon soupir de soulagement ne lui échappe pas et sa bouche se tord en un sourire moqueur.

— Mademoiselle Marshall, c'est toujours un plaisir.

— Toujours ?

Une lueur s'allume dans ses yeux, toutefois la présence des élèves l'empêche de répondre. Je souris intérieurement avant d'aller m'installer dans un coin de la salle.

Tillie 2 - Griffin toujours 0

— Comme certains l'ont peut-être remarqué, nous avons une spectatrice, annonce Griffin une fois la salle remplie. Je vous présente Mlle Marshall, ma nouvelle assistante.

Ce dernier mot est prononcé avec une réticence palpable, ce qui accroît ma satisfaction. Curieusement, j'adore l'idée de le torturer.

Je passe la première demi-heure debout dans un coin de la salle le temps que les étudiants terminent leur exercice de rédaction, à ignorer leurs regards curieux. Lorsqu'ils quittent la pièce, je n'ose pas les imiter, le silence seulement troublé par le bruit du stylo de Griffin qui corrige les copies qu'il vient de ramasser.

Je suis impressionnée malgré moi par la vitesse à laquelle il travaille.

— Vous n'avez pas eu envie d'aller vous chercher un café ? demande-t-il soudain en levant les yeux de sa feuille.

— Pas aujourd'hui.

— Quel dommage...

Sa remarque semble dissimuler un double sens, mais il ne me laisse pas le temps d'y réfléchir et se lève pour aller ouvrir la porte à sa classe.

— Bien, reprend Griffin après que j'ai rendu leur texte à chacun, si vous vous souvenez bien, au dernier cours je vous avais parlé de l'importance de la focale dans la littérature de genre, et nous avions conclu sur un extrait de mon roman *Forever & Always*. Aujourd'hui, je vous propose de continuer sur notre lancée avec l'analyse d'un nouvel extrait. Mademoiselle Marshall, si vous voulez bien...

J'attrape le paquet qu'il me tend, mais il ne le lâche pas tout de suite, plongeant son regard insolent dans le mien. Je force légèrement pour lui faire lâcher prise et baisse les yeux vers les feuilles. Je sens mes joues virer à l'écarlate lorsque je prends connaissance de ce que je tiens, et je n'ai pas besoin de relever les yeux pour savoir que Griffin jubile. Ce connard a osé !

Dans mes mains, il ne s'agit pas de son texte, mais bien d'une vingtaine de photocopies de... ma rédaction.

CHAPITRE 15
Finn

Finn 1 – Marshall 0

Je ne crois pas avoir déjà assisté à un spectacle plus satisfaisant que celui du visage d'Otillie Marshall virer du rose au rouge soutenu. Et ça ne fait que commencer. Quand elle comprend que je compte vraiment faire travailler mes élèves sur son texte, la carnation de ses joues évolue encore pour passer à une teinte plus sombre, signe que l'embarras a laissé place à la colère. Malgré tout, je suis impressionné par son professionnalisme. Inspirant un grand coup, elle se ressaisit, et non sans m'avoir jeté un regard assassin, elle entame la distribution de sa rédaction.

Contrairement à ce qu'elle doit penser en ce moment, je ne suis pas un connard, et je n'ai laissé aucun détail dans le texte qui permettrait de remonter jusqu'à elle. Toutefois, l'idée qu'elle puisse passer une heure entière à le redouter n'est pas pour me déplaire. Après tout, je ne fais que lui rendre la monnaie de sa pièce.

— C'est un one-shot ou un extrait ? demande Walker, une des meilleures de la classe.

— Excellente question, qu'en dites-vous, mademoiselle Marshall ?

Otillie a pris place au fond de la salle, si bien que je suis le seul à voir le majeur qu'elle lève dans ma direction. Je me retiens de rire ; ma réputation en prendrait un coup, c'est certain, et mes collègues ont été bien clairs là-dessus : la réputation d'un professeur définit à elle seule comment va se dérouler son année. C'est la raison pour laquelle je me suis employé dès la rentrée à dresser un mur froid et infranchissable entre mes élèves et moi. Je ne veux pas qu'ils s'imaginent que mon âge ou mon manque d'expérience puissent être un prétexte à se laisser aller dans mon cours, et pour l'instant, il semblerait que ma méthode soit efficace. À une exception près...

— J'aurais tendance à penser qu'il s'agit d'un extrait, répond-elle après un instant d'hésitation, ce qui décuple mon envie de rire.

— D'une romance ?

— D'un thriller.

— Intéressant, commenté-je en prenant appui sur mon bureau. Les autres, vous êtes d'accord ? Est-ce que, selon vous, l'enseignant devrait se prémunir contre un potentiel assassinat ?

Certains laissent échapper un petit rire, avant de me jeter un regard inquiet. Je balaie leur crainte d'un léger hochement de tête. Rire n'est pas interdit dans ma salle de cours.

— Les crimes passionnels, ça existe, intervient un garçon aux cheveux hirsutes dont je n'ai pas pris la peine de retenir le nom.

Walker lui adresse un regard mécontent avant de reprendre elle-même la parole :

— Je ne crois pas que l'enseignant soit une victime. Il harcèle sexuellement ses étudiantes, s'il finit poignardé, c'est qu'il l'aura bien cherché.

Un rire étouffé nous parvient du fond de la salle et je dois prendre sur moi pour faire preuve d'autant de tolérance à l'égard de mon assistante qu'envers mes élèves.

— C'est une théorie qu'il serait intéressant de creuser, si l'exercice du jour consistait à identifier le genre d'un texte, interviens-je, les mains crispées sur mon bureau. Mais nous ne sommes pas au lycée, alors recentrons-nous, voulez-vous ?

Je sens Walker prête à protester, mais je lui en coupe toute envie d'un coup d'œil. Les voir si concentrés me donne soudain une idée :

— Mademoiselle Marshall, pourquoi ne pas lire le texte à voix haute pour que les autres puissent prendre des notes ?

Le regard furibond de Marshall vaut toutes les injures du monde, et malgré moi, je sens la commissure de mes lèvres s'étirer dangereusement. Évidemment, je ne fais que la provoquer. Dans cinq secondes – une pour chaque café qu'elle a osé me servir – je retire ma proposition. J'ai gagné, c'est certain...

— Il est dix heures quatre quand je franchis la porte de la salle de cours...

Bordel de merde, cette fille est incroyable. Elle le fait vraiment ! Me redressant brusquement sur ma chaise, j'observe Marshall remporter la guerre avec tant d'aisance que j'en ai la gorge sèche. Lire à voix haute n'est pas un exercice facile, j'en ai fait la désagréable découverte lors de ma première lecture publique, mais Otillie parvient naturellement à donner le ton, sans jamais buter sur un mot. Et tout du long, je ne la quitte pas des yeux, regrettant un peu plus ma proposition à chaque nouvelle phrase. Putain ce qu'elle est bandante. Et si je ne vais pas rapidement m'asseoir derrière mon bureau, c'est toute la classe qui pourra le constater.

Quand elle en arrive au moment où son personnage défait la braguette de son enseignant, elle lève les yeux dans ma direction, sourit en me trouvant assis et, ses prunelles toujours rivées aux miennes, récite ce passage qui m'obsède depuis des jours. Est-elle consciente de l'effet qu'elle me fait ? À cet instant, j'en jurerais. Tout comme je jure que si elle n'achève pas rapidement sa lecture, je vais...

— Bien, je crois qu'on en a assez entendu. Merci, mademoiselle Marshall.

Surpris par mon interruption, les élèves redressent la tête de leurs notes et je devine à l'air coupable de certains que je ne suis pas le seul à avoir subi les dernières minutes. Reed, au second rang, se contorsionne pour mieux dévisager mon assistante, un sourire goguenard aux lèvres. Instinctivement, je frappe du poing sur mon bureau. Le bruit se répercute dans toute la pièce et Reed sursaute tellement fort qu'il manque d'en tomber de sa chaise. Je le foudroie du regard et ne me détourne que lorsqu'il baisse les yeux sur son carnet, les oreilles écarlates.

— Bien, alors selon vous, quelles sont les principales difficultés auxquelles doit se confronter un auteur lorsqu'il écrit des scènes charnelles ?

Je passe le reste du cours assis derrière mon bureau, même après que l'effet de la lecture de Marshall s'est dissipé. Lorsque la sonnerie retentit, je m'attends à la voir déguerpir aussi vite que Reed, mais au contraire, elle prend tout son temps pour ranger ses affaires. Une fois le dernier élève sorti, elle se dirige à son tour vers la porte, seulement pour en tirer le verrou.

Je me fige, le cœur battant à mille à l'heure.

C'est une élève. Et ton assistante.

Mais lorsqu'elle vient se camper devant moi, je comprends que ses idées sont à des kilomètres des miennes.

CHAPITRE 16
Tillie

Je suis tellement en colère que mes mains en tremblent. Une heure. Je viens de passer une heure à me demander s'il comptait leur dire que je suis l'autrice de ce texte. De cette scène que j'ai imaginée d'après son foutu roman. Et que j'ai écrite dans l'unique intention d'obtenir un poste qu'à cet instant je ne suis même plus sûre de vouloir. Ma seule consolation, ce sont les réactions des élèves qui n'ont pas douté une seconde qu'il s'agissait d'un extrait de leur professeur. C'était agréable d'entendre leurs commentaires et leurs interrogations. On aurait dit qu'ils débattaient d'un livre publié, et l'espace d'une minute, je me suis plu à le croire moi aussi.

Ce qui ne m'empêche pas d'en vouloir à mort à Griffin. Je veux qu'il parle, qu'il s'explique, et qu'il s'excuse !

— Je ne me suis jamais sentie aussi humiliée ! Quand je pense que j'étais impatiente de vous assister... et... et je croyais que... mais vous étiez... et vous... alors que... et vous... vous...

Ma voix monte dans les aigus et les mots se perdent en chemin, ce qui ne semble pas affecter Griffin outre mesure. Les bras croisés sur son torse athlétique, il m'écoute avec une politesse feinte. Il me fait l'effet d'un adulte attendant patiemment de voir son enfant prendre conscience que personne ne prête attention à ses caprices.

Lorsqu'il comprend que je n'arriverai pas au bout de ma phrase, il décroise les bras et réajuste sa montre avant de répondre, d'un ton beaucoup trop calme :

— Vous avez essayé de m'empoisonner.

— Je n'ai pas...

Son regard appuyé me fait ravaler mes mots. Une goutte de sueur froide glisse le long de mon épine dorsale. Il sait pour le café. Voilà qui explique tout ce cirque : le polar de ce matin, la lecture à haute voix, le « dommage ». C'était sa vengeance.

Si je n'étais pas si en colère, j'en rirais tellement c'est grotesque.

— Ce n'était qu'un peu de sel, bon sang, ça nécessitait vraiment une telle vendetta ?

— À vous de me le dire. Si je ne vous avais pas demandé de ne plus m'en apporter, qu'aurait contenu le prochain gobelet ? De la ciguë ?

— De l'eau pétillante.

J'ai tellement l'habitude de répondre aux questions de mes enseignants que c'est sorti tout seul. De toute évidence, Griffin ne s'attendait pas à pareille franchise car il a le plus grand mal à masquer une grimace de dégoût. Je prends ça comme un compliment. Après tout, j'ai passé près d'une heure à établir la liste de toutes les crasses que je lui ferais jusqu'à ce qu'il me confie des tâches intéressantes. Dommage que je n'aie pas consacré autant de temps à réfléchir à ce que je ferais s'il comprenait mon manège.

— Vous êtes terrifiante, finit-il par souffler.

— Vous n'êtes pas mal non plus.

Ses lèvres tressaillent, fissurant un peu plus le masque que je rêve de voir s'écraser au sol, et le silence nous enveloppe de nouveau. Il est le premier à renoncer. Fermant les yeux, il relâche la tension accumulée dans ses épaules et laisse échapper un long soupir de frustration.

— Nous ne pouvons pas continuer comme ça. Vous n'êtes mon assistante que depuis une semaine, et j'en suis déjà épuisé.

Un frisson me parcourt lorsque je comprends ce qu'impliquent ses paroles. J'ai beau prétendre ne pas être certaine de vouloir encore de ce poste, j'en ai cruellement besoin. Pourtant Griffin a raison ; moi aussi je suis fatiguée de ce conflit permanent.

Lorsque j'ai été admise à Chatham, j'ai voulu y voir un signe ; après l'année merdique que je venais de passer, il était juste que la vie m'offre une échappatoire. Alors, quand j'ai reçu la lettre m'informant que mon dossier avait été accepté, je n'ai pas hésité une seconde. Outre son département d'écriture renommé, l'université avait le mérite de se trouver à plus de mille quatre cents kilomètres de Ravendale, ce qui la plaçait directement en haut de la liste de mes établissements préférés. En deux ans, je ne suis pas rentrée chez moi une seule fois. Ni à Noël, ni à Thanksgiving, ni pendant les vacances d'été... Je n'aurais pas supporté d'y retourner après tout ce qu'il s'est passé, et de toute façon, je ne sais même pas si mes parents auraient accepté de m'ouvrir. Eux non plus, je ne les ai pas revus depuis mon départ, pas plus que je ne leur ai parlé. Ils appartiennent à Ravendale, et à une autre vie. Et moi, j'appartiens à Chatham, là où j'ai finalement réussi à me reconstruire, à la manière dont certains construisent des maisons. En partant des briques fendues de mon adolescence, j'ai bâti une forteresse dans laquelle je me sens à l'abri. Ryan et Nate sont mes fondations ; une base solide sur laquelle je sais que je pourrai toujours compter. Cléo est mon plafond de verre, à la fois chic et original, qui apporte une touche de fantaisie sans jamais dénaturer l'ensemble. Mais les murs porteurs, sur lesquels s'appuie l'avenir dont je rêve, je les ai érigés à la sueur de mon front. J'ai travaillé d'arrache-pied pour être la meilleure élève possible et gagner le respect de mes enseignants. Et dans moins de deux ans, lorsque je quitterai Chatham, diplômée et major de promo, ce sont ces mêmes murs qui me hisseront vers la carrière à laquelle j'aspire. Mais pour ça, je ne peux pas – je ne *dois* pas – laisser mon ego bulldozer prendre le dessus. S'il n'est pas déjà trop tard...

— Vous allez me renvoyer ?

— Je devrais ?

Griffin penche la tête sur le côté pour me dévisager. Il n'y a aucune trace de rhétorique dans sa question, et ce n'est pas non plus un énième test. Il a prouvé ce matin qu'il était prêt à faire un pas dans ma direction en me laissant assister à ses cours. À moi de lui prouver que je suis capable d'être l'assistante modèle que lui a vantée Vreeland.

— Je suis désolée pour le café, mais pas pour le reste.

Devant le froncement de sourcils de Griffin, je m'empresse de poursuivre :

— J'ai vraiment besoin de ce travail, mais ce n'est pas l'unique raison pour laquelle je voulais l'obtenir. Je pensais qu'en devenant votre assistante j'aurais une formation plus poussée, que j'apprendrais à donner des cours, à corriger des copies et que tout ça ferait de moi une meilleure écrivaine. Et quand j'ai compris que la seule chose que je ferais, c'est vos photocopies et votre café, j'ai...

— Décidé de m'empoisonner.

— Décidé de vous inciter à revoir votre façon de gérer l'assistanat.

— Et bien sûr, venir me parler de vos inquiétudes était inenvisageable.

— Sauf votre respect, je vous signale que vous n'êtes pas tout à fait le genre de prof à qui on se confie facilement.

— Et moi je vous signale que je vous avais prévenue dès le départ que je ne voulais pas d'assistante.

« Et encore moins de celle-là. » Oui, je m'en souviens.

— Alors pourquoi m'avoir engagée ?

— Parce que j'ai confiance en Ann Vreeland, et qu'elle n'aurait pas autant insisté si elle ne voyait pas en vous un réel potentiel.

— Le problème du potentiel, c'est que si on ne l'exploite pas, il se perd.

Au moment où je prononce ces mots, je comprends à quel point ils sont vrais. Toute ma vie on m'a répété que j'étais douée pour écrire, et c'est pour développer ce potentiel que je suis venue à Chatham.

Griffin pousse un profond soupir et prend appui sur son bureau. Il n'a plus l'air furieux, juste résigné, et peut-être un peu satisfait aussi, même si j'ignore ce que j'ai pu dire pour qu'il réagisse de la sorte.

— Vous voulez donner des cours, répète-t-il en comptant sur ses doigts, corriger des copies et devenir une meilleure écrivaine. Et moi je veux une assistante en qui je puisse avoir confiance. Croyez-vous que ce soit possible ?

Quand je hoche la tête avec enthousiasme, il pince les lèvres et poursuit :

— Je continue à penser qu'il est trop tôt pour vous laisser diriger un cours, mais je peux toujours vous montrer comment faire. Quant à la question de devenir une meilleure écrivaine, on peut travailler dessus. Vous avez déjà des textes ou...

— J'ai un roman. Enfin, un premier jet, mais je ne sais pas s'il vaut quoi que ce soit.

— Envoyez-le-moi, et on verra ce que ça donne.

Il attrape ensuite son portable sur le bureau et commence à pianoter à toute vitesse. Comprenant qu'il me donne congé, je ramasse mes affaires à mon tour et me dirige vers la porte, encore sous le choc de la conversation que nous venons d'avoir. Quand je pense que je suis passée à un cheveu de perdre mon travail, mes jambes chancellent, et pourtant, c'est le cœur léger que je rejoins la bibliothèque et ouvre mon ordinateur afin d'envoyer à Griffin le manuscrit auquel j'ai consacré les deux dernières années.

CHAPITRE 17
Tillie

La réponse de Griffin me parvient moins de quatre jours plus tard, alors que je suis en plein milieu d'un TD de traduction française. Quand je vois son nom s'afficher sur l'écran de mon portable, mon estomac se noue et je dois faire appel à tout mon self-control pour ne pas ouvrir immédiatement son e-mail.

Lorsque le professeur nous relâche enfin, je suis une pile électrique. J'ai une demi-heure de battement avant mon cours de renforcement en expression anglaise, aussi me dépêché-je d'aller à la bibliothèque. Si le mail de Griffin est concis, les huit pages de commentaires qui l'accompagnent sont particulièrement denses. Il a découpé ses remarques en différents points : intrigue, personnages, style, enjeux, ainsi qu'un retour chapitre par chapitre. Chaque fois, il commence par souligner le positif, avant de lister ce qui ne va pas, puis de proposer des axes d'amélioration.

Après les avoir imprimés, je retourne chez moi et relis l'ensemble trois fois sans parvenir à savoir si je suis plus soulagée par ses critiques positives ou horrifiée par les autres. Force est de constater que je suis loin d'être l'autrice accomplie que j'imaginais. Mon manuscrit raconte l'histoire de deux familles liées par un secret, qui se déchirent brutalement quand la vérité éclate au grand jour. C'est un texte qui parle de douleur, de regret, mais aussi de la résilience de l'esprit humain. Tout ça vu par le prisme de Gabriel, fils cadet d'une des deux familles. J'étais sûre de moi. Pourtant, à la lumière des retours de Griffin, mes faiblesses me paraissent soudain évidentes. Toutes, sauf une : il qualifie Gabriel de « sympathique mais sans être attachant », ce que j'ai du mal à comprendre. Un personnage qui attire la sympathie des gens n'est-il pas automatiquement attachant ?

Frustrée, je repousse mon ordinateur et envoie un message aux garçons et à Cléo pour leur proposer de sortir boire un verre. Si Ryan et Nate se douchent aux vestiaires après leur entraînement, ça devrait nous laisser le temps. Enfin, à condition qu'ils regardent leur portable avant de partir, ce qui n'est pas gagné. À moins que je ne les rejoigne directement au stade, idée très séduisante compte tenu du fait que Griffin y sera également... Attrapant ses notes sur mon bureau, j'enfile mon épaisse veste en daim et mes bottes, et je sors dans la nuit tombante.

Griffin semble moins surpris que les garçons de me voir arriver. Haussant un sourcil, il me désigne le banc de touche, sur lequel je vais m'asseoir, tandis que les joueurs enchaînent les tours de terrain, ballon au pied.

— Je suppose que vous avez vu mon mail ? demande Griffin en se rapprochant de moi.

— En fait, je viens chercher Ryan et Nate.

— Je vois. Et c'est pour ça que vous avez apporté mes retours sur votre texte.

— Très bien, je suis démasquée. C'est vrai que j'espérais aussi pouvoir en parler avec vous. Mais si vous préférez que je patiente jusqu'à demain ou un autre moment...

— Donnez-moi une minute.

Sans attendre ma réponse, il s'avance sur la pelouse et porte son sifflet à ses lèvres. Trois coups secs résonnent dans le stade, et les joueurs cessent immédiatement leur parcours pour former un cercle autour de lui.

— Dernier exercice, annonce Griffin d'une voix autoritaire. Dressez les mini-buts et composez des équipes de quatre sans gardien. On travaille les passes offensives. Personne ne garde le ballon plus de cinq secondes.

Il installe ensuite une sorte de métronome qui effectue des bips réguliers et le branche sur les haut-parleurs avant de venir s'asseoir à côté de moi. À la façon dont son tee-shirt colle à son torse, je devine qu'il a participé à l'entraînement de manière active.

— Je vous écoute, dit-il sans quitter ses joueurs des yeux. Qu'est-ce qui ne va pas avec mes retours ?

— Vous dites que Gabriel est « sympathique sans être attachant ». Je ne comprends pas.

— C'est une question de nuance, et votre personnage n'en a aucune. Il n'est pas désagréable, mais vous restez beaucoup trop en surface pour qu'on puisse réellement s'attacher à lui. Comme à toute votre histoire d'ailleurs. Et c'est dommage parce que vous tenez une intrigue bien construite.

J'ai une violente envie de me lever et de partir, mais je muselle mon ego meurtri le temps de demander :

— Et comment je peux améliorer ça ?

— Dites-moi, quelles sont les motivations de Gabriel ?

Je fronce les sourcils. Cela me semblait pourtant évident.

— Il veut comprendre pourquoi sa famille ne parle plus à celle des Delodge.

— Et qu'est-ce qui se passera s'il ne parvient pas à comprendre ?

— Il... Je crois que...

Je m'arrête, incapable de trouver une réponse satisfaisante. Mon silence prolongé agit comme un aveu sur lequel rebondit immédiatement Griffin :

— Exactement. Vous n'avez aucun enjeu pour créer le lien avec le lecteur. C'est ça qui pèche dans votre histoire.

— Qu'est-ce que vous feriez, vous ?

— J'ajouterais sûrement une histoire d'amour.

— Évidemment...

— Vous dites ça comme si ça constituait un crime, fait remarquer Griffin en secouant la tête. Ça ne vous est jamais venu à l'esprit que, si les histoires d'amour ont autant de succès, c'est parce que c'est un sentiment que les lecteurs peuvent très facilement partager ?

Un long bip s'échappe de l'étrange minuteur posé à nos pieds, et Griffin me fait signe de patienter tandis qu'il rassemble ses joueurs. Je n'écoute pas ce qu'il leur dit, trop absorbée par mes réflexions.

C'est vrai que je connais peu de gens qui ne sont pas sensibles aux romances. Même moi je les apprécie, alors que j'aurais toutes les raisons du monde de les fuir. Et c'est sans doute pour cela que je n'ai jamais songé à en écrire. Mais si Griffin ne se trompe pas, ça permettrait peut-être d'améliorer mon livre et, qui sait, de m'ouvrir les portes de maisons d'édition. Le problème, c'est que je n'ai aucune idée de comment se construit une histoire d'amour.

CHAPITRE 18
Finn

Snow And The Beach, mon quatrième roman, raconte l'histoire d'Eliott, un snowboardeur contraint de partir vivre en Californie qui tombe amoureux d'une surfeuse. N'ayant moi-même jamais pratiqué ni le snowboard ni le surf, j'ai dû faire pas mal de recherches, notamment sur les similarités entre ces deux sports. Et bien que les disciplines soient assez différentes, Eliott gère facilement la transition. Il a naturellement un bon sens de l'équilibre, et quand il monte sur une planche, sa mémoire musculaire prend le dessus. C'est cette même mémoire qui permet à mes joueurs d'exceller avec un ballon alors qu'ils n'ont pas mis les pieds sur un terrain depuis deux mois. Et c'est aussi elle que je dois combattre chaque matin en entrant dans ma salle de classe.

Quand j'annonce à mes lecteurs que je n'ai que vingt-huit ans, ils s'étonnent constamment qu'à mon âge je puisse avoir déjà écrit autant de romans. Ils se demandent où j'ai trouvé le temps pour ça, et la réponse est très simple : je l'ai trouvé ici, sur les bancs de la fac. Sans être un génie, j'ai toujours eu de bonnes capacités mémorielles ; généralement, il me suffit de lire un texte une fois pour le connaître par cœur. Et ce qui se révèle aujourd'hui très utile pour corriger mes copies l'était déjà à l'époque pour apprendre mes cours, ce qui m'a naturellement dégagé beaucoup de temps pour écrire. Si bien que, lorsque j'ai terminé mon cursus, j'avais une demi-douzaine de manuscrits prêts à être publiés, et j'ai quitté Chatham avec un contrat d'édition en poche, certain de ne jamais y revenir. Du moins, jusqu'à ce que le doyen m'appelle au début de l'été pour me proposer ce poste. Or, il a beau s'être écoulé cinq ans depuis que j'ai eu mon diplôme, chaque fois que je remets les pieds dans ma classe, ils me dirigent instinctivement vers le troisième rang, où j'avais mes habitudes. Étouffant un grognement, je pivote et gagne le bureau professoral. Mes élèves entrent à ma suite et s'installent à leur place, dans un calme absolu.

Le TD des troisième année est mon préféré. En première année, les étudiants sont trop timides. Ils n'osent rien dire, se cantonnant à appliquer mes consignes à la lettre. Les deuxième année, quoiqu'un peu plus sereins, restent encore trop scolaires. Les quatrième année, eux, ont le problème inverse. Ils sont trop sûrs d'eux et croient qu'ils n'ont plus rien à apprendre. Mais les troisième année sont à la jonction entre l'assurance et la soif de connaissance. Ils ont peur de moi, surtout depuis que j'ai recalé un tiers de leurs effectifs, mais ils ont aussi l'arrogance des survivants : s'ils sont encore là, c'est qu'ils ont du talent et ils le savent.

Je commence ce TD comme tous les autres, avec une série d'exercices visant à évaluer leurs progrès, puis après une pause que je consacre aux corrections, je les laisse revenir pour le début de la leçon. En l'absence d'Otillie, qui est dans le groupe du vendredi, jc me charge seul de distribuer le plan de cours. De toute façon, sa présence n'aurait rien changé : elle respecte à la lettre son engagement de ne pas mélanger son rôle d'assistante et celui d'élève. Elle veille même à lever la main avant de prendre la parole, ce que ce petit coq de Jonathan Lenk est loin de faire :

— À quoi bon travailler l'orthographe ? se plaint-il justement en regardant la feuille que je viens de poser sur son bureau. Les maisons d'édition ont des correcteurs, non ?

Dans son dos, je vois deux étudiants échanger un regard excédé et je dois me contenir pour ne pas faire pareil. Les années se succèdent, mais les mentalités ne changent pas, et de classe en classe il y a toujours un petit con pour remettre les consignes en question. À mon époque, c'était moi.

— Effectivement, les maisons d'édition travaillent avec des correcteurs. Mais pour pouvoir bénéficier de leurs services, encore faut-il qu'un agent repère votre texte, et ça ne risque pas si vous êtes incapables de voir qu'il y a une différence entre écrire « On est mieux là que dehors » et « On est mieux la queue dehors ».

Feutre en main, je note mon exemple au tableau et j'entends des ricanements derrière moi. Il y a des centaines d'exemples similaires sur Internet, mais celui-ci est mon préféré. Je laisse ma classe s'esclaffer encore une poignée de secondes avant de me retourner, puis d'un regard calculé, je ramène le silence dans les rangs.

Après l'intervention de Lenk, plus personne ne conteste la thématique du jour et je peux reprendre ma leçon dans le calme. En vérité, l'objectif d'aujourd'hui n'est pas tant de leur apprendre à écrire que de les aider à comprendre les critiques qui leur seront inévitablement faites plus tard. Et j'en sais quelque chose...

Je parle presque sans discontinuer pendant toute la durée du TD, avec pour bruit de fond celui des stylos frottant sur le papier. Par moments, je laisse mes yeux glisser jusqu'au deuxième rang, regrettant un peu l'absence de Marshall et de sa langue acérée.

J'accueille avec joie la sonnerie, heureux d'avoir annulé l'entraînement de ce soir. Je me suis levé aux aurores dans l'espoir que l'air matinal m'aiderait à écrire, et après deux heures de néant, j'ai enchaîné par une réunion suivie de huit heures de cours. J'ai bien mérité une soirée de repos, et je suis déjà en train de réfléchir à ce que je vais lire quand une voix familière me fait sursauter :

— « On est mieux la queue dehors » ? Quel genre de cours tu donnes à tes élèves exactement ?

Bordel de merde. Qu'est-ce que Logan fout ici ?

Je me retourne brusquement pour faire face au géant adossé au chambranle de la porte. Je ne l'ai pas revu depuis le mois de juin, et nos derniers échanges remontent à presque quinze jours, lorsque j'ai arrêté de répondre à ses e-mails. Je savais qu'il serait furax, mais je n'aurais jamais cru qu'il irait jusqu'à se pointer dans ma classe.

— Tu n'es pas censé vivre à New York ?

— Quel accueil chaleureux. Et moi qui pensais que tu serais content de me voir.

La vérité ? Je *suis* content de le voir. Mais je devine trop bien les raisons qui l'amènent.

— Ça dépend. Tu es là en tant qu'ami ou agent ?

— Les deux, répond-il joyeusement. D'abord tu dînes avec ton agent, et ensuite tu sors boire un verre avec ton pote.

Moins d'une heure plus tard, nous poussons la porte du *Pamela's Diner*, où on mange les meilleurs burgers de Pittsburgh – du moins, c'était le cas lorsque j'étais étudiant. L'endroit n'a pas changé. Ce sont les mêmes chaises bleu et rose en faux cuir et les mêmes tables en métal argenté sur lesquelles se reflètent les mêmes néons. Même les photos aux murs n'ont pas bougé, à croire qu'Elvis, Chuck Berry et Johnny Cash ont attendu mon retour depuis toutes ces années.

Je choisis une table un peu à l'écart et je m'arrange pour laisser Logan face à la baie vitrée dans l'espoir que les passants détourneront assez son attention pour que je puisse savourer mon cheeseburger tranquillement.

— À quoi tu joues, Finn ?

Ou pas.

— Tu ne veux pas qu'on commande avant d'ouvrir le feu ?

Je cherche à gagner du temps, et il le sait très bien.

— Rolling me harcèle pour avoir ton nouveau texte. Ça fait des semaines que tu ne m'as rien envoyé, et encore, les dernières pages n'étaient pas terribles.

— On voit que tu es agent depuis longtemps, tu sais vraiment comment rebooster un auteur.

Ma pique rebondit sur lui comme un tir mal cadré sur une barre transversale.

— Tu es le golden boy de la romance, insiste-t-il. Sérieusement, Finn, qu'est-ce qu'il se passe ?

— Je n'en sais foutrement rien, soupiré-je en me massant la nuque. Ça ne vient pas, c'est tout. J'ai l'impression de tourner en rond. De ne plus rien avoir à dire…

— Si triste. Vingt-huit ans et déjà fini !

— Oh, va te faire foutre.

Logan se marre et attrape le menu que lui tend la serveuse.

Même si je connais la carte par cœur, je m'y plonge en quête de réponses qu'elle ne pourra pas m'apporter. Je pensais que quitter New York m'aiderait à dépasser ma panne d'écriture. Au fond, j'espérais qu'en revenant à l'endroit où ma carrière a réellement démarré, j'aurais un déclic. Sauf que je suis ici depuis bientôt un mois et que, pour l'instant, je n'ai écrit que quelques pages qui, comme Logan me l'a délicieusement fait remarquer, n'étaient pas terribles.

Quand la serveuse revient, je commande un cheeseburger, et Logan opte pour un steak tartare et une salade.

— Tu t'es lassé des coquillettes au jambon ? demandé-je, moqueur.

— Je te rappelle que j'ai deux enfants adorables qui méritent que leur père prenne soin de sa santé.

— Hmm, dis plutôt qu'Emy s'est réinscrite au marathon.

— Il est hors de question qu'elle fasse un meilleur temps que moi, d'accord ?

— Tu veux dire qu'il est hors de question qu'elle fasse *encore* un meilleur temps que toi.

C'est à son tour de m'envoyer me faire foutre, et je ricane devant sa mine boudeuse. Après la naissance de leur fille, Emy s'est lancé le défi de terminer le Marathon de New York. Et comme chaque fois qu'elle se fixe un objectif, c'est rapidement devenu une obsession. Tous les jours pairs, sans exception, elle a mis Peter et Lizzie dans une double poussette et est partie arpenter les allées de Central Park. En bon ancien joueur de football américain un peu macho, Logan la regardait faire avec un amusement légèrement condescendant, jusqu'à ce qu'elle lui mette douze minutes dans la vue. Trois ans de suite.

Logan attend que notre dessert soit servi avant de redevenir sérieux. J'ignore s'il est conscient de se redresser et de tirer sur les manches de sa chemise, à la façon d'un acteur entrant dans la peau de son personnage. Ça ne prend qu'une fraction de seconde, mais elle suffit à ce que mon ami endosse de nouveau son costume d'agent. C'est sans doute pour ça que je suis aussi surpris par la question qu'il me pose ensuite :

— Tu sors avec quelqu'un ?

— Je croyais qu'on gardait les conversations personnelles pour le bar, contré-je en m'adossant à la banquette.

— Je ne te le demande pas en tant qu'ami, mais agent.

— Peu importe qui le demande puisque la réponse est non.

Il hoche la tête d'un air entendu et je devine sans mal où il veut en venir. Sauf qu'il se trompe.

— On bosse ensemble depuis six ans, Logan, et si ma mémoire est bonne, tu étais l'agent d'Emy longtemps avant ça. Tu devrais savoir mieux que quiconque qu'il ne suffit pas d'être en couple pour écrire des histoires d'amour.

— Ça a marché pour Emy, rectifie-t-il avec arrogance.

Il ne se lasse jamais de raconter comment sa femme et lui ont commencé à se fréquenter : une histoire digne d'un roman, qu'elle a d'ailleurs écrit et qui a contribué à lancer leurs carrières respectives.

— Et donc, parce que ça a marché pour elle, ça marchera forcément pour moi, c'est ça ?

— Pas forcément, mais disons que ça t'aiderait peut-être à sortir de ta zone de confort.

Putain. Je vais le buter. Découper son corps au hachoir et le balancer dans l'Ohio. Ensuite je raconterai sa mort dans un livre, et on verra si c'est assez éloigné de ma zone de confort à son goût.

— Ôte-moi d'un doute, mais il me semble que mes romans se vendent plutôt bien, non ? Mes derniers bouquins t'ont rapporté combien, déjà ?

— Relax, tempère-t-il, les mains levées en signe de reddition. Ce n'était qu'une supposition, libre à toi d'en faire ce que tu veux. Mais tu as admis toi-même avoir l'impression de tourner en rond, et si c'est ce que tu ressens, tes lecteurs ne tarderont pas à le ressentir aussi.

J'ai envie de lui dire de se détendre, qu'il me reste presque trois mois pour finir le bouquin et que ça va aller. Ou plutôt, j'ai envie que lui me le dise, parce que moi j'ai de plus en plus de mal à m'en convaincre.

— Et si je n'y arrive pas ? Qu'est-ce qu'il se passera si je ne termine jamais ce livre ?

— Tu devras rendre le pognon que t'a versé Rolling et prier pour qu'il ne t'attaque pas pour rupture abusive de contrat. Mais on ne va pas laisser les choses en arriver là !

— Je ne parlais pas du contrat…

— Je sais, et la réponse reste la même : on ne va pas laisser les choses en arriver là.

D'ordinaire, la confiance infaillible de Logan est communicative, pourtant, ce soir, j'ai du mal à me défaire de mes pensées parasites.

— J'en sais rien, dis-je en passant la main derrière la nuque. Ça fait si longtemps que je n'ai pas réussi à écrire que je commence à me demander si mes autres romans n'étaient pas simplement des coups de chance.

— C’est la rançon du succès. Quand on a atteint la première place, les seules évolutions possibles nous ramènent forcément en arrière.

— Et si je ne veux pas retourner en arrière ?

— Alors tu dois continuer d’avancer !

CHAPITRE 19
Finn

— Tu ne dis rien parce que tu sais que j'ai raison.

Putain, je n'ai jamais vu un type doté d'aussi peu d'instinct de survie que Logan. Je suis à deux doigts de lui enfoncer ma queue de billard dans la gorge, histoire de voir par où elle ressort, et au lieu de botter en touche, ce connard insiste :

— Reconnais-le, Finn, le soccer c'est de la rigolade. Je veux bien admettre que vous transpirez un peu, mais ça ne vaut clairement pas les tannées que je me prenais sur le terrain.

Depuis que nous avons quitté le *Pamela's* pour un bar crasseux du centre-ville, Logan ne cesse de me provoquer ; c'est sa manière à lui de me changer les idées, et chaque nouvelle tournée renforce sa détermination. Une chance pour lui que je me refuse à fréquenter les pubs susceptibles d'accueillir mes étudiants, parce qu'aussi baraqué soit-il, je ne donne pas cher de sa peau face à certains de mes gars...

— Arrête de parler et joue !

Il ricane et pose son whisky sur le bord de la table avant de se mettre en position. Il serait idéalement placé si je n'avais pas poussé la boule noire en plein dans sa trajectoire, ce qui rend toute manœuvre quasiment impossible. Je lui adresse un sourire mielleux tandis qu'il se déplace de gauche à droite à la recherche d'un angle d'attaque, qu'il ne trouve évidemment pas. Bien fait ! Finalement, il se résout à tirer droit, et sa boule frappe la 8, qui vient s'écraser directement dans la poche.

— Tu vois, le nargué-je en reposant ma canne, c'est ça le problème avec les joueurs de football : vous êtes tout en muscles, mais dès qu'il s'agit de viser, il n'y a plus personne.

Sa réponse me parvient sous la forme d'un geste obscène qui a tout à fait sa place dans un lieu comme celui-ci. Entre les lumières tamisées qui émanent des abat-jour suspendus au plafond bas, le claquement régulier des boules qui s'entrechoquent, et l'odeur entêtante de transpiration mêlée de tabac froid, il ne manquerait plus qu'une bonne bagarre pour parfaire le cliché...

— Revanche, beugle Logan en vidant son verre d'un trait.

D'ordinaire je suis toujours partant pour une victoire écrasante, mais j'ai eu mon compte pour ce soir. Il est tard, et la journée a été riche en émotions. Sans compter que je dois passer récupérer mes affaires à Chatham et que j'ai accepté de boire un café avec Ann Vreeland à 7 heures demain matin.

Non contente d'avoir été une amie de ma mère, Ann était aussi ma tutrice en dernière année, et j'ai une dette envers elle depuis qu'elle a proposé ma candidature au poste de professeur d'écriture créative. Je ne savais même pas que j'avais envie de ce poste avant qu'elle ne suggère mon nom au doyen. La seule condition de ce dernier a été que j'accepte de reprendre également les rênes de l'équipe de soccer ; soit il se souvenait de mon palmarès lorsque je portais le maillot des Cougars, soit il était prêt à tout pour se débarrasser du vieux McKernon. Cela dit, je crois qu'avec l'embauche de Marshall, j'ai largement remboursé ma dette, mais je ne suis pas sûr qu'Ann le voie comme ça...

Alors que je réfléchis à comment justifier mon envie de rentrer sans lui laisser la possibilité de me faire changer d'avis, le portable de Logan émet un bip qui m'épargne toute recherche superflue. Ses yeux s'illuminent d'un éclat coquin lorsqu'il prend connaissance du SMS, et il se met à taper sur son clavier à toute vitesse avant de ranger l'appareil dans sa poche.

— Je vais y aller, m'annonce-t-il tout sourire.

— Laisse-moi deviner, Emy ?

— Tu n'imagines pas le pouvoir érotique qu'un voyage d'affaires peut avoir sur une mère de famille...

Sa confession me fait rire – et m'arrange bien, car quelques minutes plus tard, nous sommes dehors, à attendre chacun notre taxi. Le mien arrive le premier. Je salue Logan d'une accolade et monte à l'arrière de la BMW noire.

— Rendez-vous dans trois mois, me lance Logan. Et pour l'amour de Dieu, d'ici là envoie-toi en l'air, et termine ce foutu roman. Fais-le pour moi, Finn, que mes enfants puissent aller à la fac !

J'hésite à lui rappeler que le dernier livre de sa femme a rapporté assez pour envoyer leurs deux enfants à Harvard, eux et les six autres qu'ils pourraient avoir s'ils le voulaient, mais il a déjà claqué la portière. Résigné, je me laisse aller contre le dossier et profite du répit que m'offre le trajet jusqu'à Chatham.

Je savais que j'aurais dû emporter mon sac quand Logan est venu me chercher. Je ne comprends même pas comment j'ai pu croire à son baratin : « Pas la peine de s'encombrer. Tu le récupéreras après. On n'en a que pour une heure ou deux. » C'est le genre de conneries dont mes potes usaient et abusaient à loisir lorsqu'on était étudiants, et visiblement, rien n'a changé depuis...

Le taxi se gare bien trop vite à mon goût, et après m'être délesté des sept dollars de la course, je gravis rapidement les étages qui me séparent de mon bureau, pressé de récupérer mes affaires et de rentrer me coucher. Je m'apprête à appuyer sur l'interrupteur du couloir lorsque mes yeux sont attirés par un éclat lumineux, à une dizaine de mètres de moi.

J'ai toujours eu une excellente capacité à tenir l'alcool, sans doute parce que je suis grand et plutôt athlétique, il paraît que ça joue. Pourtant, quand en arrivant à hauteur de mon bureau je distingue une silhouette indubitablement féminine accroupie devant ma porte, je me dis que j'ai peut-être un peu abusé de la boisson. Comment expliquer autrement que je sois en train de regarder Otillie Marshall forcer ma serrure, vêtue d'une robe noire ultra-moulante et de chaussons en fourrure rose ?

Elle a posé son téléphone en équilibre sur sa cuisse, utilisant le flash pour s'éclairer. Elle est si absorbée par son vandalisme qu'elle ne remarque même pas ma présence. Je devrais me signaler, pourtant je prends mon temps, curieux de voir si elle va réussir son entreprise. Je m'y suis essayé lorsque j'écrivais *Forever & Always* pour tester la viabilité d'une de mes scènes, mais tout ce que j'ai obtenu, c'est un verrou tordu et une note de cent trente-neuf dollars chez le serrurier.

Il ne me faut pas longtemps pour comprendre qu'elle n'a aucune aptitude dans ce domaine, et surtout, qu'elle est complètement saoule. Elle grogne et soupire tout en remettant ses cheveux en arrière toutes les quinze secondes d'un grand geste maladroit. La lime qu'elle utilise en guise de crochet n'arrête pas de rebondir sur le pourtour de la serrure, et je suis prêt à parier qu'elle y a laissé une multitude de rayures.

— Merde, jure-t-elle entre ses dents alors que la lime lui échappe de nouveau des mains.

Dans sa tentative pour la rattraper, elle fait tomber son téléphone qui illumine partiellement le couloir. Je m'oblige à demeurer impassible lorsque les yeux de mon assistante remontent le rayon lumineux jusqu'à mes pieds et, de là, jusqu'à mon visage. Le sien se vide de toutes ses couleurs tandis que mes lèvres s'étirent en un sourire narquois.

— Mademoiselle Marshall, je peux vous aider, peut-être ?

CHAPITRE 20
Tillie

J'ai définitivement trop bu. C'est la seule explication possible au fait que je me retrouve actuellement face au corps idéalement musclé de Finley Terrifiant Griffin alors que je tente depuis ce qui me semble une éternité de crocheter la serrure de son bureau.

Un frisson d'horreur me parcourt l'échine.

— Mademoiselle Marshall, je peux vous aider, peut-être ?

Pitié, tuez-moi !

Griffin, qui y songe certainement, tend le bras pour allumer la lumière, révélant du même coup la quantité impressionnante des limes à ongles et autres trombones que j'ai pu rassembler. Pour la discrétion, on repassera. Hollywood nous ment, c'est impossible que des enfants arrivent à faire ce genre de choses.

Pourquoi a-t-il fallu que j'accepte de sortir boire un verre avec les garçons au lieu de bosser ma dissertation ? Si j'étais restée tranquillement chez moi, je me serais aperçue bien plus tôt que j'avais laissé mon classeur dans le bureau de Griffin et je ne me serais jamais retrouvée dans cette situation : à quatre pattes au milieu du couloir, complètement saoule, à essayer de pénétrer par effraction dans mon université juste pour pouvoir terminer un devoir. Maintenant que j'y pense, je ne suis même pas certaine que j'aurais pu écrire quoi que ce soit avec la quantité d'alcool que j'ai dans le sang...

— Qu'est-ce que vous faites là ? lancé-je avant d'avoir le temps de réaliser ce que je suis en train de faire. Il est 2 heures du matin. Vous n'êtes pas censé être là à 2 heures du matin. À moins que… Oh, mon Dieu, tout s'explique ! C'est pour ça que vous avez un canapé, parce que vous vivez dans votre bureau. En fait, vos livres ne marchent pas du tout. Je savais bien que vous auriez dû écrire de la vraie littérature…

Bon sang, mais qu'est-ce qui ne tourne pas rond chez moi ? Griffin semble se poser exactement la même question, les sourcils froncés, alors que je suis incapable de m'arrêter :

— Vous savez, il n'est pas trop tard. Vous pouvez encore sauver votre carrière. Il suffit parfois d'un livre pour que tout change. Je vois ça d'ici : « Derrière le masque : découvrez le premier vrai roman de Finley Griffin ». Ça va être énorme !

— Je ne vis pas dans mon bureau.

La réponse, glaciale, me coupe dans mon élan.

— Oh.

— Et mes livres se vendent très bien, merci.

— Vous êtes en colère parce que j'ai dit que vous viviez dans votre bureau ?

— Non, je suis en colère parce que vous avez essayé de *forcer* mon bureau.

— Je ne pouvais pas savoir que vous alliez arriver, et il fallait vraiment que je récupère mon classeur. J'ai un devoir important à rendre demain et je ne l'ai pas encore commencé.

Tout ce que j'obtiens, c'est un énième sourire narquois :

— Et moi qui vous prenais pour une élève modèle, quelle déception…

Il sort une clef de sa poche et, fascinée, je regarde ses doigts agiles l'introduire dans la serrure. Quand il la fait pivoter, le loquet émet un cliquetis, et comme par magie, la porte se déverrouille.

— Waouh, vous êtes doué !

— Je suis surtout bien équipé.

Je plisse les yeux. C'est moi qui suis ivre ou il y a un double sens, là ? Est-ce parce qu'il écrit de la romance ? Ou simplement parce qu'il est incroyablement sexy, ce soir, avec sa chemise déboutonnée au col et ses cheveux décoiffés ? J'ai envie d'y passer mes doigts, pour voir s'ils sont aussi doux qu'ils en ont l'air. Est-ce qu'il me repousserait ? Je chavire un instant en imaginant ses mains se poser fermement sur mes bras pour les retenir. J'imagine la chaleur de ses paumes sur ma peau nue, l'intensité de son regard, ses lèvres à seulement quelques centimètres des miennes.

— Alors ?

Je sursaute et détourne rapidement les yeux de la bouche de Griffin, incapable de me souvenir de sa question. Il se pince l'arête du nez et soupire, comme pour s'inciter au calme, puis avec une lenteur exagérée, il répète :

— À quoi - ressemble - votre - classeur ?

Je secoue la tête pour m'éclaircir les idées. J'ai l'impression d'avoir du coton à la place du cerveau, et il me faut presque une minute entière pour me rappeler que mon classeur est doré. C'est deux fois plus de temps qu'il n'en faut à Griffin pour entrer et ressortir de son bureau, l'objet du délit dans une main et un sac de sport dans l'autre.

— Vous êtes venue en voiture ? demande-t-il en verrouillant la porte derrière lui.

— Non, j'habite sur le campus.

J'appuie mes propos d'un mouvement de la jambe pour lui faire voir mes chaussons, et ce qui d'ordinaire passerait pour une manœuvre hasardeuse se transforme ce soir en un échec cuisant. Emportée par mon élan, je glisse, perds l'équilibre et bascule en arrière.

Si nous étions dans un des romans de Finley Sexy Griffin, il se précipiterait pour me retenir, passant un bras autour de ma taille avant d'être entraîné dans ma chute. Nous tomberions alors tous deux au sol, lui au-dessus de moi, dans une irrésistible étreinte qui nous pousserait à nous arracher nos vêtements, et à faire sauvagement l'amour sur la moquette. Ce qui serait sans doute bien plus agréable que la douleur sourde que je ressens lorsque ma tête heurte le mur derrière moi.

— Aïe, grimacé-je tandis que Griffin lève les yeux au ciel.

Ce goujat ne se penche même pas pour vérifier que je vais bien. Ça me donnerait presque envie de souffrir d'une commotion cérébrale, rien que pour lui apprendre à être si peu attentionné.

— Vous pensez être capable de faire un pas devant l'autre sans vous étaler au sol ou faut-il que je vous porte jusqu'à votre chambre ?

— Je devrais m'en sortir, répliqué-je, vexée, avant de lui arracher mon classeur des mains. Bonne nuit, professeur.

Il ne me retient pas lorsque je passe devant lui. Pourtant, je sens son regard sur moi jusqu'à ce que je disparaisse à l'angle du couloir. Finalement, je l'aurai peut-être eue, son attention.

CHAPITRE 21
Finn

Malgré ce que les délires alcoolisés de Marshall lui ont fait dire hier soir, j'ai bel et bien un appartement à Pittsburgh. Il mesure un peu moins du quart de celui que je me suis payé à New York, mais il a le mérite d'être situé à deux pas du campus et d'être fourni directement par la fac. Mais à dire vrai, je ne m'y rends que pour dormir et prendre une douche. Entre les cours à préparer, les entraînements et les séances d'écriture, même infructueuses, on ne peut pas dire que je croule sous le temps libre, et lorsque j'en ai, ce n'est pas ici que j'ai envie de le passer.

Je remonte la cinquième avenue d'un pas vif jusqu'à rejoindre l'entrée de la fac. Comme chaque matin, je repasse devant mon ancien dortoir et je souris en voyant que le tag « TJ Forever » n'a pas bougé. TJ était mon camarade de chambre de la deuxième à la dernière année, et c'est lui-même qui a tagué son nom sur le mur. Il disait que si les filles le voyaient comme un tombeur, elles seraient toutes à ses pieds. Et le pire, c'est que ça a marché.

Lorsque j'arrive à la cafétéria, je constate qu'Ann est déjà là et que, comme à son habitude, elle a choisi une table en plein centre de la salle. Contrairement à moi, elle prend plaisir à se trouver au cœur de l'agitation. Elle devrait aller s'installer à New York ; là-bas, de l'agitation, il y en a toute la journée.

Je ne résiste à mon envie d'opérer un demi-tour que grâce au café qu'elle a commandé pour moi.

— Ann, la salué-je en tirant une chaise.

— Finley, quelle joie !

Elle fait partie des rares personnes à m'appeler par mon prénom complet, un tic qu'elle a gardé de l'époque où je l'appelais « madame ». Ça me rappelle ma mère.

Pendant l'heure qui suit, je l'écoute me parler de ses projets de vacances en France, de son gendre qui s'est cassé la cheville en jouant au golf, des travaux prévus à la bibliothèque... Autant de sujets sur lesquels je ne parviens pas à me concentrer. Quand je commence à croire qu'elle ne s'interrompra jamais, elle me demande soudain :

— Et comment avance ton nouveau roman ?

Après la soirée d'hier, elle n'aurait pas pu trouver pire question. Dans ma tête, ma discussion avec Logan se superpose à ma confrontation avec Otillie. Je revois chaque détail de notre rencontre nocturne, de sa robe moulante à son chignon négligé, et j'entends de nouveau chaque parole, de la plus douce à la plus piquante.

— Il avance très bien.

Ma collègue hausse les sourcils, peu convaincue par mon mensonge.

— Tu ne veux pas...

— Non.

J'ai parlé plus sèchement que nécessaire, ce qui ne semble pas l'offusquer. Au contraire, elle sourit, et elle recommence à bavasser comme si de rien n'était, ce qui, sans que je sache pourquoi, a le don de m'agacer encore plus.

Il est presque 8 heures quand je prends congé d'Ann et regagne mon bureau. Compte tenu des événements récents, je ne pensais pas voir Otillie se présenter ce matin, et pourtant, je viens juste de m'asseoir lorsqu'elle passe le seuil de la porte. Pile à l'heure.

Je ne sais pas si cela me réjouit ou non. Elle a troqué sa robe contre un jean troué et un sweat gris. Ses cheveux sont négligemment lâchés sur ses épaules et elle n'est pas maquillée, mais même comme ça, je la trouve diablement sexy.

Sans me laisser le temps de dire quoi que ce soit, elle marche jusqu'à moi et dépose un gobelet encore fumant sur mon bureau.

— Chaud, un seul sucre, sans sel, mais avec une double dose d'excuses.

Amusé, je bois une gorgée prudente, sans pour autant la quitter des yeux.

— Mon préféré.

Elle a l'air immensément soulagée de ma réaction. J'imagine qu'il lui a fallu beaucoup de courage pour venir ce matin et j'apprécie qu'elle ne cherche pas à faire comme si de rien n'était, mais je n'en oublie pas pour autant notre conversation d'hier soir.

— J'aurais adoré rester à discuter avec vous, mais je compte consacrer toute la matinée à écrire *Derrière le masque*. Vous savez, mon premier vrai roman.

Elle ne prononce pas les mots « oh merde », mais ils s'affichent si clairement sur son visage qu'elle aurait aussi bien pu les crier. Baiser avec cette fille doit être délectable ; j'imagine d'ici ses traits fins passer d'une émotion à l'autre au rythme de mes caresses...

— Je suis vraiment, vraiment désolée pour ça, bafouille-t-elle. Je ne voulais pas dire que vos livres ne sont pas des vrais romans, mais plutôt...

— Si ma mémoire est bonne, le terme que vous avez employé était « pas de la vraie littérature ».

— C'était juste pour mettre en avant la différence de qualité entre la littérature plus sérieuse et la romance. Mais je ne parlais pas forcément de vos livres. Pour le genre, je les ai même trouvés plutôt bons.

Je grince des dents devant sa maladresse insultante. D'ordinaire, ce genre de préjugés ridicules ne m'affectent pas, mais venant d'elle, je ne peux pas m'empêcher d'être déçu.

— C'est un compliment, précise-t-elle en se méprenant manifestement sur ma réaction. Et je le pense, en plus. Vraiment, vos textes sont beaux, ils sont bien écrits, et ils abordent des sujets forts. Je ne m'attendais pas du tout à ça...

— À la bonne heure ! Je rêvais justement d'avoir l'approbation d'une étudiante de troisième année.

Reculant d'un pas, elle hausse les épaules, étonnée.

— Pas la peine d'être désagréable, je me contentais de donner mon avis.

— Et quel avis !

— Vous auriez préféré que je ne les aime pas ? demande-t-elle en me foudroyant du regard.

— À vrai dire, Marshall, ça m'indiffère. Je ne dis pas ça méchamment, mais c'est un fait : vous n'êtes pas une lectrice de romance. Et pire encore, vous considérez ça comme de la sous-littérature. C'est juste du bon sens : si une personne n'aime pas le café, on ne va pas lui demander son avis sur un ristretto.

— Il me semble quand même que je m'y connais un peu en littérature, réplique-t-elle, vexée.

— Très bien, accepté-je en m'appuyant à mon bureau, je vous écoute : citez-moi un livre que vous adorez.

— *Orgueil et Préjugés*.

— Vraiment ? ricané-je. Vu votre avis sur la question, je ne m'attendais pas à ce que vous choisissiez une romance.

— Ça n'a rien d'une romance ! C'est un roman complexe qui explore les relations humaines, la condition de la femme et les rigidités de la société anglaise au début du XIXᵉ siècle.

— Voyons voir... Une héroïne avec un profond désir d'indépendance, un personnage masculin distant et tourmenté, une tension grandissante entre les personnages, des obstacles à surmonter pour pouvoir être ensemble et bien sûr un happy end. Effectivement, je ne vois aucun point commun avec la romance...

Je suis ouvertement ironique, mais à ses sourcils froncés, je comprends que mon raisonnement est doucement en train de se frayer un chemin dans sa tête. Je reprends une gorgée de café qui, une fois n'est pas coutume, est exemplaire, tandis que Marshall arpente la pièce de long en large.

— Admettons qu'il y ait des similitudes, finit-elle par répondre, ça n'en fait pas pour autant une romance. En tout cas pas au sens moderne du terme.

— Non, aujourd'hui *Orgueil et Préjugés* est un classique. Mais demandez-vous une seconde ce qui fait qu'un livre en devient un. Parce que, sans être un expert en « vraie » littérature, je ne crois pas me souvenir que lorsque l'histoire d'amour que vous admirez tant est sortie, elle était considérée comme telle par les élitistes dans votre genre.

Pour une fois, Marshall ne répond rien, et je me rends compte un peu tard que ma dernière phrase a sonné plus hargneuse que je n'en avais l'intention. Peut-être parce que c'est un sujet qui me touche particulièrement : dès qu'une œuvre commence à gagner en popularité, elle devient la cible de l'élite littéraire qui se sent aussitôt légitime à la critiquer, parfois même sans en avoir lu ne serait-ce qu'une ligne. Et dans ce domaine, la romance a la primeur. Combien de personnes se sont autorisées à condamner tout le genre pour un best-seller dont le style ou l'histoire a eu le malheur de leur déplaire ? Combien de mes lectrices, sans parler des lecteurs, m'ont déjà avoué s'être senties jugées en achetant un livre ou en le lisant devant leur famille, leurs amis, ou de simples inconnus ?

Marshall affiche désormais une expression à la fois butée et un peu vexée. Je pourrais lui présenter mes excuses, mais ses jugements de valeur m'en dissuadent. À la place, je termine mon café en silence et, d'un geste du menton, je l'invite à prendre congé. Nous nous reverrons bien assez tôt, et d'ici là, j'aurai peut-être eu le temps de me calmer.

CHAPITRE 22
Tillie

Aussi loin que je m'en souvienne, la présence des livres a toujours eu sur moi un effet apaisant. Déjà petite je m'enfermais dans le bureau de mon père et j'y passais des heures, à contempler les bibliothèques qui grimpaient jusqu'au plafond. Je caressais les couvertures en cuir et suivais le contour des lettres du bout de l'index. Parfois, il me rejoignait et me faisait choisir un livre dont il me racontait l'histoire. Il les avait tous lus, bien sûr, et dès que j'ai été en âge de lire par moi-même, il m'a poussée à suivre ses traces… Mais aujourd'hui, même la vue des rayonnages de la bibliothèque de Chatham ne m'apporte pas la paix souhaitée. Au contraire, elle accroît la tension que je sens bouillonner sous ma peau depuis ma confrontation avec Griffin.

« Je ne crois pas me souvenir que lorsque l'histoire d'amour que vous admirez tant est sortie, elle était considérée comme telle par les élitistes dans votre genre. »

Il a craché le mot « élitiste » avec une telle véhémence que je n'ai même pas eu la présence d'esprit de me défendre. Pourtant, jusqu'à présent, je n'avais jamais considéré que mon exigence pouvait être un défaut.

Frustrée, je m'assieds à une table et sors mon classeur pour relire encore une fois les retours que Griffin a faits sur mon roman. Je les connais presque par cœur, à force, mais j'ai l'impression que chacune des conversations que j'ai pu avoir avec lui leur apporte un éclairage nouveau, et la dernière ne fait pas exception. Je bloque particulièrement sur le commentaire qu'il a fait sur mon style « classique ». Il n'est pas le premier à utiliser ce terme pour qualifier mes textes. J'ai toujours pensé que c'était un compliment, mais je n'en suis plus si sûre à présent...

Un frisson me parcourt tandis que je nous revois, Giulia et moi, assises sur le banc derrière la cantine du lycée, à fumer des cigarettes mentholées en rêvant à l'avenir. Ce jour-là, Gilbert Lockwood, à l'époque mon professeur de littérature et pas encore l'écrivain de best-sellers qu'il est devenu, m'avait retenue à la fin du cours pour me parler de mon début de roman.

— *Il dit que j'ai du talent,* avais-je raconté à Giulia lorsque je l'avais rejointe. *Et que je devrais postuler pour une fac avec un bon département d'écriture. Peut-être ISU, Stanford ou Berkeley...*

— *Pas ISU,* s'était exclamé ma meilleure amie en manquant de s'étouffer avec sa fumée, *l'Illinois, c'est beaucoup trop loin ! En revanche, Berkeley est juste à côté de Sacramento, qui a un super département de journalisme. Donc si tu vas là-bas on pourra se voir tous les week-ends.*

— *De toute façon je vais postuler partout, et on verra bien.*

— *Pas trop partout non plus ; avec ma chance, Lockwood va te pondre une super lettre de recommandation, tu seras prise à Columbia et je ne te reverrai plus jamais.*

— *Je ne peux pas aller à New York, c'est encore plus loin qu'ISU. Mes parents me manqueraient trop.*

— *Juste tes parents ?*

— *Non, le maître-nageur super sexy de l'été dernier aussi.*

Finalement, la prédiction de Giulia s'est réalisée : elle est partie pour Sacramento et moi j'ai été prise à Berkeley, Columbia et Chatham, la seule des trois à me proposer une bourse suffisante pour que je n'aie pas à dépendre de mes parents.

Sentant mes pensées glisser doucement, je secoue la tête et me reconcentre. Cette fois, je décide de tenter une nouvelle approche : je vais jusqu'au rayon fiction afin de comparer mon texte à d'autres, cherchant à comprendre ce que Griffin a vu dans mon manuscrit. Les grands noms de la littérature se mêlent aux ouvrages plus récents sur les rayonnages, et à mesure que mes yeux balaient les étagères, je suis frappée par le nombre d'auteurs que je ne connais pas. Ils sont si nombreux que, bientôt, je ne vois plus qu'eux, et je me demande comment j'ai pu passer plus de deux ans ici sans jamais m'apercevoir de leur existence. Curieuse, je tends le bras et attrape un livre que j'ouvre au hasard. Il ne me faut que quelques phrases pour comprendre qu'il s'agit d'un roman de fantasy. Je lis deux pages, puis je décide de retenter l'expérience avec un autre livre, puis un troisième.

J'ignore exactement ce que je cherche à prouver avec cette expérience, mais je me prends vite au jeu et accumule autour de moi des dizaines d'ouvrages. En quelques lignes, j'essaie de deviner à quel genre ils appartiennent, ou si leur auteur est en vie. Parfois j'ai bon, mais souvent, je me trompe complètement, ce qui met mon ego à rude épreuve – et mes certitudes encore plus. Je me suis toujours considérée comme une amatrice de littérature, pourtant, en feuilletant tous ces livres que je n'aurais jamais ouverts il y a à peine deux mois, je prends conscience que le spectre de mes lectures était plutôt réduit et que je poursuivrais volontiers la plupart de celles que je découvre aujourd'hui. Et si Griffin avait raison ? Si en me contentant de lire des classiques je m'étais fermée à tout un tas d'autres textes qui auraient pu me plaire ?

Quand je finis par quitter la bibliothèque, j'ai l'esprit en ébullition. À ma dispute avec Griffin s'ajoutent maintenant des dizaines de nouvelles questions, et le cours d'Ann Vreeland, qui consiste à comparer les enjeux narratifs des romans modernes à ceux des récits de l'Antiquité, n'est pas pour me changer les idées. À l'entendre, la littérature se serait entièrement construite autour d'une poignée d'intrigues, revisitées de siècle en siècle en fonction des enjeux de société des auteurs, ce qui ne manque pas de faire écho à la comparaison que Griffin a faite entre la romance moderne et *Orgueil et Préjugés*.

— Donc, selon lui, Darcy serait un bad boy ?

J'ai profité du trajet jusqu'à la cafétéria avec Cléo pour lui raconter ma confrontation matinale.

— Il n'a pas vraiment parlé de bad boy, plutôt de héros tourmenté.

— Un peu comme Eliott dans *Snow On The Beach*, remarque ma meilleure amie.

Maintenant qu'elle le dit, c'est vrai qu'il y a pas mal de similitudes entre le héros de Griffin et celui de Jane Austen. Tous deux arrivent contre leur volonté dans un endroit qui ne les ravit pas, et chacun à leur manière, ils vont trouver le moyen de vexer l'héroïne dès leur première rencontre. Sans compter qu'ils sont tous les deux de nature réservée et cachent derrière cette apparente hostilité une personnalité enjouée.

— Exactement, confirmé-je. Alors que Heathcliff, lui, c'est un vrai bad boy.

— Non, rigole Cléo, Heathcliff est l'archétype du connard merveilleux.

Elle enchaîne ensuite avec une comparaison de Gatsby et Orphée, puis de *Roméo et Juliette* et *West Side Story*. En cherchant bien, nous trouvons toute une liste de romans modernes présentant des similitudes plus ou moins évidentes avec les grands classiques de la littérature.

— Vreeland a raison, reconnaît finalement Cléo, les époques changent, la langue évolue, mais aucun auteur ne peut se targuer d'avoir écrit une œuvre complètement originale. Qu'il en soit conscient ou non, il se sera forcément appuyé sur son bagage culturel, et sur toutes les histoires qu'il aura lues, vues ou entendues.

Cette dernière remarque me fait monter la bile à la gorge et, comme dans un flash, je revois mon ancien professeur de littérature nous présenter son nouveau roman : *« Imaginez une rencontre entre* Phèdre *et* Les Liaisons dangereuses*, sur fond de politique locale. »*

Je frissonne. Effectivement, aucune histoire n'est réellement originale.

— À quoi bon écrire, dans ce cas ?

La réponse de Cléo fuse immédiatement :

— Parce qu'en définitive, une même histoire, écrite par deux auteurs différents, n'aboutira jamais au même résultat. Regarde le nombre d'intrigues similaires qu'on a trouvées en seulement quelques minutes, et ose me dire qu'elles n'ont pas chacune leur identité propre.

— La qualité n'est pas toujours identique non plus, lui fais-je remarquer. C'est ce que j'ai du mal à comprendre chez Griffin. Il a du talent et des histoires profondes ; il pourrait facilement écrire de la littérature classique, alors pourquoi se cantonner à la romance ?

Cléo tourne lentement la paille dans sa limonade.

— Tu lui as posé la question ?

— À qui ?

— À Griffin. Tu lui as demandé pourquoi il a choisi d'écrire des romances ?

Mon silence est plus éloquent que toutes les réponses que j'aurais pu lui donner. Satisfaite, Cléo se penche et pique une frite dans mon assiette, avant de conclure :

— Tu devrais peut-être commencer par là avant de décider pour lui de ce qu'il devrait ou non écrire.

CHAPITRE 23
Finn

Soit j'ai un excellent gardien, soit mes attaquants sont nuls. Ça fait vingt minutes qu'ils s'entraînent aux tirs au but, et pour l'instant, Ryan Prewett n'en a encaissé que trois. Espérons qu'il sera aussi en forme pour notre premier match ce week-end, car les joueurs de W&J sont réputés pour être de très bons buteurs.

Notre équipe n'a plus fait d'étincelles sur le terrain depuis trois ans. Le doyen semble déterminé à ce que notre série de défaites s'arrête cette année, et il est prêt à y mettre les moyens. Demain, pas de cours ni pour moi, ni pour mes joueurs, mais une journée d'entraînement complète en vue de nous préparer pour samedi. Match amical ou non, perdre n'est pas envisageable.

— O.K., ça suffit pour les tirs. On passe à la suite : blancs contre rouges. Prewett, tu restes dans les cages. Et Lowell, tu vas en face. Les rouges jouent offensifs. Allez, c'est parti !

Je donne un long coup de sifflet et mes gars se déploient. Evans mène l'attaque, épaulé par Adams et Cooper. Ils étaient tous les trois dans l'équipe l'an dernier. Ils ont l'habitude de travailler ensemble, et ça se ressent dans leurs actions. Harris, un milieu de terrain, fait une passe en profondeur à Evans, qui va essayer de prendre de vitesse la défense adverse. S'il n'y parvient pas, Adams sera prêt à récupérer le ballon. Quant à Cooper, il trace une ligne parallèle à celle d'Evans, comme nous l'avons évoqué en début de semaine.

Je hoche la tête, satisfait, et quitte mes attaquants des yeux pour me concentrer sur leurs opposants. La plupart sont de nouvelles recrues, ce qui ne les empêche pas de se donner à fond. Plus qu'O'Connor, d'ailleurs, qui, parce qu'il est en dernière année, semble se croire intouchable. Il faudra que je lui en glisse un mot à l'occasion. L'assurance, c'est bien, mais seulement si elle s'accompagne de discipline.

Lorsque mon trio d'attaquants atteint la zone de but, Cooper contourne O'Connor et dévie soudain de sa trajectoire pour envoyer le ballon dans les pieds de son capitaine, qui tire en pleine lucarne.

— Bien joué ! lancé-je alors que la balle effleure les doigts de Prewett et termine sa course au fond du filet. On recommence, mais cette fois, avec un évitement latéral.

Je leur fais refaire cette manœuvre à dix reprises, en changeant la place de chaque joueur pour qu'ils soient le mieux préparés possible, puis je leur donne quelques minutes de pause avant de leur faire jouer une demi-heure de match. Pendant qu'ils récupèrent leurs gourdes et leurs serviettes, je note mes dernières remarques dans mon cahier. Je n'ai pas encore établi la composition définitive de l'équipe pour le match contre Washington, mais certains noms sont d'ores et déjà en haut de ma liste, notamment en ce qui concerne mes attaquants.

— Je m'en contrefous ! lâche soudain Muller.

Surpris, je relève la tête de mes notes et cherche mon défenseur des yeux. Dylan est près du banc de touche, face à Prewett qui semble bouillonner de rage.

— Qu'est-ce qu'il y a ? demandé-je en avisant leurs poings serrés, mais aucun d'eux ne fait attention à moi.

— Les passes existent pour une raison ! Si t'es incapable de jouer en équipe fallait faire du tennis, s'énerve Prewett.

Il fait un pas menaçant en direction de son équipier, qui ricane.

— Arrête de te la raconter, t'es dans les cages, pas sur le terrain, qu'est-ce que tu connais aux passes ?

— T'es sérieux, là ?

— Et alors ? Ça te pose un problème ?

— Moi ça m'en pose un, intervient Evans en s'avançant vers Muller.

Ce dernier le repousse des deux mains, manquant de le faire tomber. Il n'en faut pas plus pour que ça dégénère et que les autres joueurs s'en mêlent. J'ignore qui donne le premier coup, mais en l'espace de quelques secondes à peine, la situation vire en bagarre générale.

Furieux, j'attrape le sifflet à mon cou et souffle dedans à pleins poumons. Le bruit a le mérite de stopper net mes gars.

— Je peux savoir ce que vous foutez ?

— C'est... commence Muller, mais mon regard l'invite grandement à la fermer, et c'est ce qu'il fait.

— J'en ai rien à battre de vos explications, c'était rhétorique, dis-je en les sondant à tour de rôle. Rien ne justifie un comportement aussi merdique. Si vous êtes incapables de vous contrôler sur le terrain, alors vous n'avez rien à y faire. Je ne suis pas venu ici pour entraîner une bande de gamins immatures et irrespectueux.

— Coach...

— Ferme-la Evans ! Tu es capitaine, bordel, tu es censé montrer l'exemple à tes coéquipiers, pas les encourager dans leurs conneries. Et les autres vous ne valez pas mieux. On a notre premier match dans deux putains de jours, et vous ne trouvez rien de plus intelligent que de vous foutre sur la gueule ? Soit vous êtes inconscients, soit vous êtes complètement débiles. Je vous préviens, si c'est pour me servir le même spectacle demain, ce n'est clairement pas la peine de venir à l'entraînement, parce que je préfère encore déclarer forfait samedi que de laisser jouer une équipe d'abrutis pareils. Maintenant, dégagez de ma vue.

Furieux, je les toise un à un, et tous ont le bon goût de baisser les yeux, y compris Evans. J'espère qu'une fois dans les vestiaires il compte offrir un discours de capitaine à son équipe et les ramener dans le droit chemin, car pour l'instant ils sont tous sur la touche.

✦✦✦

Quand je regagne mon bureau, toujours furieux, j'ai comme une impression de déjà-vu ; sauf que, à défaut d'être à genoux devant ma porte, Marshall est cette fois tranquillement adossée contre elle.

— Vous avez perdu votre lime à ongles ? lui demandé-je, agacé.

Notre conversation de ce matin m'est restée en travers de la gorge, je ne suis pas d'humeur. En me voyant approcher, elle se redresse brusquement et époussette son jean.

— Je voulais vous parler.

— Pas ce soir, Marshall. Je suis fatigué, vos petits copains ont décidé de jouer aux caïds sur le terrain, et je ne suis clairement pas disposé à engager un second round avec vous.

Elle semble décontenancée, mais son entêtement naturel reprend vite le dessus :

— J'ai besoin de comprendre pourquoi vous écrivez de la romance.

C'est à mon tour d'être surpris, mais contrairement à elle, je sais le cacher. J'hésite un instant sur la meilleure réponse à lui fournir ; n'importe quel autre élève se serait fait envoyer promener, mais elle, c'est différent…

— Très bien, soupiré-je, mais pas ici. Si nous devons avoir cette conversation, ce sera autour d'un verre.

CHAPITRE 24
Tillie

— Où est-ce qu'on va ? demandé-je en arrivant sur la cinquième avenue. Au *Shadow* ?

— Quelle bonne idée, ironise Griffin. Je rêvais justement de passer ma soirée entouré d'étudiants ivres morts.

Je lui décoche un regard noir et croise les bras sur ma poitrine, vexée. Il mériterait que je le plante là, mais je suis trop curieuse pour laisser filer une telle opportunité d'en savoir plus à son sujet.

Griffin tourne à gauche en direction de l'église presbytérienne, puis de nouveau à gauche, à droite, et encore à gauche. Il marche d'un pas vif, et je dois pratiquement trottiner pour rester à sa hauteur. Après presque dix minutes à cette allure, je n'en peux tout simplement plus.

— Vous avez un lieu en tête au moins ? ralé-je alors qu'il s'arrête à un carrefour et regarde autour de lui l'air perdu.

— Il me semblait qu'il y avait un bar par ici, grogne-t-il en se tournant vers une rue pavillonnaire, mais c'était peut-être plus près du parc Schenley, ou alors...

— Si vous parlez du *Mongo*, il a fermé il y a deux ans. Mais j'en connais un plutôt sympa à cinq minutes d'ici. Il faut juste rejoindre Forbes Avenue. À moins que vous n'ayez un autre endroit à l'esprit ?

— Non. Va pour votre bar, consent Griffin de mauvaise grâce.

Le bar en question est chaleureux mais désuet, composé principalement de fauteuils en cuir vieilli et de tables en bois brut. Au centre de la pièce, un comptoir circulaire entoure une sculpture faite à partir de bouteilles vides retenues par un filet à maille épaisse qui donne à la pièce des allures de repaire de pirates. D'ici quelques heures, la salle sera pleine, mais pour l'instant, seuls quelques habitués sirotent un verre de-ci de-là et la musique est encore assez faible pour nous permettre de discuter tranquillement.

Griffin me propose de m'installer pendant qu'il va nous chercher à boire. Il revient quelques minutes plus tard et pose un whisky devant lui, mais quand je tends le bras pour saisir la bière qu'il tient dans l'autre main, il recule pour la placer hors de ma portée.

— Vous avez plus de vingt et un ans au moins ?

Je lève les yeux au ciel, et à nouveau, je tente d'attraper ma boisson. Sans succès.

— Quel âge avez-vous ? insiste Griffin avec un sérieux exaspérant.

— Presque vingt-deux ans. Et quand bien même ça n'aurait pas été le cas, c'est loin d'être ma première bière, vous savez.

— Oui, c'est aussi l'impression que j'ai eue hier soir.

Je réponds à son sourire narquois par un doigt d'honneur qui lui fait froncer les sourcils. Il l'a bien cherché.

Finalement, il fait glisser la bière vers moi et porte le whisky à ses lèvres. Je l'imite, savourant la mousse fraîche sur ma langue. Les yeux fermés, Griffin se laisse aller contre son dossier et pousse un long soupir d'aise.

C'est suffisamment rare de le voir s'abandonner ainsi, et j'en profite pour l'observer à la dérobée. Depuis la rentrée, j'ai eu le temps de m'habituer à ce qu'il soit si jeune, mais pas à ce qu'il soit si beau. Pas étonnant que ses éditeurs collent sa photo à l'arrière de chacun de ses bouquins. À leur place, je le mettrais même en première de couverture...

— Je croyais que vous aviez des questions, fait remarquer Griffin en ouvrant brusquement les yeux.

Merde. Je me détourne si vite que ma bière tangue et déborde, coulant jusque sur ma main, que je me mets à secouer vigoureusement. Sans un mot, Griffin attrape une serviette et me la tend. Il croise ensuite les doigts devant lui et attend.

— Je vous ai déjà posé ma question, lui rappelé-je en essuyant une flaque de bière sous mon verre. Dans le couloir devant votre bureau, je vous ai demandé pourquoi la romance.

— Avant de répondre à cette question, laissez-moi vous en poser une à mon tour : pourquoi vous êtes-vous inscrite à Chatham ?

— Parce que je veux être écrivaine.

— Ça je le sais, mais pourquoi ?

— Parce que mon père m'a dit un jour que les livres donnent du sens à la vie, et que cette phrase a résonné en moi plus qu'aucune autre avant elle.

Il me dévisage d'un air pensif, et j'ai soudain l'impression que je viens de passer un test.

— Quand je vous ai vue débarquer dans ma classe, dit-il après un long silence, je me suis dit que vous aviez peut-être ce qu'il faut pour réussir. Vous savez, les gens qui racontent que le talent est inné mentent. Le talent, comme tout le reste, se travaille jour après jour. Mais la niaque, ce petit plus qui fait que vous n'abandonnez jamais, ça, personne ne pourra vous l'enseigner. Aucun cours au monde ne vous apprendra à relever la tête et à vous battre pour ce que vous aimez, ou ce en quoi vous croyez. C'est pour ça que je renvoie régulièrement des élèves : pour les pousser à défendre leur place. Parce que si une note griffonnée à la va-vite en haut de leur copie suffit à les faire douter d'eux-mêmes au point de les amener à renoncer à leur rêve, c'est que ce rêve n'est pas fait pour eux. Laisser l'opinion des autres affecter son travail, c'est le meilleur moyen pour ne jamais avancer. Et je sais de quoi je parle.

Il marque une pause, le temps de boire une gorgée de whisky et, cette fois, je me retiens de le dévisager quand il ferme les paupières pour la savourer. Les yeux toujours clos, il reprend :

— Quand j'avais seize ans, je suis sorti avec une fille sublime du nom de Dallia.

Il fait rouler ce nom sur ses lèvres et affiche un sourire ironique.

— Je crois qu'il n'y avait pas un seul mec de tout le lycée qui ne m'enviait pas. Il faut dire que Dallia était grande, blonde, capitaine des cheerleaders, maligne et hilarante. En somme, la fille parfaite. Ce qu'ils ignoraient, c'est que nous n'étions pas vraiment ensemble. Ses parents étaient les meilleurs amis des miens et elle m'avait demandé de la couvrir pour qu'elle puisse flirter tranquillement avec un autre. Ça a duré six mois, pendant lesquels tous les jours j'ai eu envie de lui dire qu'elle serait mieux avec moi.

Griffin rouvre les yeux mais les garde levés vers le plafond. J'ai du mal à considérer l'adolescent dont il parle et l'homme qu'il est devenu comme une seule et même personne. Dans ma tête, le Griffin de seize ans est semblable à celui d'aujourd'hui, et dans ces circonstances, j'imagine difficilement une fille le repousser, et pas uniquement parce qu'il est terriblement sexy, mais aussi parce qu'en dépit de son mauvais caractère il est drôle, charismatique, et il faut bien le reconnaître, brillant.

— Vous avez fini par lui dire ? demandé-je.

— Oui. Et elle m'a envoyé promener.

— Merde.

— Merde, confirme-t-il, un demi-sourire aux lèvres. C'est aussi ce qu'a dit ma mère. Et comme elle adorait les histoires d'amour, elle m'a suggéré de raconter la mienne. L'été qui a suivi, j'ai donc écrit mon premier roman, qui relatait plus ou moins mon aventure avec Dallia, à ce détail près que dans mon livre, l'héroïne finissait par ouvrir les yeux sur son ami d'enfance et jetait l'autre garçon.

J'ai beau fouiller ma mémoire, je ne me souviens pas d'avoir vu cet ouvrage dans sa bibliographie.

— Il n'est jamais sorti, me précise Griffin. J'avais dix-sept ans et c'était un navet. Il n'y avait que ma mère pour le trouver bon.

— Votre mère...

— Elle est décédée, confirme-t-il. Quand j'étais en deuxième année de fac.

— Je suis vraiment désolée.

— C'était une femme incroyable, poursuit-il avec un signe de tête. Généreuse, attentionnée et toujours prête à discuter. À condition que ce soit autour d'une crème glacée. C'est elle qui m'a donné le goût des livres. Il y en avait dans toutes les pièces de la maison. Ça et des disques d'opéra. Elle adorait l'opéra. Elle disait qu'il n'y avait qu'en musique qu'elle pouvait aimer un drame amoureux alors que, dans les livres, les histoires devaient finir bien. Surtout les histoires d'amour.

— Alors c'est pour elle que vous avez décidé d'écrire de la romance ?

— Non. C'est pour moi.

Et soudain, je comprends. Griffin n'est pas en colère, il est vexé. J'étais persuadée qu'il écrivait de la romance par défaut, mais après ce qu'il vient de me raconter, il est évident que ce n'est pas le cas. Il pourrait écrire tout ce qu'il veut, mais il aime sincèrement imaginer des histoires d'amour. Et cette révélation m'oblige à poser un œil nouveau sur ce genre. Et sur lui.

— Il y a une chose que je ne saisis pas, lance brusquement Griffin.

Au même moment, les mots « je suis désolée » franchissent mes lèvres.

— Qu'est-ce que vous ne comprenez pas ? demandé-je aussitôt.

Mais il secoue la tête. Son habituelle moue narquoise a refait surface.

— Oh non, vous d'abord, je ne veux surtout pas vous priver d'une occasion de reconnaître vos torts.

Seigneur, donnez-moi la force de ne pas lui jeter ma bière au visage, et de conserver mon travail par la même occasion. De l'autre côté de la table, Griffin sourit nonchalamment et lève son verre dans ma direction. Réprimant mon envie de lui dire que je suis navrée qu'il soit un tel connard, je rive mon regard au sien.

— Je n'aurais pas dû sous-entendre que la romance n'était pas de la vraie littérature…

— Affirmer, pas sous-entendre.

— C'est vrai. Je n'aurais pas dû affirmer que la romance n'était pas de la vraie littérature.

— Pourtant, vous le pensez.

— À vrai dire, vous êtes le seul auteur de romance que j'aie lu, ça fait peu pour se faire une idée d'un genre.

Griffin secoue la tête, pas vraiment surpris.

— Au moins, vous le reconnaissez.

Je pourrais lui expliquer mon rapport à la lecture, mais ça exigerait de lui parler de mon père, et même si lui-même vient de se confier sur sa mère, je ne suis pas encore prête à lui raconter mon histoire. En revanche, je lui parle volontiers de mon expérience de ce matin, avec ma sélection de livres à l'aveugle, et de fil en aiguille, nous en arrivons à débattre de la nécessité ou non de lire plusieurs genres.

— Je crois que ça dépend de ce qu'on attend de la lecture, dit Griffin après être allé nous chercher de nouveaux verres. Quand on est écrivain, les gens ont toujours tendance à penser que notre vie tourne autour des romans qu'on écrit. Comme si les auteurs de polars ne pouvaient pas lire autre chose.

— Ou les auteurs de romance, le taquiné-je.

— À vous de me le dire !

— Ce n'est pas parce que j'ai admis qu'une histoire d'amour apporterait un plus à mon roman que ça fait de moi une autrice de romance.

— Vraiment ? Vous devriez pourtant y songer, quelque chose me dit que vous feriez des merveilles. D'ailleurs, à ce propos, il y a une chose que je ne m'explique toujours pas...

— Laquelle ?

Ses yeux s'allument d'une lueur espiègle. Sans se départir de son habituelle moue, il porte son verre à sa bouche et le vide d'un trait, avant d'essuyer de la pointe de sa langue une goutte perdue sur ses lèvres. Il se penche ensuite vers moi et je sens l'odeur du whisky dans son souffle :

— Je me demandais simplement comment une fille avec un avis aussi tranché sur la romance pouvait avoir écrit une rédaction aussi excitante.

CHAPITRE 25
Finn

Je n'arrive pas à croire que j'ai prononcé cette phrase à voix haute. J'avais l'intention de la taquiner, mais j'ai largement dérapé. Ses joues se colorent de rouge. Je déglutis, et pour me donner bonne contenance, je porte mon verre à mes lèvres. Le choc froid des glaçons contre ma peau me rappelle qu'il est vide.

Je dois vraiment me calmer. D'accord, elle a vingt-deux ans et le règlement de Chatham est moins strict que ceux de Harvard ou de Yale sur le sujet, mais j'ai écrit assez de romances pour savoir qu'on n'est pas dans un livre. Ici c'est la vraie vie, et dans la vraie vie, ce genre d'histoire ne finit jamais bien. Et que se passera-t-il après ? Est-ce qu'on continuera de travailler ensemble ? De se voir tous les jours jusqu'à ce qu'elle obtienne son diplôme, et qu'elle parte définitivement ? Cette idée me fait serrer les poings, et je comprends alors que j'ai laissé les choses aller beaucoup trop loin. Il faut que je me reprenne.

Pourtant, quand je lève les yeux de mon verre pour les poser sur elle, je sens ma détermination vaciller. Elle semble le deviner car ses lèvres s'étirent avec malice :

— Je suppose que j'étais inspirée…

La diablesse bat des cils et ma bouche s'assèche tandis que les images suggérées par sa rédaction me reviennent en mémoire. Bordel, mais qu'est-ce qui m'a pris d'aborder ce sujet ?

— Et vous, demande-t-elle en essuyant une goutte sur son verre, comment faites-vous pour écrire les scènes érotiques ?

— Je ne sais pas. Tout dépend de la scène.

Ma réponse prudente la fait sourire de plus belle.

— Très bien, alors disons, par exemple, que les personnages discutent dans un bar. Comment feriez-vous pour amener la situation à... dégénérer ?

À peine a-t-elle posé sa question qu'une dizaine d'idées jaillissent dans mon esprit. Je les repousse une à une, regrettant qu'il ne soit pas aussi aisé de réprimer l'afflux sanguin qui se concentre dans mon entrejambe.

— Mes personnages ne font pas l'amour dans les bars, réponds-je d'un ton neutre.

— Par conviction personnelle ?

— Appelez ça une question de principe.

— Certains principes méritent qu'on les contourne.

— Et d'autres qu'on les applique à la lettre.

— Je crois que je préfère ceux qu'on contourne.

Évidemment...

— Mademoiselle Marshall...

— Vous savez, la plupart des gens m'appellent Tillie.

— Tillie, concédé-je en soupirant, on devrait rentrer.

— Ça aussi, c'est une question de principe ?

— C'est une question d'horaires.

Elle jette un coup d'œil à son portable, sans doute pour vérifier l'heure, et ses épaules se haussent sous le tissu épais de son sweat. Je quitte ma chaise, mais elle ne semble pas vouloir m'accompagner.

— Vous ne venez pas ?

— Non, je vais rester encore un peu et profiter de l'ambiance. Ça fait une éternité que je n'avais pas remis les pieds ici, et puis moi je n'ai pas entraînement demain.

Elle sourit et se lève pour aller chercher un nouveau verre. Je ne peux pas m'empêcher de la suivre des yeux tandis qu'elle se dirige vers le bar. Son jean bleu clair moule ses fesses à la perfection, mais c'est l'image de son regard qui ne me quitte pas pendant tout le trajet jusque chez moi. Je déteste l'idée de l'avoir laissée seule là-bas, mais je n'avais pas vraiment d'autre choix. Quel con ! On passait pourtant une bonne soirée jusqu'à ce que je décide de tout compliquer…

Je pourrais faire demi-tour. Je pourrais retourner dans ce bar, l'attraper par la taille, la plaquer contre un mur, goûter ses lèvres si excitantes, foutre en l'air toute cette histoire de principes et la ramener chez moi pour la baiser à n'en plus finir. Sauf que, justement, ça finirait forcément à un moment ou à un autre.

Arrivé à mon appart, je me laisse tomber sur le canapé-lit. Mon ordinateur est posé sur la table basse. Ça fait des jours que je n'y ai plus touché, mais ce soir, je me sens inspiré. Et ce sera une bonne distraction.

D'un clic, j'ouvre mon fichier, et pour une fois, la page blanche qui s'étale sur l'écran ne me provoque aucune angoisse. Mes doigts volent sur le clavier. Les phrases viennent d'elles-mêmes, surgissant dans mon esprit comme elles ne l'avaient plus fait depuis des mois. Saisi d'une ivresse qui n'a rien à voir avec le whisky, je commence alors à esquisser avec des mots la courbe parfaite des lèvres d'Otillie Marshall.

✦✦✦

Chatham le matin dégage une atmosphère que je trouve étonnamment inspirante. C'est peut-être dû à la teinte chaleureuse que prennent les murs de briques sous le soleil naissant. Ou au bruissement du vent qui s'engouffre dans les arbres pas encore dépourvus de leurs feuilles. Ou bien simplement à la soirée d'hier, et à la vague de créativité qu'elle a insufflée dans mon esprit. Peu importe en vérité, parce que tout ce qui compte, c'est que je retrouve enfin ce goût d'écrire qui me faisait si cruellement défaut.

Vu l'heure, mes gars ne vont pas tarder à se pointer sur le terrain et j'espère vraiment qu'ils seront dans de meilleures dispositions qu'hier, sinon je ne donne pas cher de leur peau. J'ignore si Marshall a l'intention de passer avant ses cours, surtout après notre soirée, mais dans le doute, je fais un détour par mon bureau et inscris quelques mots à son intention sur une feuille que je scotche sur la porte.

Les joueurs sont au complet lorsque j'arrive au stade. Si certains affichent encore une mine renfrognée, au moins ils n'ont plus l'air de vouloir se sauter à la gorge. Bien, je vais peut-être pouvoir tirer quelque chose d'eux, finalement.

— Content de vous voir, dis-je en guise de bonjour. Je suppose que si vous êtes là et pas au fond de vos pieux, c'est que vous vous êtes décidés à agir en équipe ?

— Oui, coach.

Leur réponse, donnée à l'unisson, fait naître un sourire satisfait sur mes lèvres.

— Parfait, alors on commence avec dix tours de terrain.

Je les fais travailler d'arrache-pied pendant près de quatre heures. Ils se donnent à fond, et c'est un plaisir de les voir fonctionner ensemble. Cela dit, je sens encore des tensions, notamment entre Ryan Prewett et Dylan Muller, mais rien qui mette en péril l'équilibre de l'équipe, aussi je préfère laisser courir. Il nous reste une demi-journée d'entraînement et je tiens à ce qu'ils gardent leur concentration.

Je termine la session vers 16 heures. Mes joueurs sont crevés, mais leurs sourires confiants en disent long sur leur état d'esprit. J'espère qu'ils auront toujours le même sentiment après le match de demain.

Avant de les laisser partir, je les réunis dans les vestiaires pour leur annoncer la composition de l'équipe et des suppléants. J'ai finalement décidé de donner leur chance à mes défenseurs de première année, mais je les entoure de Connor et Muller, qui assureront la défense latérale. En milieu de terrain, je mélange nouveaux et anciens, gardant en réserve des remplaçants plus expérimentés pour prendre la relève s'ils ne tiennent pas le choc. Et pour ce qui est des attaquants, je conserve mon trio gagnant.

Les joueurs qui ne sont pas retenus masquent leur déception. Ils savent que ce n'est qu'un premier match, et il y en aura encore beaucoup d'autres après celui-là.

— À moins bien sûr que je ne vous chope à boire ou à fumer à la veillée de ce soir, les préviens-je. Là, je peux vous garantir que non contents de ne pas jouer demain, c'est toute la saison que vous passerez sur la touche. C'est clair ?

Ils hochent la tête et je les libère enfin. Je regagne ensuite mon propre vestiaire et prends une douche brûlante qui soulage mes muscles endoloris par l'entraînement. J'avais l'esprit tellement occupé par mon livre ce matin que je n'ai même pas pensé à emporter une chemise de rechange. Merde. Il ne me reste plus qu'à enfiler un tee-shirt et un sweat aux couleurs de l'équipe. Entre cette tenue et mes cernes, j'ai l'impression d'être de retour à la fac...

Les cheveux encore mouillés, je regagne mon bureau, bien décidé à avancer sur mon nouveau roman avant le début de la soirée. En arrivant, je découvre que le mot que j'ai laissé ce matin pour Marshall n'est plus sur la porte, mais qu'il a été glissé au-dessous. En guise de réponse, mon assistante a barré le « mademoiselle Marshall » et a inscrit à côté : « C'est toujours Tillie. »

CHAPITRE 26

Tillie

La moitié du campus s'est donné rendez-vous derrière le gymnase principal pour assister à la soirée d'ouverture de la saison sportive. C'est le seul soir de l'année où les équipes, toutes disciplines confondues, sont réunies. Malgré les températures toujours glaciales, personne ne souffre du froid grâce à l'immense feu de joie qui a été allumé au centre de la piste ouest. De grosses enceintes montées sur des pick-ups balancent de la musique *electro*, et l'alcool coule à flots. Il est 21 heures et je suis déjà éméchée, ce qui fait beaucoup rire mes amis. Eux-mêmes n'ont pas bu une goutte, et pour cause, ils jouent leur premier match demain et tiennent à être en forme, ce qui rend le concept de cette soirée particulièrement débile. Quel intérêt de faire une veillée d'avant-match puisque les joueurs ne peuvent même pas en profiter ?

— Ça permet de renforcer les liens de l'équipe, m'explique Nate.

— Tu parles, dis plutôt que ça vous donne une occasion de faire la fête au cas où vous vous feriez laminer demain.

Ryan lève les yeux au ciel et fait mine de m'enlever mon gobelet.

— Si tu parles de défaite, c'est que tu as trop bu, Calamitillie. Donne-moi ça !

— Fais gaffe, intervient Nate. Si le coach te voit avec un verre, tu ne pourras pas jouer demain !

— Voilà, alors rends-moi mon verre, de toute façon je le mérite plus que toi !

— Silence, Tillie, grogne Ryan en plaquant sa main contre ma bouche.

Une seconde plus tard, il fait un bond en arrière.

— Beurk, mais c'est immonde, glapit-il en essuyant frénétiquement la traînée de bave que je viens de laisser sur sa paume.

— Ça t'apprendra à me museler.

— Cléo doit nous rejoindre ? demande Nate sans faire attention à nos enfantillages.

— Aucune idée. Elle avait prévu de venir avec Lucas, mais j'ai l'impression qu'ils se sont encore disputés.

— Quel crétin, râle Ryan.

Nate et lui n'ont jamais pu supporter le mec de Cléo, et s'ils font un effort en sa présence, quand il n'est pas là ils ne prennent pas cette peine, et je suis souvent obligée de jouer les avocats du diable. Après tout, si Cléo est amoureuse de lui, c'est qu'il doit bien avoir quelques qualités.

— Arrête, me coupe Nate alors que je m'apprête à plaider en sa faveur. C'est un vrai con, et tu le sais très bien. Reconnais-le, Tillie, toi non plus tu ne l'aimes pas.

Je ne pipe mot et mes deux meilleurs copains prennent ça pour un aveu. Poussant des cris victorieux, ils se tapent dans la main et entament une sorte de danse ridicule. Je lève les yeux au ciel et fais mine de m'éloigner, mais ils me rattrapent avant que j'aie pu faire un pas.

— Tillie, ne pars pas, on est désolés d'avoir toujours raison !

— Oui, reste, on sera sages.

— On ne dira même pas que Lucas est un vrai naze.

— Même si c'est un vrai naze.

— Vous savez ce que j'aimerais vraiment ? demandé-je.

— Dis-nous, on fera tout ce que tu voudras.

— Promis juré.

— D'accord, alors rendez-moi mon verre !

— Bonne soirée Tillie, amuse-toi bien !

Nate me pousse dans le dos pour me donner faussement congé. J'aurai essayé…

Une heure plus tard, toujours pas de Cléo en vue. En revanche, j'aperçois une chevelure rose de l'autre côté du feu. Reconnaissant May, qui est avec moi en TD d'écriture créative, je tire les garçons par le bras et me fraie un chemin jusqu'à elle.

Elle est sublime dans sa combi-short tout en strass, et je constate sans surprise que ni Ryan ni Nate ne sont imperméables à son charme.

— Alors c'est vous les gars de Griffin ? demande-t-elle en faisant glisser son regard de l'un à l'autre.

— Eux-mêmes, fanfaronne Ryan. Et toi tu es dans la promo de Cléo et Tillie ?

Elle acquiesce et la conversation s'oriente vers les cours. Je sens un frisson un peu trop familier me parcourir l'échine lorsqu'elle mentionne notre professeur. Je n'ai pas revu Griffin depuis que nous nous sommes quittés hier. Après son départ, je comptais profiter de l'ambiance du bar, mais en son absence la soirée a rapidement perdu de son intérêt et j'ai regretté de ne pas être rentrée avec lui. Ou plutôt, j'ai regretté qu'il ne soit pas resté avec moi.

Penser à hier me provoque une drôle de sensation dans l'estomac. Sensation qui remonte vers ma poitrine à mesure que je me remémore notre conversation. Je me mords la lèvre en revoyant son sourire en coin, sa manière de s'abandonner à la brûlure du whisky, l'intensité de son regard quand il a mentionné ma rédaction, et la contraction de sa mâchoire quand je lui ai répondu. Pendant un instant, j'ai eu l'impression qu'il allait céder à mes insinuations. Non, j'ai eu *envie* qu'il y cède. Et à la façon dont il m'a suivie des yeux lorsque je suis repartie me chercher à boire, je suis certaine que lui aussi en avait envie. Même si, à mon retour, la table était vide…

Par chance, Ryan et Nate sont trop accaparés par May pour prêter attention à mon moment d'égarement.

— Excuse-les, glissé-je à l'oreille de mon amie. D'ordinaire, ils n'agissent comme des crétins que quand ils sont ivres, mais visiblement, le feu de joie a un impact désastreux sur leur comportement.

— Il n'y a pas de mal, rigole May en repoussant ses mèches roses en arrière, d'autant qu'ils sont plutôt mignons… surtout le blond.

C'est vrai qu'avec sa chemise en lin blanche qui fait ressortir sa peau bronzée, Ryan est particulièrement charmant ce soir. Toutefois, j'ai beau être consciente de l'effet qu'il a sur les inconnues, je n'arrive pas à le voir autrement que comme la version humaine d'un chiot.

Se méprenant sur mon silence, May se dépêche de demander :

— Ce n'est pas ton mec au moins ?

— Oh non, ne t'en fais pas pour ça. Je ne sors avec personne.

Elle hoche la tête, manifestement soulagée, et reporte son attention sur mon meilleur ami. Il ne faut pas longtemps à Nate pour comprendre qu'il est hors course, mais il n'est pas du genre à se laisser abattre par une défaite, à moins qu'elle n'ait lieu sur le terrain. Saluant Ryan d'une tape dans le dos, il lui chuchote quelque chose à l'oreille puis m'attire contre lui pour se faire entendre par-dessus la musique qui pulse derrière nous.

— Je vais rentrer, tu sais, histoire de mériter mon rôle de capitaine demain. Je te raccompagne ?

Je suis sur le point d'accepter sa proposition, lorsque j'aperçois Griffin, adossé contre un mur, qui ne me quitte pas des yeux. Et il a beau tenir un gobelet rouge à la main et porter un sweat aux couleurs de l'université, impossible de le confondre avec un étudiant.

CHAPITRE 27
Finn

Nate Evans va passer l'année sur le banc de touche s'il ne dégage pas rapidement ses doigts de la hanche de Marshall.

Oh putain ! Je suis en train de me transformer en mâle alpha du dimanche, prêt à séquestrer l'objet de son attention rien que pour éviter qu'un autre ne pose la main sur elle. Si j'espérais que ma session d'écriture m'aiderait à mettre des mots sur mes pensées et à les canaliser, je dois me rendre à l'évidence : rien n'a changé depuis hier soir. Ou plutôt, beaucoup de choses ont changé…

Jusqu'à présent, je n'avais jamais envisagé que mon attirance physique pour Otillie pouvait être réciproque. Nous nous cherchions peut-être un peu, mais ça n'avait rien à voir avec ce qu'il s'est passé hier. Et ce qui *aurait pu* se passer. Je serre les dents en songeant à quel point j'ai été près de craquer, et à toute la détermination qu'il m'a fallu pour m'arracher à ce bar et au sourire ô combien tentateur de Marshall. Je sais que j'ai bien fait, ça n'aurait pas été raisonnable, et j'ai été largement récompensé de ma décision par mon soudain retour d'inspiration, pourtant c'est plus fort que moi : j'ai envie de casser les doigts de mon joueur vedette un à un. Ce qui serait vraiment une idée de merde. Déjà, parce que c'est l'un de mes meilleurs atouts pour gagner le match de demain, et surtout, parce que je ne connais pas de moyen plus sûr de me faire virer.

Bordel, combien de temps vais-je encore devoir rester à cette soirée de mes deux avant qu'il soit une heure correcte pour me tirer ?

Je sors mon portable et grogne en voyant que j'ai reçu un message de Logan. Je lui ai envoyé mes premières pages tout à l'heure, histoire de le rassurer un peu sur l'avancée de mon travail, mais à la réflexion ce n'était peut-être pas une bonne idée. Un simple SMS lui disant de se détendre aurait sans doute été préférable, car maintenant il va se sentir légitime à me donner son avis sur mon texte, et je ne suis pas certain de vouloir le connaître. J'appuie malgré tout sur la petite icône en forme d'enveloppe et, une fraction de seconde plus tard, la réponse de mon agent apparaît à l'écran :

De : logan.fields@d-a-r.com
À : f.griffin@rc-sup.com
Objet : Enfin !

Finn,

Je ne sais pas ce qu'il s'est passé depuis mercredi, mais quelque chose me dit que tu as enfin tiré ton coup, parce que ça fait longtemps que tu ne m'avais pas envoyé d'extrait aussi prometteur. Qui qu'elle soit, ne la laisse pas filer, mec.

Logan

P.-S. : J-87

Je fronce les sourcils, tant à cause de son maudit compte à rebours que de son interprétation de la situation. Évidemment, j'aurais dû me douter que Logan en tirerait immédiatement des conclusions hasardeuses. Il était tellement sûr que la solution résidait dans un coït...

Malgré moi, mes yeux se posent de nouveau sur le groupe d'amis de Marshall, et un grondement sourd monte de ma poitrine lorsque je me rends compte qu'Evans et elle ont disparu. Bordel, s'ils…

— Bonsoir.

La voix de Marshall, beaucoup plus proche que prévu, me coupe dans mon élan meurtrier. Elle est juste à ma gauche, et elle est seule. J'ai soudain l'impression de mieux respirer, et ça me fout sacrément en rogne. J'ai dit non, putain ! Il faut vraiment que ça s'arrête. Mais c'est plus facile à dire qu'à faire, surtout lorsqu'elle se tient aussi près de moi, sexy à en crever dans un jean slim noir et un top échancré qui m'oblige à détourner le regard.

— Mademoiselle Marshall.

Je parle le plus poliment possible, tentant de refouler les images traîtresses induites par ma frustration. Elle fait la moue à la mention de son nom de famille, et je serre le poing sur mon gobelet de Coca, qui craque légèrement. Tout doux, Finn.

— Je ne m'attendais pas à vous voir ici, dit-elle d'une voix un peu trop joyeuse pour quelqu'un de sobre. Je croyais que ce genre de rassemblement vous faisait horreur.

— C'est exact.

— Et pourtant, vous êtes venu.

Elle se rapproche d'un pas et son parfum fruité se mélange à celui du bois brûlé. Je sais où elle veut en venir, tout comme je sais que, si je ne la repousse pas très vite, je n'aurai plus le courage de le faire.

— Parce que je suis leur coach, réponds-je de ma voix la plus froide. Ne vous figurez surtout pas que je suis ici de mon plein gré. Ni que je puisse trouver du plaisir à la compagnie d'étudiants immatures incapables de contrôler leur consommation d'alcool ou leurs hormones.

— Vous… Je… Enfin…

Chacune des hésitations de Marshall me donne un peu plus l'impression de me comporter comme un connard mais je ne peux pas prendre le risque de la laisser se rapprocher davantage. Ses joues, jusque-là rougies par l'excitation, se vident de leurs couleurs, et quand elle serre les lèvres, je devine que c'est pour les empêcher de trembler.

Je suis vraiment un enfoiré. J'espérais que mon détachement l'encouragerait à garder ses distances, mais je n'ai jamais cherché à la blesser. Pourtant elle recule brusquement, comme si elle venait de recevoir une gifle en plein visage, et dans la précipitation, elle trébuche sur ses talons hauts. Par réflexe, je tends le bras pour la rattraper, mais elle se dégage d'un mouvement sec.

Impuissant, je la regarde s'éloigner d'un pas vif. Je serre les poings si fort que mes ongles s'enfoncent dans mes paumes.

J'ai eu ce que je voulais, non ? Alors pourquoi je me sens aussi minable ?

CHAPITRE 28
Tillie

On dit que le ridicule ne tue pas, pourtant j'ai l'impression que la honte est sur le point de m'étouffer. Les yeux rivés sur un point incertain, je me fraie un passage dans la foule avec une seule idée en tête : m'éloigner le plus possible du regard impassible de Finley Griffin. Comment ai-je pu être assez idiote pour me laisser aller à flirter avec lui, et surtout, pour imaginer qu'il en faisait de même avec moi ?

Il faut vraiment que j'aie placé la barre de mes attentes affectives très bas pour m'être fait avoir par un connard pareil, juste parce qu'en quelques occasions il s'est montré moins froid que d'ordinaire. Au moins, le message est clair maintenant : je ne lui inspire que du mépris. Et j'ai beau me répéter encore et encore que je n'en ai rien à faire, cette idée m'essore le cœur au point de noyer mes yeux de larmes amères.

Je bats frénétiquement des paupières pour les chasser. Je ne sais même pas d'où elles me viennent. Après tout, ce n'est pas comme si Griffin me plaisait vraiment. Bon, d'accord, je veux bien admettre qu'il est très beau, et que, d'une façon tout à fait tordue, il peut être assez drôle. Et brillant. Et je reconnais qu'hier soir il s'est montré étonnamment sensible. Mais ça s'arrête là !

C'est Finley Griffin, bon sang ! Je ne vais quand même pas pleurer pour un type incapable de s'exprimer autrement que par sarcasmes.

Lorsque mon regard retrouve sa netteté, je constate avec ironie que je me suis arrêtée devant l'entrée du stade. La musique n'est plus qu'un lointain écho, tout comme la chaleur du feu. Soudain épuisée, je grimpe en haut des gradins et me laisse tomber sur un siège, les bras croisés sur la poitrine pour me protéger du vent.

Je pourrais demander à Ryan de venir me chercher, mais vu comme May et lui se mangeaient des yeux tout à l'heure, je ne suis pas certaine qu'il répondrait présent. Et puis Ryan est trop curieux, je n'ai pas envie de tout lui raconter. Nate est plus discret et je le connais assez pour savoir que, même s'il est très probablement déjà arrivé chez lui, il n'hésitera pas à revenir si je l'appelle.

Rassérénée par cette idée, j'ouvre mon sac pour attraper mon téléphone. Une lueur clignotante m'indique que j'ai un message. Je compose le numéro de ma boîte vocale, m'attendant à ce que ce soit mon meilleur ami qui se demande où je suis passée, mais la voix qui s'élève de l'appareil est indiscutablement féminine, et j'ai beau ne pas l'avoir entendue depuis des années, je la reconnais immédiatement.

Sous l'effet de la surprise, mon téléphone me glisse des doigts pour aller s'écraser sous un fauteuil, une rangée plus bas. Cependant, malgré le choc, il est intact, et j'entends très distinctement la voix de Giulia se répercuter jusqu'à moi. Me paralysant totalement.

— « Lockwood vient d'être nommé au National Book Award ! J'espère que t'es fière de toi, putain ! Maintenant, tout va recommencer, et c'est ta faute. Espèce de salope, t'as même pas le courage d'assumer ta merde. Mais tu peux bien fuir à l'autre bout du pays, ça ne changera jamais rien à ce que tu as fait ! »

La violence de ses paroles me glace le sang. Ces dernières semaines ont été si intenses que j'en avais presque oublié son appel. Je pensais naïvement que si je quittais Ravendale, elle se lasserait, mais j'aurais dû savoir qu'elle ne le ferait pas. Elle n'a jamais été du genre à laisser tomber.

Mes poings se serrent à la mention de Lockwood. Il y a trois ans, la nouvelle m'aurait sans doute anéantie, mais ce soir, elle ne déclenche chez moi qu'une violente fureur. Je n'arrive pas à croire que ce salaud ait pu être nominé à un prix si prestigieux. Et je n'arrive pas à croire que Giulia trouve encore le moyen de me le reprocher.

La colère me submerge complètement, m'empêchant de penser ou de respirer normalement. Je ressens chacun des battements de mon cœur comme un coup de tonnerre dans ma poitrine, chaque inspiration d'air me brûle les poumons. L'injustice me retourne le ventre. Je déteste Giulia. Je déteste Lockwood. Je déteste mon père. Je déteste Griffin. Je me déteste.

Saisie par une bouffée de haine pure, je ramasse mon téléphone et l'envoie valser le plus loin possible puis, sans réfléchir, j'enlève mes chaussures et leur fais subir le même sort. Elles rebondissent sur le sol en bois, perturbant à peine ce silence qui me suffoque. Le corps tremblant, je prends ma tête à deux mains et laisse un long cri de colère se frayer un chemin dans ma gorge. Ça fait du bien, mais ça ne suffit pas à endiguer la vague destructrice qui se déploie dans mes veines. J'ai besoin de plus. Il faut que je trouve un moyen d'extérioriser ma rage avant qu'elle ne me consume. Dévalant les escaliers, je me précipite vers le terrain de soccer et me mets à courir. Mes pieds nus s'enfoncent dans l'herbe humide : demain, la pelouse sera remplie de sportifs accomplis, mais ce soir, elle est tout à moi. Alors je cours. Je cours jusqu'à ce que mes poumons s'embrasent et que ma gorge me brûle. Je cours pour distancer les fantômes du passé. Pour oublier sa colère, mes remords et leurs trahisons. Mais quelle que soit la direction que j'emprunte, ils me rattrapent toujours.

Je ne m'arrête que lorsque mes pieds se prennent dans un des tuyaux destinés à arroser le stade. Hoquetant de surprise, je perds l'équilibre et m'étale de tout mon long. Un cri de douleur s'échappe de mes lèvres, presque immédiatement remplacé par un glapissement d'horreur quand le conduit, arraché du sol, m'envoie un jet d'eau glacée en pleine poitrine. Instinctivement, je me recroqueville pour me protéger du froid, puis je roule sur moi-même afin de me placer hors de portée du tuyau.

Allongée sur le dos, je lève les yeux vers l'immense obscurité qui me surplombe, et je défie l'univers de faire pire.

CHAPITRE 29
Finn

Je donnerais tout pour un verre, même une bière bon marché et tiède. Ça fait près d'une heure que Marshall est partie, et depuis, je n'arrive à penser à rien d'autre qu'à son expression lorsque je l'ai repoussée. J'espérais qu'en me montrant ferme je préserverais notre relation professionnelle, mais je crois que je me suis fourvoyé. Je n'aurais pas dû laisser les choses aller aussi loin hier… D'ordinaire, quand une fille m'attire, du moins physiquement, je me l'envoie ou je passe à autre chose, mais avec Marshall c'est différent. La voir tous les jours, discuter avec elle, subir ses tentatives d'assassinat caféinées et j'en passe… Tout cela fait que depuis la rentrée je pense à elle bien plus que je ne le devrais, et j'ai du mal à me souvenir des raisons pour lesquelles il me paraissait si important de la maintenir à distance.

Quelle soirée de merde. Dieu merci, il ne reste presque plus aucun Cougar autour du feu. Je vais enfin pouvoir me tirer d'ici.

Je n'avais pas prévu d'aller déposer les nouveaux maillots de mes joueurs dans leurs casiers ce soir, mais je suis trop à cran pour écrire, et j'ai encore moins envie de rentrer dans un appartement vide. Je fais donc un détour par mon bureau pour les récupérer, espérant y croiser Marshall, mais le couloir est désert. Plus déçu que je ne le devrais, je prends les tee-shirts et traverse le parc froid au pas de course, ressassant encore et encore ma réaction idiote. Je suis presque arrivé lorsque des bruits en provenance du stade me parviennent. Putain, je jure que si ce sont mes joueurs, ils ne toucheront pas un ballon de toute la saison ! En contournant les gradins, je me rends compte avec soulagement que le terrain est vide. Ou presque.

Je fronce les sourcils, perplexe. L'accès au stade est interdit en dehors des heures d'entraînement, mais ça n'empêche pas une silhouette féminine de sprinter d'un bout à l'autre de la pelouse. Je n'ai aucune envie de m'infliger une conversation avec qui que ce soit, mais en tant que professeur, et coach de surcroît, n'est-il pas de ma responsabilité de m'assurer que le règlement soit respecté ?

Je suis encore en train d'hésiter lorsqu'un cri aigu me fait tressaillir. J'ignore comment elle a fait, mais la sprinteuse a réussi à se prendre les pieds dans un tuyau et à s'écraser face contre terre. Je n'en reviens pas qu'on puisse être aussi maladroit… Incrédule, je la vois rouler dans l'herbe pour fuir ce que je devine être un jet d'eau froide, sauf qu'une fois hors de portée, elle ne se relève pas. Merde. La dernière chose dont j'ai envie, c'est de me charger d'une étudiante blessée. J'aurais dû intervenir avant, elle s'en serait tirée avec un avertissement, et moi j'aurais pu aller m'occuper des maillots de mes joueurs. Réprimant un soupir agacé, je m'approche, prêt à lui proposer mon aide, quand un rayon de lune éclaire soudain son visage. Malgré tout ce qu'il s'est passé ce soir, je ne peux pas empêcher mes lèvres de se tordre en une moue moqueuse lorsque je reconnais Marshall. J'aurais dû m'en douter, il n'y a qu'elle pour être aussi peu coordonnée.

— Oh, Seigneur…

En me voyant, l'exclamation lui échappe et vient renforcer encore un peu mon sourire. Je sais que je ne devrais pas, qu'à l'heure actuelle, elle doit certainement me détester et que je le mérite, mais c'est plus fort que moi.

— On m'a donné des surnoms bien pires.

— J'ai quelques idées qui me viennent.

Son ton est beaucoup plus froid que d'ordinaire. Beaucoup trop.

— Ça aiderait si j'étais désolé ?

Si je pensais l'apaiser avec ma question, je me trompe lourdement :

— Allez vous faire foutre.

Elle se redresse pour me toiser, folle de rage :

— Bon sang mais c'est quoi votre problème ? D'abord vous m'humiliez publiquement avec cette histoire de rédaction, ensuite vous m'emmenez boire un verre, vous me dites que vous me trouvez excitante, et ce soir vous terminez en m'insultant. Et maintenant vous vous pointez avec vos excuses et je devrais les accepter comme si de rien n'était, c'est ça ?

Elle achève sa tirade, haletante, et je reste comme un con.

— J'ai dit que votre rédaction était excitante. Si vous voulez devenir autrice, commencez déjà par ne pas confondre la fiction et la réalité.

Pour la deuxième fois de la soirée, elle tressaille comme si je l'avais giflée. Puis son expression se transforme. Sous mes yeux, la colère déserte ses traits, remplacée par une détermination féroce.

Avec une lenteur toute calculée, elle se rapproche de moi et vient effleurer mon bras, faisant courir ses doigts de mon épaule à mon coude. Mon souffle se bloque dans ma gorge alors que son parfum sature l'air autour de moi. Malgré la barrière de mon sweat, je me fige à son contact. Elle s'en rend compte et lève vers moi ses grands yeux bleus, comme pour me mettre au défi de l'arrêter, ce que je ne fais pas. Le désir envahit tout mon corps tandis que, de mon bras, sa main glisse jusqu'à mon ventre. La mâchoire serrée, je ferme les paupières, incapable de résister à sa caresse tentatrice.

— Putain, grondé-je alors que ses doigts s'aventurent plus bas et effleurent la bosse de mon érection.

Je rouvre brusquement les yeux et saisis son poignet. Elle sourit et ses dents se referment sur sa lèvre inférieure. Je déglutis péniblement et, sans vraiment me rendre compte de ce que je suis en train de faire, je la lâche pour remonter le long de son bras. C'est à son tour de frissonner à mon contact. Sa peau nue se couvre de chair de poule. Encouragée par ma réaction, elle pose sa main sur ma hanche et vient coller son corps au mien. Ses vêtements sont trempés, mais à cet instant je m'en fous complètement. Toujours avec une lenteur insoutenable, elle se met à onduler devant moi et je glisse ma paume dans son dos, à la frontière de ses fesses, pour accompagner ses mouvements. De nouveau, ses doigts s'aventurent sur mon ventre, pour cette fois passer sous mon sweat. Je frémis et la presse plus fort contre mon érection douloureuse.

Elle se dresse sur la pointe des pieds, ses lèvres balayant le lobe de mon oreille d'un souffle brûlant :

— Je ne parlais pas de ce que vous avez dit avec des mots.

Puis elle retire ses mains de sous mon pull et tapote ma joue avant d'ajouter d'une voix pleine de sarcasme :

— Mais allez-y, continuez à vous raconter que vous ne prenez pas de plaisir à ma compagnie. Sur ce, bonne nuit *professeur*.

Elle appuie lourdement sur ce dernier mot, et avant que je ne comprenne ce qu'il se passe, elle est partie, me laissant seul au milieu du terrain avec une érection de tous les diables.

CHAPITRE 30
Tillie

Dancing Queen retentit pour la troisième fois lorsque je prends enfin conscience que le son provient de mon sac.

Un bon point pour l'humanité : il existe encore des gens honnêtes et quelqu'un a eu la bonne idée de déposer mon téléphone aux objets trouvés. C'est heureux car je n'aurais jamais eu les moyens de m'en payer un nouveau.

Lorsque je le déniche, j'ai une désagréable impression de déjà vu : ça fait à peine seize heures que, assise dans ces mêmes gradins, j'ai écouté le message de Giulia. Si les événements qui ont suivi m'ont largement donné de quoi occuper mon esprit, ma colère ne s'est pas apaisée pour autant. Même si je dois reconnaître que l'apparition de Griffin m'a permis d'en détourner une partie.

Sur mon écran, je découvre sans surprise le visage de Cléo. Ça fait plus d'un quart d'heure que je les attends, Lucas et elle. S'ils ne se dépêchent pas un peu, ils vont rater le coup d'envoi.

— Allô ?

— Tillie ? Je suis vraiment navrée pour le retard ! s'écrie Cléo, son accent français exacerbé par le stress. On est presque arrivés. Tu as pu nous garder des places ?

— Ne t'en fais pas pour ça, j'ai bloqué deux sièges allée cinq. Inquiète-toi plutôt de la réaction de Ryan si vous manquez ne serait-ce qu'une minute du match !

Cléo rit et me confirme qu'ils seront là dans très peu de temps. Moins de dix minutes plus tard, je vois la tête de Lucas se détacher au-dessus de la mêlée de supporters. Il se fraie aisément un chemin jusqu'à moi, et Cléo surgit dans son sillage.

— Nous voilà ! s'exclame-t-elle en se laissant tomber sur le fauteuil à côté du mien. Encore désolée pour le retard. Avec tout ce monde, j'ai cru qu'on n'arriverait jamais.

— Qui aurait imaginé qu'un match de soccer attirerait une telle foule ? ricane Lucas en s'asseyant à côté de sa copine.

Cléo lui lance un regard courroucé qui me surprend un peu.

— Tu m'expliques ? demandé-je à mon amie tandis que la fanfare se rassemble au centre de la pelouse.

— Ce n'est rien, encore cette rivalité débile entre le soccer et le football. Lucas fait partie de ces sportifs qui ne peuvent pas pratiquer une discipline sans mépriser toutes les autres.

— Je t'entends, tu sais ?

— Oh, vraiment ? Je pensais que tu étais trop occupé à te moquer de mes amis pour te préoccuper de ce que je disais.

Lucas réplique sur le même ton et je me désintéresse vite de leur querelle. Je les connais assez pour savoir que dans dix minutes ils seront redevenus le couple le plus amoureux du monde. C'est toujours comme ça avec eux ; du temps où Cléo et moi étions camarades de chambre, elle jurait un soir sur deux de ne plus jamais lui adresser la parole, et on voit comment ça a fini...

Mais bon, je serais bien mal placée pour juger la relation de qui que ce soit, surtout au regard des dernières décisions que j'ai prises concernant ma vie sentimentale...

Comme prévu, une poignée de minutes plus tard, Lucas glisse un bras sur les épaules de Cléo et dépose un baiser sur sa joue, ce à quoi elle répond par un sourire ravageur.

— Désolé bébé, dit-il d'une voix assez forte pour couvrir les cris de la foule.

Mais Cléo ne l'écoute déjà plus, trop occupée à me tirer par la manche pour me forcer à me lever. Les musiciens viennent d'entonner *Party Rock Anthem*, et nous ne sommes pas les seules debout : près de la moitié du stade s'enflamme avec nous. Les bras en l'air, je tape des mains dans un rythme approximatif tandis que Lucas glisse deux doigts dans sa bouche pour siffler. Au centre du terrain, la fanfare se met en mouvement et entame un tour de piste avant de s'arrêter de part et d'autre de l'accès aux vestiaires. La musique des LMFAO laisse place au traditionnel *Get Ready For This* accompagnant l'entrée des joueurs. Nous nous rasseyons, et je hurle avec les autres lorsque le nom de Ryan est annoncé dans les haut-parleurs. Il est suivi presque immédiatement de Nate, à qui le titre de capitaine vaut une ovation. Je devine à la manière maladroite dont il salue le public que cette démarcation le gêne, mais le connaissant, il l'appréciera bien plus à la fin du match. Du moins, s'ils gagnent.

Après les titulaires, c'est aux remplaçants de faire leur entrée sous les applaudissements de la foule, puis vient le tour du coach.

Quand Griffin pénètre sur le terrain, il lève une main pour remercier les supporters qui l'acclament, et alors qu'il parcourt les gradins du regard, je baisse les yeux sur mes genoux, les joues incandescentes.

Je n'ai rien oublié de la soirée d'hier. Ni l'humiliation que j'ai ressentie au moment où Griffin m'a repoussée ni la colère qui m'a saisie quand il s'en est excusé, avec un mélange de condescendance et de pitié qui m'a fait sortir de mes gonds. Mais si je peux repenser sans gêne à la diatribe furieuse qui en a résulté, pour ce qui est des événements suivants, c'est une autre histoire. Pourtant, je ne parviens pas à regretter. Peut-être parce que, de son côté, il s'est comporté comme un véritable abruti.

— Pourquoi Griffin te regarde comme ça ? me chuchote Cléo.

Merde. Je relève brusquement la tête et constate qu'en effet le coach a les yeux rivés sur moi. À cette distance, il lui est impossible de deviner mes pensées, ce qui n'empêche pas ses sourcils de se froncer lorsque nos regards se croisent. Il détourne le sien presque aussitôt et crie quelque chose à ses joueurs qui se rassemblent autour de lui.

— Je n'en ai aucune idée.

Mon mensonge est transparent mais un long coup de sifflet me dispense d'en dire plus. Avec un peu de chance, mon ancienne coloc aura oublié cet incident d'ici à la fin du match.

Comme Nate a remporté le tirage au sort, les Cougars ont la balle, mais Davis se la fait prendre dès les premières secondes de jeu. D'instinct, je cherche Griffin pour voir sa réaction. Il arpente la pelouse de long en large, semblant regretter de ne pas être sur le terrain avec ses joueurs.

Très vite, les supporters se remettent à chanter et je me laisse gagner par la liesse générale, oubliant momentanément mes soucis pour me concentrer sur l'affrontement. Le match est serré, plusieurs occasions se succèdent sans qu'aucune équipe prenne l'avantage sur l'autre. À la mi-temps, le score est toujours de 0-0 et la frustration commence à monter, mais les joueurs de Griffin tiennent bon.

Finalement, un peu avant la fin de la seconde période, nos attaquants font une percée magistrale dans la défense adverse et permettent à Nate de frapper droit vers le but. Le gardien saute, cependant ses doigts se contentent d'effleurer le ballon, qui termine sa course au fond du filet.

Autour de moi, la foule explose de joie et les chants d'encouragement reprennent à plein volume. Toutefois, la riposte de Washington ne se fait pas attendre. Leurs joueurs récupèrent le ballon et remontent le terrain à toute vitesse. Malgré l'efficacité des défenseurs de Griffin, ils parviennent à libérer leur capitaine, David Williams, pour un tir parfaitement cadré. Dans les cages, Ryan se redresse, bras écartés, mais il ne peut rien faire pour empêcher la balle de passer.

— Allez, là ! hurle quelqu'un à ma droite.

L'arbitre siffle le but et le match reprend. De loin, je vois Griffin adresser un geste de soutien à Ryan qui secoue le menton, l'air désolé. Je le connais assez pour savoir qu'il n'en faut pas plus pour fendiller sa confiance en lui et lui faire perdre tous ses moyens et je ne suis pas surprise quand, moins de cinq minutes plus tard, un second but est accordé à l'équipe de W&J.

— C'est pas vrai, gémit Cléo en se prenant la tête dans les mains.

Même Lucas a l'air dépité, c'est dire ! Et alors que dans les gradins opposés les supporters de Washington s'en donnent à cœur joie, l'ambiance sur le terrain devient électrique.

L'énervement des Cougars est manifeste, et leurs adversaires en profitent pour conserver l'avantage. De mon côté, je garde les yeux rivés sur Griffin, profitant qu'il soit concentré sur ses joueurs pour l'observer à ma guise. Il a retiré son sweat pour laisser apparaître une élégante chemise blanche retroussée sur ses avant-bras puissants. Je me mords la lèvre en repensant aux muscles que j'ai sentis se dessiner sous mes doigts hier soir. Bon sang, Griffin est vraiment bien foutu. Tout comme ma main sur sa peau, mes pensées glissent de ses bras à son ventre, puis à ses paumes, plaquées sur mes hanches.

Absorbée par ma rêverie, je ne remarque pas tout de suite que Griffin a le regard tourné vers moi. Lorsque je m'en aperçois, tout mon corps frémit. Mais, je ne le lâche pas.

À cet instant, je donnerais tout pour connaître le fond de ses pensées. Repense-t-il lui aussi à ce qu'il s'est passé hier soir ? À coup sûr, il doit être furieux contre moi ; il l'est toujours. Pourtant, je n'ai fait que le mettre face à ses contradictions. Il n'est pas question que je lui présente des excuses pour ça. Après tout, c'est lui qui s'est comporté comme un connard, et puis je n'ai pas le souvenir qu'il m'ait repoussée...

— Faute ! hurle un supporter dans mon dos.

Un nouveau coup de sifflet retentit et Griffin rompt le contact visuel. J'ai plus de mal que lui à rester concentrée sur le match et je rate presque toutes les actions importantes, y compris l'égalisation des Cougars, trop occupée à imaginer ce qui aurait pu advenir cette nuit si je ne m'étais pas interrompue. Aurait-il fini par m'embrasser ? Cette pensée déclenche un mini-séisme dans mon bas-ventre, qui s'accentue à mesure que je laisse mon esprit extrapoler. Je suis si absorbée par mon fantasme que je ne remarque même pas que tous les supporters sont debout. Du moins, jusqu'à ce que Cléo me tire par le bras.

— Tillie, qu'est-ce que tu fiches ? Lève-toi ou tu vas tout rater !

Surprise, je me redresse à mon tour, juste à temps pour voir la frappe de Nate passer entre les mains du gardien adverse. Bon sang, dire que j'ai failli manquer ça ! Cléo est si petite qu'elle a dû monter sur sa chaise pour ne rien perdre de l'action décisive. Sur le tableau d'affichage, le score bascule à 3-2 en faveur des Cougars. L'hymne de Chatham retentit en même temps que le coup de sifflet annonçant la fin du match. On a gagné !

Sur la pelouse, les joueurs échangent des tapes dans la main et des accolades. Nate est porté en triomphe par ses coéquipiers qui viennent le déposer au pied des gradins pour qu'il reçoive l'ovation qu'il mérite. Dans le dos de Cléo, Lucas secoue la tête, incrédule. Décidément, il n'y comprend rien. D'accord, ce n'était qu'un match amical, mais personne n'a oublié la défaite de l'an dernier face à cette même équipe, et nos joueurs avaient cruellement besoin de gagner pour pouvoir s'en remettre.

Rapidement, je me détourne des vainqueurs pour chercher leur entraîneur. Il se tient un peu à l'écart, les bras croisés, un sourire satisfait aux lèvres. Mais ce n'est pas vers ses joueurs qu'il regarde, c'est vers moi.

CHAPITRE 31
Tillie

— En vérité, explique Nate, tout s'est joué sur le second arrêt de Ryan.

Voilà près de deux heures que nous sommes installés au *Shadow* pour fêter la victoire de l'équipe, et mes amis ne cessent de se rejouer le match. Il faut dire qu'il y a toujours quelqu'un pour venir les féliciter et remettre une pièce dans la machine.

— C'était très impressionnant, approuve une petite blonde à qui Nate sert son blabla habituel.

Dans son dos, Cléo fait mine de s'étrangler avec son verre. Je pouffe de rire, et la blonde, vexée, s'éloigne d'un pas traînant.

— Mec, se marre Ryan en haussant la voix pour couvrir la musique, arrête de dire à tout le monde que j'ai sauvé le match. O.K., j'ai été extra, et je pense sincèrement qu'on devrait donner mon nom au stade, avec une plaque en or qui raconterait mes exploits du jour et pourquoi pas une photo de Williams, chialant de dépit à mes pieds… Mais en définitive, c'est quand même toi qui as marqué le but de la victoire.

— C'était un travail collectif, réplique Nate. Je n'ai fait que finaliser l'action mise en place par Davis et Cooper. Alors que toi, non seulement tu as arrêté un tir d'une précision infaillible, mais en plus tu as reboosté toute l'équipe !

— Très bien, si ça peut te faire plaisir, admettons que je suis le Batman du match, et que toi, tu es Robin.

— Robin ? Tu es généreux, intervient Cléo. Moi j'aurais dit Alfred. Je suis sûre que l'uniforme lui irait super bien !

Nous rions de bon cœur, avant que Nate ne lance avec un peu trop d'entrain :

— Hé Batman, ta nana est arrivée !

D'un même mouvement, nous nous retournons tous pour regarder vers la porte du bar que May vient de pousser. Nate lève la main pour lui faire signe de nous rejoindre, mais il reçoit en retour un regard glacial accompagné d'un lever de majeur. Sidérée, je me tourne vers Ryan, dont les oreilles ont pris une teinte pas si éloignée de celle des cheveux de May.

— Tu nous expliques ? demandé-je en arquant un sourcil.

Pour toute réponse, il fuit mon regard et avale une immense gorgée de bière.

— Ryan ? insisté-je en faisant traîner le « a » d'un air persuasif.

Mais quand il veut, il peut se montrer aussi têtu que la voiture que je récupérerai peut-être la semaine prochaine, si Griffin ne m'a pas virée d'ici là.

— J'invoque le cinquième amendement, déclare-t-il, la main sur le cœur.

— Laisse tomber, Tillie, dit Nate à moitié plié en deux par un fou rire. De toute façon tu ne veux pas savoir.

Je lève les yeux au ciel, agacée par leur mystère. Moi, je n'en ai aucun pour eux. Enfin presque, mais pour le coup, ils ne voudraient vraiment pas savoir.

— Tu ne vas réellement rien me dire ? soufflé-je à Nate tandis que nous dansons tous les deux, à l'abri des oreilles de Ryan.

— Jamais. Je sais garder un secret, mademoiselle. Par exemple, je n'avouerai jamais à Ryan que tu as couché avec le coach.

— Pardon ?

Je m'écarte de lui si brusquement que je heurte un couple de danseurs, manquant de les faire tomber.

— Tu pourrais faire attention, s'exclame la fille en se retenant maladroitement à son copain.

Je suis tellement effarée par la remarque de Nate que je ne songe même pas à m'excuser. D'un geste habile, mon ami saisit mon poignet et me fait pirouetter jusqu'à lui. Surprise, je m'écrase contre son torse, ce qui m'arrache un léger piaillement de douleur. Bon sang, il est vraiment très musclé. Et beaucoup trop perspicace. Même si, en l'occurrence, il n'a pas exactement raison.

— Je n'ai jamais couché avec Griffin, protesté-je avec une sincérité toute regrettée.

Nate penche la tête sur le côté, les yeux plissés comme s'il cherchait à sonder mon esprit. Il a beau être beaucoup moins grand que Ryan, il peut se montrer incroyablement intimidant quand il le veut. Je ne flanche pas, et face à mon regard le plus innocent, il finit par laisser tomber.

Je devrais être soulagée, pourtant, après quelques minutes d'une chanson que j'écoute à peine, je ne peux pas m'empêcher de revenir moi-même sur le sujet :

— Qu'est-ce qui te fait penser qu'il y a eu quoi que ce soit avec Griffin ?

— Je ne sais pas, dit-il en haussant les épaules. La façon dont tu parles de lui parfois. Ou le fait qu'il te déshabille des yeux dès que vous êtes dans la même pièce.

— Ça c'est justement parce qu'on n'a pas couché ensemble, réponds-je avec humour, ignorant mon estomac qui vient de faire un saut périlleux.

Nate sourit et profite d'un mouvement de danse qui nous rapproche pour me dire :

— Il est chouette, tu sais ? Un peu dur, mais...

— Nate, le coupé-je avant qu'il ne développe, je vois très bien ce que tu essaies de faire, mais c'est inutile. Il ne s'est vraiment rien passé entre Griffin et moi, et même si ça avait été le cas, ça n'aurait rien signifié de plus. Alors garde ta plaidoirie en faveur d'un homme dont je pourrais réellement tomber amoureuse, O.K. ?

— Fais seulement attention à toi, d'accord ?

Je lève les yeux au ciel, mais il a l'air si sérieux que je finis par acquiescer. Le reste de notre danse se passe dans une ambiance plus légère ; malgré tout, je ne suis pas mécontente de la voir se terminer, et la soirée avec elle. Il est tard et je suis fatiguée. Évidemment, Nate insiste pour me raccompagner. Je décline sa proposition et promets de lui envoyer un SMS à mon arrivée. Pour l'instant, j'ai surtout envie d'être un peu seule.

Au sortir du bar, je suis cueillie par un souffle d'air frais qui tranche agréablement avec l'odeur lourde de la salle et se renforce à mesure que je m'éloigne du groupe de fumeurs agglutinés devant l'entrée. Il me faut beaucoup plus de temps que d'ordinaire pour rejoindre la résidence : je porte encore mon maillot des Cougars et je suis interpellée tout au long du chemin par des supporters ravis de l'issue du match. Je réponds aux checks de parfaits inconnus, en écoute d'autres me féliciter comme si j'avais moi-même été sur le terrain, refuse quelques bières et pétards, et je peux enfin pousser la porte du bâtiment principal. Le trajet jusqu'à ma chambre nécessitant de passer devant le bureau de Griffin, j'opte pour un détour. Vu l'heure, je doute qu'il soit encore là, mais je ne tiens pas à prendre le risque. Je suis tout sauf d'humeur pour une nouvelle confrontation.

Les paroles de Nate m'ont mis les nerfs en pelote. Parce que j'aurais voulu qu'il dise vrai, et que Griffin m'a bien fait comprendre que ce ne serait jamais le cas. Pourtant il est évident que je ne suis pas la seule à en avoir envie, il suffit de voir comment il a réagi hier soir. Alors pourquoi continue-t-il à prétendre le contraire ? Je pensais que nous avions passé un cap au bar, mais depuis, c'est comme si Griffin s'efforçait de gommer toute trace de rapprochement entre nous, et ça m'épuise.

À peine arrivée dans ma chambre, je me dirige droit vers la salle de bain. Vu mon état de nerfs, j'ai terriblement besoin d'une douche. Hélas, même l'eau délicieusement chaude ne parvient pas à apaiser mes pensées. La journée a vraiment été fatigante. Non, à bien y réfléchir, c'est tout ce début d'année qui l'est : d'abord ma voiture, puis mon job au café, et enfin Griffin. Encore et toujours Griffin. J'ignore à quel moment il est devenu aussi prépondérant dans mon univers. Sans doute au moment où mon mépris s'est mué en désir...

Une série de coups secs contre ma porte m'arrachent à ma réflexion. Merde, j'ai oublié d'envoyer un texto à Nate. Sérieusement, il n'y a même pas cinq cents mètres du bar à la fac, qu'est-ce qu'il voulait qu'il m'arrive ?

Agacée, je m'enroule dans la première serviette qui vient – une blanche un brin rêche – et, laissant mes cheveux goutter le long de mon dos, je vais ouvrir à mon meilleur ami.

— Tu ne veux pas me laisser un peu tranquille ? m'exclamé-je, la porte à peine ouverte.

Mais ce n'est pas Nate qui se tient sur le seuil : c'est Griffin.

CHAPITRE 32
Finn

Je ne devrais pas être ici, devant la chambre D27, à espérer que ce soit bien Marshall derrière la porte. Mais si l'on va dans ce sens, je n'aurais pas non plus dû consacrer les deux tiers de la journée à penser à elle, je n'aurais pas dû la guetter depuis mon bureau pendant des lustres, je n'aurais pas dû consulter son contrat d'embauche pour savoir où elle vit, et je devrais encore moins ne serait-ce qu'envisager ce que je m'apprête à faire. Mais j'en ai marre des coïncidences, des rencontres hasardeuses et du foutu destin qui passe son temps à la mettre sur mon chemin. Je ne tiendrai pas une nouvelle journée sans avoir éclairci la situation.

Je frappe sèchement et attends une réponse qui ne vient pas. Merde. Elle doit sans doute traîner quelque part, à fêter la victoire de notre équipe avec ses amis. Un instant, j'hésite à me pointer au *Shadow*, mais je ne tiens pas particulièrement à attirer l'attention de tous les étudiants du campus. Non, tout ce que je souhaite, c'est expliquer à mon assistante pourquoi son attitude d'hier était déplacée et m'assurer que ce genre de chose ne se reproduira plus ja…

— Tu ne veux pas me laisser un peu tranquille ?

Putain. De. Merde.

La porte s'ouvre enfin et Marshall apparaît, vêtue uniquement d'une serviette éponge. Ma gorge s'assèche d'un coup.

Ses joues virent à l'écarlate quand elle me découvre et il me faut quelques secondes pour reprendre mes esprits. Elle est plus rapide que moi :

— Vous savez, si vous ne supportez pas la compagnie des élèves, un dortoir universitaire n'est pas le meilleur endroit pour finir la soirée.

— Qui a dit que ma soirée était terminée ?

— La mienne l'est, proteste-t-elle sèchement. Je suis fatiguée, il est tard, et j'en ai assez de me battre contre vous. Vous voulez prétendre que je vous indiffère ? Eh bien soit. Admettons une bonne fois pour toutes que je ne vous fais aucun effet, que j'ai dépassé les bornes hier soir et que c'est la seule raison pour laquelle vous êtes venu chez moi à deux heures et demie du matin.

Elle me sonde froidement, me mettant au défi de la contredire. J'en suis incapable. Pas après qu'elle a si justement deviné mes intentions. Comme je demeure silencieux, elle perd patience et, sur un « bonne nuit » glacial, me claque la porte au nez.

Lorsque je toque de nouveau, je peux presque percevoir son soupir à travers la cloison. Elle choisit malgré tout de m'ouvrir et me toise avec dédain.

— En vérité, dis-je sans lui laisser le temps de parler, j'avais une autre raison de venir ce soir.

Sa question meurt sur ses lèvres à l'instant où les miennes les écrasent. Pendant une fraction de seconde, elle se raidit et je redoute d'avoir fait une connerie. Je m'apprête à reculer et à lui faire mes excuses, quand d'une main ferme elle agrippe ma nuque et vient plaquer son corps contre le mien.

À travers le fin tissu de sa serviette, je peux sentir ses tétons pointer et durcir. Comme mue par une volonté propre, ma main effleure son flanc, à la rencontre de sa poitrine. Je ne sais pas lequel de nous deux gémit le plus fort quand j'empoigne enfin son sein. Il semblerait qu'il n'y ait pas qu'en classe qu'elle ait un tempérament de feu, du moins, si j'en crois la façon dont elle se frotte contre moi. Quand ses ongles remontent de ma nuque à mon cuir chevelu et s'y enfoncent délicieusement, c'est mon bassin qui vient s'entrechoquer au sien.

Au moment où le besoin de respirer prend le dessus, nous nous détachons à regret. Plus belle que jamais, elle me dévisage le souffle court, la bouche gonflée et les cheveux en bataille.

— Est-ce ta façon de me présenter tes excuses en bonne et due forme ?

Je déglutis face à son sourire espiègle qui me renvoie à toutes les choses que je rêve de lui faire depuis que j'ai lu sa rédaction.

— Je suis venu te proposer une trêve.

— Une trêve ? Dans ce cas, je suppose que je devrais agiter le drapeau blanc...

Et la voilà qui dénoue sa minuscule serviette et la laisse tomber au sol. Je grogne et claque la porte de la chambre derrière moi, de peur que quelqu'un ne passe dans le couloir et ne profite du spectacle qu'elle est en train de m'offrir. Elle reste là, debout sur la moquette atroce. La même qu'à mon époque et sûrement la même qu'en 1970. Mes yeux lisent son corps, ses mollets galbés, ses cuisses pleines entre lesquelles j'ai envie de me glisser, ses hanches rondes auxquelles j'ai envie de m'accrocher, son ventre à la peau veloutée, ses beaux seins qui tiennent parfaitement dans ma main, sa nuque délicate. Quand j'arrive à son visage, je remarque que ses joues ont pris une délicieuse couleur rosée mais ses yeux pétillants, qui m'obsèdent depuis presque un mois, me défient toujours.

— Si c'est tout ce que vous avez à me dire, je vais aller me coucher. J'ai pas mal de boulot demain et je ne peux pas risquer de prendre du retard, mon patron est un vrai con.

Elle me provoque, elle me rend fou et j'adore ça. Un cri de surprise s'échappe de ses lèvres quand je me jette soudain sur elle, la faisant basculer sur son minuscule lit.

— Mademoiselle Marshall, il est temps d'apprendre à respecter vos supérieurs, grondé-je, la bouche contre sa gorge.

— Je ne…

Sa protestation se perd sous les assauts de ma langue. Si j'avais su qu'il suffisait que je lèche la poitrine de Tillie Marshall pour la faire taire, j'aurais tenté l'expérience bien plus tôt. Pris d'une irrésistible faim d'elle, je mordille un téton, puis l'autre, avant que mes lèvres ne s'aventurent plus bas. Je goûte au galbe de ses seins, dessinant un sillon de baisers brûlants jusqu'à son nombril.

Ses doigts agrippent plus fort mes cheveux et m'obligent à remonter vers sa bouche tandis que ses jambes enserrent mes hanches. J'accompagne le mouvement, basculant maladroitement sur son lit étroit pour lui permettre de me chevaucher.

Dans cette position, elle ne peut rien ignorer de l'érection qui pousse contre mon pantalon. Elle me retire mon sweat et je frémis d'excitation quand ses mains passent sous ma chemise et s'aventurent le long de mon ventre, que je contracte par réflexe. Ses doigts tracent à l'aveugle le contour de mes abdominaux, m'arrachant un grondement impatient. J'ai tellement envie d'elle que c'en est douloureux. Elle le sait, bien sûr, et prend tout son temps pour déboutonner ma chemise, laissant le soin à ses lèvres de parcourir mon torse. Elle ne s'arrête que lorsqu'elle atteint le chemin de poils blonds qui court de mon nombril à mon sexe et s'écarte de moi pour défaire la boucle de ma ceinture.

Lorsque ses doigts effleurent mon érection, je grogne et emprisonne ses poignets avant qu'elle ne puisse aller plus loin, ramenant sa bouche contre la mienne. Je l'embrasse avec ardeur, passant ma langue entre ses lèvres pour mieux danser avec la sienne. Elle gémit quand je saisis ses hanches pour la faire de nouveau basculer sous moi, pressant ses seins galbés contre mon torse. Sans nous séparer, je fais glisser mon caleçon et mon jean le long de mes jambes et m'en débarrasse d'un coup de pied.

Sentir le corps nu de Tillie contre le mien est au-delà de tout ce que j'aurais pu imaginer. Quand son sexe humide se frotte à moi, c'est à mon tour de gémir, et je dois me faire violence pour ne pas la pénétrer immédiatement.

— Tu as un préservatif ? demandé-je en décollant à peine mes lèvres de sa peau.

Elle opine et ouvre le tiroir de sa table de chevet pour en sortir un petit sachet en aluminium. Je me redresse pour l'attraper, mais elle ne me laisse pas faire. Fasciné, je la regarde déchirer l'emballage et dérouler très lentement la capote. Le contact de sa main autour de ma queue me fait frissonner et, sans plus de retenue, j'empoigne ses hanches et me place à l'entrée de son sexe.

J'ai terriblement envie de la prendre, là, maintenant, mais je me contiens encore, lui offrant l'opportunité de changer d'avis. Ce qu'elle ne fait pas.

Quand les gens découvrent que j'écris de la romance, ils en viennent immanquablement à me parler de sexe comme si j'étais une sorte d'expert. On m'interroge régulièrement sur ma façon de faire, si je me documente beaucoup sur le sujet, et si j'ai de meilleurs résultats que les autres. Certains fantasment sur mes exploits imaginaires, et beaucoup me demandent des conseils pour améliorer leurs performances. Et chaque fois, je leur réponds la même chose : il n'y a rien de plus efficace que les basiques, quand on sait bien les faire…

Délicatement, j'écarte les cuisses de Tillie, et du bout du pouce, je viens effleurer son clitoris, lui arrachant un gémissement plus fort que les précédents. Ses mains froissent les draps quand mon toucher se fait plus insistant. Elle tente de resserrer les jambes mais je l'en empêche en les faisant glisser autour de mes hanches.

J'avais raison, son visage livre chacune de ses émotions avec une sincérité véritablement jouissive, et je ne me lasse pas de voir son expression changer au rythme de la caresse soutenue de mon doigt.

Lorsque je la sens sur le point de partir, je pousse mon bassin contre le sien et m'insère en elle. La sensation de son corps autour du mien est indescriptible. C'est si bon que je pourrais jouir dans l'instant. Les dents de Tillie se referment sur sa lèvre inférieure dans un geste des plus érotiques et elle ondule des hanches, accompagnant mon pouce.

— Bordel, grondé-je, la sentant se caresser contre moi.

Un élan de plaisir pur remonte le long de ma verge et se propage dans chacun de mes muscles tandis que nos gestes s'intensifient. Je peine à rester concentré sur les mouvements de mon doigt, trop absorbé par la sensation de Tillie qui se resserre autour de moi. Un son rauque s'échappe de sa gorge quand elle jouit, un voile de passion recouvrant ses yeux. Je ne tarde pas à l'imiter, mes mains saisissant ses hanches pour la maintenir alors que je rejette la tête en arrière, m'abandonnant complètement à l'orgasme.

CHAPITRE 33
Tillie

Si Griffin n'était pas allongé sur mon lit, nu et un bras solidement passé autour de ma taille, j'aurais le plus grand mal à croire que la soirée d'hier a bien eu lieu. La soirée et la nuit… Oh, bon sang, rien que d'y penser, mon cœur s'affole. Comment les choses ont-elles pu évoluer à ce point en seulement quelques semaines ?

Aussi délicatement que possible compte tenu de l'imbrication de nos corps, je me libère de son étreinte et me redresse sur un coude pour mieux l'observer. Il est indubitablement très beau, avec sa barbe de trois jours et ses épais cheveux blonds. Je laisse mon regard s'attarder un moment sur sa mâchoire carrée, attendrie par une fossette que j'avais déjà remarquée mais qui, lorsqu'il est endormi, semble ressortir davantage. Mes yeux glissent ensuite jusqu'à son torse, qui bouge lentement au rythme de sa respiration. La lumière matinale met en valeur les contours de ses abdominaux et se reflète sur le chemin de poils qui parsèment son bas-ventre. Plus bas encore, un V parfait se dessine, juste à la frontière du drap blanc qui recouvre le reste de son corps.

— Marshall, grogne-t-il, les paupières toujours closes. Il y a des livres un peu partout dans cette chambre. Par pitié, choisis-en un et cesse de me regarder dormir.

Je souris, et au lieu de lui obéir, je trace une ligne de baisers de son épaule à son cou avant de chuchoter à son oreille :

— Le problème, c'est que j'ai arrêté ma dernière lecture sur une scène qui me donne envie de beaucoup de choses, mais pas de lire…

Il ouvre les yeux, soudain parfaitement éveillé, et tourne son regard vers la table de chevet sur laquelle est posé mon exemplaire de *Cruel Summer*. Un sourire coquin étire ses lèvres lorsqu'il demande :

— La scène du carrelet ?

Hmm, il connaît bien son livre.

J'acquiesce et tends la main pour m'emparer du roman, mais il est plus rapide que moi. Il trouve aussitôt le chapitre qu'il cherche et il ne lui faut que quelques secondes pour parcourir le passage dans lequel Audrey et Jonathan s'envoient en l'air pour la première fois. Brusquement, il referme l'ouvrage.

— C'est vrai qu'à moi non plus il ne donne pas vraiment envie de lire…

Sa remarque est ponctuée d'un regard lubrique qui me fait frissonner. Reposant le livre à sa place, il me fait rouler sous lui et plaque ses lèvres aux miennes. Je le laisse m'embrasser un moment, avant de me dégager et de le toiser d'un air sévère.

— Je te préviens, il n'est pas question que je couche avec un homme qui persiste à m'appeler par mon nom de famille.

Son sourire se fait carnassier lorsqu'il approche de nouveau son visage du mien.

— Je n'ai pas eu l'impression que ça t'ait beaucoup dérangée hier soir…

— Alors il n'est pas question que je couche deux fois avec un homme qui m'appelle par mon nom de famille.

Il ricane mais je tiens bon, les bras croisés sur ma poitrine. Il ne me touchera pas tant que je n'aurai pas eu gain de cause.

— Comme tu voudras, Tillie, susurre-t-il en se baissant pour embrasser l'une de mes mains, posée juste sur mon sein.

Je tressaille et il sourit, avant de recommencer avec l'autre main. Puis, saisissant mes poignets, il les écarte pour livrer passage à sa bouche. Je gémis lorsqu'il effleure mon épiderme de la pointe de la langue, titillant mon mamelon dans une exquise torture. Il lève mes bras au-dessus de ma tête d'une seule main et, de l'autre, me rapproche de lui. Son souffle dans mon cou m'arrache un nouveau râle tandis qu'un incendie embrase mon bas-ventre. J'ai terriblement envie de lui, mais une question reste encore en suspens :

— Ça veut dire que je peux t'appeler Finley ?

Sans cesser d'embrasser ma peau incandescente, il réplique lascivement :

— Pas si tu veux que je réponde.

— Très bien, alors comment suis-je censée t'appeler ?

— Professeur Griffin.

Pardon ? Il se fout de moi, là ? Cette fois, je m'arrache à son étreinte. Je le dévisage, incrédule, mais il affiche de nouveau sa moue impassible. Je roule des yeux, exaspérée par son manège. C'est un jeu auquel on peut jouer à deux.

— Tu n'es pas seulement mon professeur, répliqué-je, incisive. Tu es aussi mon patron. Et si je t'appelais comme ça ? Ça te plairait, *patron* ?

Il fronce les sourcils et plisse le nez d'un air dégoûté.

— Un problème, *patron* ?

— Je te préviens, Tillie, ça ne m'amuse pas du tout.

— Eh bien, eh bien, j'en connais un qui n'est pas à l'aise avec son rôle hiérarchique… Il faut absolument travailler là-dessus, *patron*.

— Très bien, lâche-t-il à contrecœur, tu peux m'appeler Finn !

— Je ne sais pas, finalement j'aime bien « patron », ça a un petit côté érotique, façon *office romance*.

— Si c'est de l'érotisme que tu veux, j'ai beaucoup mieux pour toi…

Sans attendre ma réponse, il fond de nouveau sur mes lèvres et nous reprenons là où Audrey et Jonathan se sont arrêtés.

CHAPITRE 34
Tillie

— Je crois que *Cruel Summer* est en passe de devenir mon livre préféré, dis-je, pantelante, en me laissant retomber sur le dos.

— Ça, c'est parce que tu n'as pas encore lu *We Are Never Ever Getting Back Together*, réplique Finn dont la main chaude trace des cercles tendres sur mon ventre. Mais je suis sûr que le chapitre vingt-trois te ferait changer d'avis.

— Vraiment ? Et qu'est-ce qu'il se passe au chapitre vingt-trois ?

— Laisse-moi reprendre mon souffle et je te montre.

Je roule des yeux, à la fois amusée et excitée par sa proposition, mais avant que Griffin ne puisse la mettre à exécution, nous sommes dérangés par de grands coups frappés à ma porte :

— Tillie ? C'est Nate, tu es là ?

Oh, Seigneur ! Avec tout ça, je ne lui ai jamais envoyé son texto, et de toute évidence, sa patience est arrivée à expiration.

— Merde, pesté-je en bondissant du matelas.

La dernière chose dont j'ai envie, c'est que Nate et Ryan trouvent Griffin dans mon lit, surtout après la conversation que j'ai eue avec mon meilleur ami au bar. Instinctivement, je fouille le sol à la recherche des habits que je portais hier, mais je n'en vois aucun. Évidemment, puisque je n'avais qu'une serviette sur moi. Merde. Je me précipite vers l'armoire, ramassant au passage le caleçon de Griffin.

— Enfile ça et planque-toi sous le lit, chuchoté-je.

Il me dévisage, incrédule, puis son expression se fait moqueuse :

— Sous le lit ? Aurais-tu oublié de me mentionner l'existence de ton mari ?

Sa blague de mauvais goût me fait serrer les dents. Je lui jette le vêtement, un peu plus violemment que nécessaire.

— Désolée, je ne savais pas que tu tenais à ce que toute la fac apprenne que tu te tapes tes étudiantes.

— *Mon* étudiante, corrige-t-il en obtempérant néanmoins. Cela dit, il est hors de question que je me cache sous un lit, je n'ai pas treize ans. Je vais plutôt aller prendre une douche.

Je le suis des yeux tandis qu'il ramasse la capote que nous venons d'utiliser et la serviette blanche dans laquelle il m'a surprise. Quand il disparaît dans la salle de bain, j'enfile rapidement un short en coton et le premier tee-shirt que je trouve. Derrière la porte, Nate s'impatiente :

— Tillie, tout va bien ? Je peux entrer ?

J'inspire un grand coup et ouvre à mon meilleur ami. Dieu merci, Ryan n'est pas avec lui. J'ignore si j'aurais été capable de les gérer tous les deux en même temps.

— Tillie ! s'exclame Nate en me découvrant devant lui, les poings sur les hanches. Tu vas bien ? Je me suis fait un sang d'encre. Pourquoi tu n'as pas répondu à mes messages ?

Je lève les yeux au ciel.

— Parce que je viens de me réveiller et que je ne dors pas greffée à mon téléphone. Et puis, ajouté-je précipitamment avant qu'il ne puisse enchaîner, parce que je n'étais pas seule.

Les sourcils froncés de Nate se relèvent sur des prunelles arrondies de surprise. À cet instant, il ressemble tellement à un personnage de cartoon que je dois me retenir d'éclater de rire.

— Merde, Tillie. Je suis désolé, je ne voulais pas te déranger. Si j'avais su, jamais je n'aurais débarqué à l'improviste ! Mais… je pensais, enfin, comme tu es partie seule du bar…

Je secoue la tête, les lèvres closes. Grave erreur. Mon mutisme semble décupler sa curiosité. Se redressant légèrement pour regarder par-dessus mon épaule, il parcourt la chambre des yeux.

— Il est encore là ? articule-t-il silencieusement.

— Oui. Et non, tu ne le verras pas.

Si Ryan avait été présent, il aurait déjà fouillé chaque centimètre carré de la pièce, mais Nate est un homme d'honneur et c'est l'unique raison pour laquelle il n'insiste pas. Du moins, jusqu'à ce qu'un détail attire malencontreusement son attention.

M'écartant aussi facilement que si j'avais été en mousse, il pénètre dans ma chambre. Je rougis lorsque ses yeux verts balaient mon lit défait, et je remercie mentalement Griffin d'avoir emporté les résidus de nos ébats matinaux. Malheureusement, il n'a pas pensé à prendre son sweat avec lui, et celui-ci est désormais dans les mains de Nate qui l'examine avec intérêt.

— Ne me dis pas que tu as couché avec un de mes coéquipiers, siffle-t-il en scrutant le logo de l'équipe brodé sur l'épaule.

Mon expression doit en dire long sur mon trouble.

— Oh putain !

Et voilà, il sait…

— Tu as couché avec Muller !

— Quoi ?

— Bordel, Tillie, mais qu'est-ce qui t'a pris ? Tu imagines ce que va dire Ryan ? D'accord, tu étais sur les nerfs, mais tu ne crois pas que tu aurais pu trouver un meilleur moyen de te défouler ? Maintenant Ryan va sûrement lui casser la gueule, et Griff' va les exclure tous les deux, et on va se faire massacrer au match contre Westminster…

La main dans les cheveux, il arpente la chambre à grandes enjambées. Mais qu'est-ce qu'il raconte ? Cependant, avant que j'aie pu dire quoi que ce soit, il se fige de nouveau, les yeux rivés sur un amas blanc au pied de mon lit. Et merde.

Du bout des doigts, il soulève la chemise de Griffin. Il ne lui faut qu'un regard pour la reconnaître.

— Je le savais, s'exclame-t-il, triomphal. Tu couches avec le coach !

— Chut ! Il est juste à côté.

Nate plaque une main coupable sur sa bouche avant de répéter en chuchotant :

— Tu couches avec le coach ! Et tu ne m'as rien dit ?

— Tu m'en veux ?

— Bien sûr que non. On est des adultes. Tu peux bien t'envoyer en l'air avec qui tu veux, ça ne me regarde pas.

Amusée, je lui fais remarquer qu'il n'avait pas autant d'égard pour ma vie privée lorsqu'il pensait que j'avais passé la nuit avec Muller.

— Ça, c'est parce que Muller est un con.

— Ben voyons, alors que Griffin est le modèle même du gentilhomme !

— Ôte-moi d'un doute, mais c'est quand même toi qui as couché avec lui, non ? C'est qu'il doit bien avoir quelques qualités...

— Merci monsieur Evans, j'apprécie de savoir que vous m'estimez davantage que Muller.

L'intervention de Griffin nous fait tous les deux sursauter. Amusée, j'observe le visage de Nate se décomposer tandis que ses yeux se posent sur son coach. Finn, les cheveux humides, est uniquement vêtu de la serviette que je portais hier. Je constate sans surprise qu'elle lui va beaucoup mieux qu'à moi, descendant juste assez sur ses hanches pour donner envie d'en voir plus. Du moins, à moi, car mon meilleur ami ne semble pas partager mes désirs. Au contraire, il regarde désormais dans toutes les directions sauf celle de son entraîneur, qui a repris son air sérieux.

— Je vais vous laisser, souffle Nate en reculant vers la porte. Bonne journée, coach. Tillie, on se retrouve plus tard, O.K. ?

Il a presque atteint le couloir quand Finn l'arrête :

— Evans, dit-il d'une voix parfaitement calme, si jamais je découvre que tu as répété à qui que ce soit ce que tu as appris ce matin, ce n'est pas simplement sur le banc de touche que tu finiras l'année. C'est clair ?

Nate déglutit, hoche la tête et s'empresse de quitter la pièce.

— Ça t'amuse de terroriser tes étudiants ? demandé-je, furieuse.

— Un peu, oui, répond Griffin en s'avançant d'un pas lent pour venir poser ses mains en appui sur mon bureau de part et d'autre de mes hanches. Désolé de ne pas être le modèle même du gentilhomme...

Sa dernière phrase est prononcée dans un souffle, tandis que ses lèvres remontent le long de ma gorge. Je gémis et le laisse me faire oublier la raison de ma colère, de la meilleure façon possible.

CHAPITRE 35
Finn

Ça me fait mal de l'admettre, mais cet enfoiré de Logan avait raison : j'ai quitté la chambre de Marshall il y a à peine deux heures et j'ai déjà des dizaines d'idées pour la suite de mon manuscrit. Idées auxquelles je m'efforce de ne pas penser, car non contentes de me donner envie d'écrire, elles me donnent également envie de tout autre chose, et ce n'est définitivement pas le bon endroit pour ça.

— Qu'en dites-vous, Finley ?

Assis à l'opposé de son salon, le doyen Milton me scrute de ses yeux pétillants, le visage éclairé par un large sourire qui signifie clairement : je suis en train de vous faire un incroyable cadeau. Presque tous les enseignants du département littéraire sont réunis chez lui pour un déjeuner trimestriel ; l'occasion de tisser des liens entre collègues et d'organiser au mieux le reste de l'année, ce que Milton cherche probablement à faire. Le problème, c'est que je n'ai pas écouté un traître mot de ce qu'il vient de me dire. En vérité, je me suis désintéressé de la conversation à l'instant même où mes yeux se sont posés sur ce que le vieil homme estime être une table basse, mais qui ressemble plus à une petite barque sur laquelle on aurait fixé un plateau translucide. Inutile de préciser que c'est d'une laideur sans nom et que, dans ma situation, personne ne pourrait se concentrer sur quoi que ce soit d'autre. Sauf peut-être Katie

Barlow qui, assise près du doyen, boit ses paroles aussi sûrement que le kir dans son verre.

— Je trouve que c'est formidable, dis-je en y allant au culot.

L'expression ravie de Milton me confirme que j'ai tapé dans le mille.

— Dans ce cas c'est entendu, je verrai avec son agent cette semaine pour fixer une date.

Milton bat des mains joyeusement. Finalement, c'est peut-être moi qui viens de lui faire un cadeau. Alors que nous nous rendons dans la salle à manger, j'interroge discrètement Stephen, mon collègue en scénarisation.

— Qu'est-ce que j'ai accepté ?

Il ricane.

— Il semblerait que, lorsqu'il enseignait encore à WCU, John ait eu Gilbert Lockwood comme étudiant. De ce que j'ai compris, Lockwood vient d'être nommé pour je ne sais quel prix...

— Le National Book Award.

— C'est ça. Et puisque la tournée promotionnelle passe par ici, John voudrait l'inviter à donner une masterclass à nos élèves.

Eh bien ! Voilà qui promet d'être intéressant. Il y a trois ans, Lockwood a publié une satire sociale particulièrement percutante. Sa dénonciation de la famille américaine parfaite, à grand renfort d'adultère et de trahisons, l'a propulsé sur le devant de la scène, et si sa masterclass est à la hauteur de son roman, je suis certain que ce sera très formateur.

Milton m'invite à venir m'asseoir à sa gauche et j'obtempère. Dès que j'ai pris place, il relance le sujet et j'adresse un signe de tête reconnaissant à Stephen. Si j'avais dû passer tout le repas à prétendre comprendre la conversation, je crois que je n'y aurais pas survécu.

— Bien sûr vous avez lu son livre, n'est-ce pas ? m'interroge le doyen.

— En effet.

— Et il vous a plu ?

— Assez, oui.

Malgré mes réponses laconiques, Milton ne semble pas près de se décourager. À croire qu'il s'est donné pour mission toute personnelle de me faire parler. Une chance pour moi, notre conversation attire l'attention d'autres enseignants, et bientôt, le sujet est repris par mes collègues, si bien que le doyen ne sait plus où donner de la tête et me lâche enfin la grappe.

— J'ai entendu dire qu'il avait fait scandale dans la ville d'origine de Lockwood, annonce Katie, la plus grande commère que je connaisse.

— C'est pour ça qu'on aime la littérature, observe Angie. Elle déchaîne les passions…

Elle ponctue sa remarque d'un clin d'œil à mon endroit. Mais oui Angie, livres érotiques et passion, j'ai saisi.

— Il était enseignant, non ? intervient Stephen.

— Au lycée de Ravendale, mais il a arrêté.

— À cause du scandale ? demande Angie, curieuse. Qu'est-ce qu'il s'est passé ?

— Personne ne le sait vraiment, répond Katie.

Avant d'ajouter d'un air conspirateur :

— Mais de ce que j'ai entendu, ça concernait une de ses étudiantes. Le père de la gamine était mêlé dans je ne sais quoi et quand le livre est sorti, ça a mal tourné pour eux.

Je lève les yeux au ciel. J'ai toujours détesté ce genre de bavardage empli de voyeurisme. De toute façon, c'est chaque fois la même chose : il suffit qu'un roman ait du succès pour que chacun se sente libre de commenter à loisir la vie de son auteur. C'est épuisant. Et ça continue ainsi jusqu'à la fin du repas. Heureusement, comme la discussion ne repose que sur des suppositions, elle tourne vite en rond, ce qui n'empêche pas Milton de la suivre avidement, en ponctuant çà et là d'une anecdote à propos des années de fac de Lockwood. Je préférerais largement échanger avec Ann, mais la présence du doyen au milieu rend toute conversation privée impossible.

L'occasion de lui parler ne se présente pas davantage au sortir de table puisque je suis de nouveau accaparé par Milton, qui me tient la jambe jusqu'à ce que la plupart des autres invités aient pris la tangente. Je finis par trouver une excuse pour me tirer à mon tour, histoire de ne pas passer l'après-midi les yeux rivés sur son immonde table basse.

À la place, je regagne mon bureau, où je consacre le reste de la journée à malmener les touches de mon clavier. Ça fait des années que je ne me suis pas senti aussi inspiré par un livre. Enfoiré de Logan… Je devrais lui faire livrer une boisson ultra sucrée de chez Starbucks pour le remercier d'avoir toujours raison. Au lieu de ça, je me contente de lui envoyer mes nouveaux chapitres. Il comprendra le message tout seul.

Mon e-mail est à peine parti que mon téléphone sonne déjà pour me signifier l'arrivée d'un texto. Sauf qu'il ne vient pas de mon agent.

Otillie Marshall
J'ai terminé le chapitre vingt-trois.

Je souris, amusé mais pas vraiment surpris. J'ai bien compris qu'elle n'était pas du genre à laisser traîner une lecture. Comme je prends mon temps pour répondre, un nouveau message arrive dans la foulée :

Otillie Marshall
En revanche, je ne suis pas sûre que ce soit
physiquement possible.

Finn
C'est un défi ? Parce que je serais ravi
de te prouver la faisabilité de la chose.

Otillie Marshall
Si tu y arrives, ce livre pourrait vite devenir mon préféré.

Finn
Oh non, pas vite. Au contraire, c'est un chapitre qui mérite qu'on prenne tout son temps...

CHAPITRE 36
Tillie

Assise au fond de l'amphithéâtre, j'observe Griffin démarrer le cours des deuxième année. Nous n'avons pas arrêté d'échanger des messages depuis hier, et si je me fie au regard qu'il m'a lancé lorsque je suis arrivée ce matin, je dirais qu'ils lui font autant d'effet qu'à moi.

Comme à l'accoutumée, la séance commence par un exercice de création littéraire, si bien que je n'ai pas grand-chose à faire. Puisque les examens de mi-trimestre approchent, je profite de la demi-heure qui m'est offerte pour relire mes notes avant le cours de renforcement aux expressions anglaises. Je suis arrivée à la moitié de la première page quand un voyant s'allume sur mon téléphone. Curieuse, je lève les yeux vers Griffin, mais il a l'air totalement absorbé par sa lecture et ne fait pas du tout attention à moi. Discrètement, je déverrouille mon portable et manque de m'étouffer.

F.C.G.
Tu es très sexy dans cette jupe.

Oh, mon Dieu. Est-ce qu'il est sérieux ?

F.C.G.
Elle est juste assez courte pour laisser deviner ta culotte.

Oui, il est sérieux. Très bien, s'il veut jouer à ça…

Tillie
Ça m'étonnerait, vu que je n'en porte pas.

J'appuie sur envoyer et guette sa réaction. Un sourire amusé étire ses lèvres, et très vite, mon téléphone vibre de nouveau :

F.C.G.
Dommage, j'aurais adoré te la retirer
En faisant courir mes doigts lentement le long de tes cuisses
Avant de remonter sous cette jupe diablement érotique
À moins que je ne remplace mes doigts par ma langue…

Je sens un tiraillement familier grandir dans mon bas-ventre. Bon sang, il est doué. Vraiment doué. On pourrait presque croire qu'il est écrivain. Les jambes croisées, je serre les cuisses l'une contre l'autre pour tenter de contrôler la chaleur qui embrase mon sexe, tandis qu'une nouvelle vague de messages me consume.

— Mademoiselle Marshall, ce que je dis vous ennuie peut-être ?

Je relève brusquement la tête et découvre que la moitié des élèves me regardent. Les autres sont tournés vers Griffin, qui ne me quitte pas des yeux.

— Ça fait trois fois que je vous demande de ramasser les copies, dit-il d'une voix froide qui dénote avec la lueur espiègle dans ses prunelles, mais de toute évidence, vous aviez autre chose en tête. Dites-moi, dois-je me trouver une nouvelle assistante plus à même de me satisfaire ?

J'ouvre la bouche pour protester, mais il est plus rapide que moi et, s'adressant à toute la classe, il déclare :

— Laissez vos copies sur vos tables et sortez. Le cours reprendra dans quinze minutes.

Je me redresse et le fusille du regard tandis que les étudiants quittent la salle, puis l'air renfrogné de Griffin laisse place à une moue coquine.

— Enfin seuls...

— Non mais c'est quoi ton problème ?

— Cette jupe, pour commencer, dit-il en contournant son bureau, le visage levé pour me détailler. Elle serait beaucoup mieux sur tes chevilles.

— Tu es sérieux, là ? Tu penses que je vais te laisser me sauter après que tu m'as humiliée devant toute ta classe ? Mais qu'est-ce qui ne va pas chez toi ?

— Est-ce une façon de parler à ton patron ?

Il insiste sur le dernier mot d'un air malicieux et je serre les poings si fort que je sens mes ongles s'enfoncer dans mes paumes.

— Qu'est-ce que tu crois ? demandé-je, la voix vibrante de colère. Qu'on est dans un de tes livres ? Désolée de te l'apprendre, mais dans la réalité, tu ne peux pas traiter une fille comme une merde et t'attendre ensuite à ce qu'elle s'agenouille en t'appelant « monsieur ».

Griffin se pince l'arête du nez et soupire, l'autre main appuyée contre une table du premier rang.

— N'exagère pas non plus, je t'ai simplement demandé de te focaliser un peu plus sur ton travail et un peu moins sur ton téléphone.

— Un peu moins sur mon téléphone ? Tu te fous de moi, là ? C'est toi qui m'as envoyé ces putains de textos !

— Ça ne te dispensait pas de faire ton job, réplique-t-il. Tout comme j'ai été obligé de faire le mien quand tu t'es complètement laissée déconcentrer. Si tu ne peux pas comprendre qu'en certaines circonstances je sois forcé de veiller au maintien de ma réputation alors...

— Ta réputation ? Et ma dignité, on en parle ? Parce que je n'avais pas particulièrement l'impression que tu t'en souciais lorsque tu as choisi de me gronder comme une gamine désobéissante.

— Tu es mon élève…

— Non ! Pas dans ce cours. Ici je suis ta collègue, et leur enseignante. Et si tu n'es pas capable de me traiter avec un minimum de respect, tu devras effectivement te trouver une nouvelle assistante, parce que moi je n'ai pas signé pour ça.

Ses sourcils se froncent quand il me voit rassembler mes affaires et les jeter violemment dans mon sac.

— Je peux savoir ce que tu fais ?

— Je m'en vais.

— Je ne crois pas vous avoir autorisée à quitter votre poste, mademoiselle Marshall. Je ne plaisante pas.

Sa menace se répercute contre les murs de l'amphithéâtre, mais je n'en ai rien à faire. Qu'il soit furieux ou non, il n'est pas question que je reste ici à subir ses perpétuels changements d'humeur. Je glisse la lanière de mon sac sur mon épaule et descends rapidement les gradins, évitant par je ne sais quel miracle de me rompre le cou sur les talons que j'ai mis en référence au chapitre vingt-trois. Quand je passe devant lui, Griffin ne bouge pas d'un centimètre, mais son regard en dit long sur ce que mon départ lui inspire. Juste avant de franchir la porte, je me retourne, et, d'une voix chargée de reproche, je lui assène :

— Et puisque tu tenais tant à faire de l'exercice, tu n'as qu'à ramasser tes foutues copies toi-même.

CHAPITRE 37
Finn

Putain ! Je ne peux pas croire qu'elle se soit réellement barrée. Le cours des deuxième année a beau être terminé depuis des heures, je n'en reviens toujours pas. D'autant qu'elle ne s'est pas non plus pointée à celui des première année, et qu'elle n'est jamais venue récupérer les affaires que j'ai laissées pour elle dans mon bureau. Bureau dans lequel je me trouve actuellement, face à une pile de copies que j'ai dû ramasser moi-même, et que je n'ai pas eu le temps de corriger puisque ma dispute avec Tillie a occupé tout le quart d'heure de pause accordé aux élèves.

Je savais que c'était une connerie de coucher avec une étudiante. J'aurais dû continuer à la maintenir à distance plutôt que de la laisser prendre ses aises au point de négliger complètement la hiérarchie. Je suis son supérieur, merde à la fin. Elle n'aurait jamais dû me tenir tête comme ça. Ce n'est quand même pas ma faute si elle est incapable de regarder son téléphone discrètement. Tous les élèves l'ont vue ; qu'est-ce que j'aurais dû faire ? Laisser courir ? Au cours d'après ils auraient tous sorti leur portable. Et puis, ce n'est pas comme si j'avais vraiment voulu être désagréable. Elle savait très bien que je n'étais pas sérieux, alors pourquoi a-t-il fallu qu'elle réagisse de manière aussi excessive ? Ça me dépasse. Et comme toujours lorsque je suis dépassé par une situation, je ne parviens à penser à rien d'autre. Alors je fais la seule chose que je sais faire dans ces cas-là : je prends une nouvelle page de mon carnet et note ce que je me souviens de la scène. Je ne cherche pas à rédiger quoi que ce soit, je me contente d'énoncer les événements de la manière le plus factuelle possible.

Tillie était assise au fond de la salle. Elle portait une jupe ultra sexy mise en valeur par des talons hauts. Je lui ai envoyé un message, et elle m'a répondu. Puis j'ai envoyé d'autres messages, et j'ai constaté qu'elle y était réceptive. Ensuite je lui ai demandé de ramasser les copies. Elle n'a pas réagi alors j'ai insisté. Et comme les élèves commençaient à chuchoter entre eux, j'ai haussé le ton pour la rappeler à l'ordre.

Mon portable sonne avant que j'aie le temps de compléter la scène. Je me dépêche de décrocher, espérant entendre Tillie.

— Finn ! Depuis quand tu réponds au téléphone ?

Logan.

— Pourquoi tu m'appelles si tu penses que je ne vais pas répondre ?

— Pour le plaisir d'écouter ta voix chantante annoncer « vous êtes bien sur le répondeur de Finley Griffin, laissez un message ou allez vous faire foutre ».

Je lève les yeux au ciel. Je n'ai jamais enregistré un tel message.

— Non, plus sérieusement, je voulais te féliciter pour tes derniers chapitres.

Je ne dis rien, attendant la suite. Je connais trop bien Logan, s'il avait seulement voulu me féliciter, il se serait contenté d'un texto.

— Je les ai fait lire à Rolling...

Nous y voilà !

— ... et il a adoré ! On en a discuté et il pense pouvoir céder les droits à une boîte de prod pour une petite fortune. Il a déjà contacté les marchés internationaux, tu sais. Ça va être énorme !

Je pousse un long soupir. Non pas que je ne sois pas content, au contraire, mais quelque chose me retient sans que j'arrive à mettre le doigt dessus.

— On ne s'emballe pas, Logan, ce n'est qu'un premier jet. Et puis je ne suis pas encore sûr de la direction que va prendre l'histoire. Je préférerais attendre un peu avant de m'engager avec Rolling.

— Mec, on se connaît bien maintenant, et tu me fais confiance, non ? Donc, crois-moi quand je te dis que tu as plus de chance de te voir pousser une deuxième queue que d'avoir de nouveau une occasion pareille. Alors signe. Il sera toujours temps de faire des modifications ensuite. Et en plus…

— Ça paiera l'université à tes mômes, je sais.

— Absolument !

Il éclate de rire et je l'imagine, affalé dans l'immense fauteuil en cuir qu'Emy refuse catégoriquement de mettre dans le salon, un verre de whisky à la main, savourant déjà la bonne nouvelle. Parce qu'il me connaît.

— Plus sérieusement, Finn, si tu as besoin d'aide, n'hésite pas. Tu sais que je suis aussi là pour ça.

— Puisque tu en parles, dis-je en saisissant la perche, je suis un peu bloqué par une scène.

En quelques mots, je lui raconte mon altercation du jour avec Tillie. Ou plutôt, je lui raconte l'altercation entre Mark, avocat dans un grand cabinet de Chicago, et Juliet, assistante juridique à la langue bien pendue.

Logan écoute avec attention. C'est ce que j'aime chez lui : sous ses airs de gros déconneur se cache en vérité un agent passionné, sérieux et toujours de bon conseil. Il venait à peine de lancer Daisies & Roses, son agence, lorsque je l'ai rencontré. Je devais être le quatrième ou cinquième auteur à signer avec lui, la première étant Emy. Et si nous sommes tous restés, ce n'est pas seulement parce que Logan est doué pour négocier des contrats.

Quand j'achève de lui raconter les événements, Logan m'interroge :

— C'est quoi exactement ta question, Finn ?

— Je me demandais si, selon toi, la réaction de Juliet est appropriée.

— Évidemment qu'elle l'est. Mark lui envoie des messages alors qu'ils sont en réunion, exprès pour la déconcentrer, et ensuite ce connard vient le lui reprocher. Je crois même que tu devrais en rajouter un peu. Elle pourrait le gifler par exemple. Ou un truc du genre.

Le gifler ? Mais qu'est-ce qu'il raconte ? Je pose mes coudes sur le bureau et me prends la tête dans les mains, sidéré.

— Tu ne penses pas qu'elle exagère ? Après tout, Mark lui fait bien comprendre qu'il cherche plus à la provoquer qu'à l'engueuler réellement.

— Oui, mais ça doit quand même être humiliant pour elle, d'autant que, vu les messages qu'il lui a envoyés, elle doit être assez vulnérable au moment où il la réprimande. Donc forcément, quand derrière il revient la chauffer, elle doit se dire que c'est un sale con qui s'amuse avec elle, et elle a complètement raison de l'envoyer se faire foutre. Mais ce n'est que mon avis !

En vérité, c'est aussi l'avis de Tillie. Ça, je me garde bien de le lui dire. La conversation dévie ensuite vers sa préparation pour le marathon, mais j'ai la tête occupée par ma scène et il ne tarde pas à s'en rendre compte. Sur un dernier conseil avisé – « Accepte l'offre de Rolling ! » –, il raccroche finalement et me laisse retourner à mes écrits. Je commence par recopier la discussion que nous venons d'avoir dans un carnet, pour en conserver une trace, puis je reprends le dialogue entre Mark et Juliet, tentant de le regarder avec les yeux de Logan. Plus je mets de mots sur ce qu'il s'est passé ce matin et moins je comprends comment la situation a pu déraper à ce point.

Il me faut presque une heure pour finaliser la dispute entre mes deux protagonistes. J'avais entamé l'écriture du point de vue de Mark, mais après ma conversation avec Logan, j'ai revu ma position et je dois bien admettre qu'à travers les yeux de Juliet, la scène a une tout autre saveur. Sous cet angle, la colère de Tillie est beaucoup plus légitime. Non content de l'avoir rabrouée pour avoir lu *mes* messages, il fallait en plus que je le fasse publiquement, histoire de l'humilier jusqu'au bout... Fait chier. Logan a raison : je me suis comporté comme un vrai con.

Quand je déverrouille mon portable, je tombe directement sur la conversation avec Tillie. J'aurais presque envie de tout effacer, mais ça ne changerait rien à la situation, alors je tape un nouveau texto en espérant avoir plus de succès.

Finn
On peut se voir, maintenant ?

Tillie
À quel sujet ?

Finn
Je crois que je te dois des excuses.
Tu peux passer ?

Trois points de suspension s'affichent à l'écran, puis disparaissent. Je serre les doigts autour de mon téléphone et me retiens d'envoyer un nouveau message. Les points de suspension réapparaissent, pour se volatiliser presque aussitôt. C'est si compliqué d'écrire « O.K., à tout de suite » ?

Tillie
Non.
Si tu veux parler, tu sais où me trouver.

Évidemment... Foutue Marshall. Un demi-sourire aux lèvres, je sauvegarde mon travail dans le cloud et sors de mon bureau. Je profite du trajet jusqu'au couloir de la résidence, divisé à cette heure-ci entre les étudiants en route pour une soirée quelconque et ceux déjà en pyjama, pour réfléchir à la meilleure façon de présenter mes excuses à Tillie. Lorsqu'elle ouvre la porte, je constate qu'elle s'est changée depuis ce matin, troquant sa jupe si sexy contre un jean et un tee-shirt XXL sur la poitrine duquel on peut lire « I love Mr Darcy ».

— Joli tee-shirt, commenté-je alors qu'elle me fait entrer.

— Tu es venu pour parler chiffons ?

J'oblige mes lèvres à conserver leur sérieux et m'insère dans la brèche :

— Non, je suis venu parce que j'ai conscience d'avoir dépassé les bornes, et que je le regrette. Je n'aurais pas dû…

— Non. Tu n'aurais pas dû.

— Je suis désolé.

— Et ça devrait me suffire ?

Elle plisse les yeux, l'air toujours aussi revêche. On est loin du dialogue que j'avais imaginé et je retiens de justesse un sourire. J'aime la façon qu'elle a de me tenir tête en permanence. Avec son sale caractère, elle est à des kilomètres des filles que j'ai fréquentées jusque-là, et ça me plaît. Quand je l'ai rejointe dans sa chambre l'autre jour, je redoutais que si les choses tournaient mal entre nous, travailler avec elle ne devienne un calvaire. Pourtant, à la voir devant moi ce soir, si belle et si féroce avec ses joues roses, ses yeux étincelants de colère et son tee-shirt beaucoup trop grand, je comprends soudain que cette histoire de travail n'était qu'un prétexte. En vérité je me contrefous du travail. Ce n'est pas à mon assistante que je suis venu présenter des excuses, c'est à la fille drôle, maligne et passionnée qui accapare mes pensées depuis des semaines. Et l'idée même qu'elle pourrait me refuser son pardon, que je pourrais quitter sa chambre et ne plus jamais la toucher, lui sourire ou plaisanter avec elle, me rend malade.

— Je peux aussi me mettre à genoux.

— Je te l'ai déjà dit, on n'est pas dans un de tes livres, réplique-t-elle sèchement. Tu ne peux pas m'humilier comme tu l'as fait ce matin et t'attendre ensuite à ce que je ferme les yeux et te pardonne parce que tu as soudain décidé de redevenir charmant.

— Tu me trouves charmant ?

— Non, je trouve que tu es un vrai con.

— Je suis désolé, répété-je plus doucement, j'ai mal agi et tu as le droit d'être en colère contre moi.

— Merci de ta permission.

Je me pince l'arête du nez entre le pouce et l'index et souffle longuement. Décidément, elle ne me facilite pas la tâche.

— Je me suis laissé dépasser par la situation, reprends-je. On a couché ensemble, et j'ai adoré ça, mais en cours...

— Finn, je ne sais pas ce que tu t'imagines, mais en ce qui me concerne, ce qu'il s'est passé dans ma chambre ne change absolument rien au fait que tu es mon prof, et mon patron. Je n'attends aucun traitement de faveur de ta part et je n'ai pas non plus l'intention d'écrire ton nom partout dans mes cahiers. Et si je t'ai envoyé sur les roses ce matin, ce n'est pas parce qu'on a couché ensemble, c'est parce que tu t'es comporté comme un connard.

Touché ! Je serre les dents et repense à Juliet et Mark. À la façon dont il la traite, et qui fonctionne parce qu'il s'agit de personnages de fiction. Demain, Mark présentera sans doute à Juliet des excuses si poignantes qu'elles feront fondre le cœur de mes lectrices, mais Tillie a raison, nous ne sommes pas dans une de mes romances, et dans la vraie vie, face à la fille la plus insupportable, caractérielle et magnifique que j'aie jamais vue, la seule chose que je trouve à dire, c'est :

— Je suis sincèrement désolé, Tillie.

Elle secoue la tête et j'ignore si c'est bon signe ou non, jusqu'à ce que sa main vienne se glisser dans la mienne. Un soupir de soulagement s'échappe de ma poitrine tandis que la tension dans mes épaules se relâche légèrement. Cette fille est en train de me rendre fou.

— Ne me refaites plus jamais un coup pareil, professeur Griffin.

Je souris à la mention de ma menace lors de notre première rencontre.

— Ce jour-là aussi j'ai dépassé les bornes, pas vrai ?

— Pas autant que quand tu as distribué ma rédaction à toute la classe.

— Tu avais quand même mis du sel dans mon café, et puis ton texte était très bien construit, c'était un bon sujet pour le cours.

— Connard.

Son air amusé dément ses paroles, et lorsque je prends son visage dans mes mains, elle ne fait pas mine de s'écarter, se dressant au contraire sur la pointe des pieds pour passer ses bras derrière ma nuque. Je pose alors mes lèvres sur les siennes et me laisse envahir par la passion d'un contact auquel je n'étais pas certain d'avoir de nouveau droit un jour. Sa bouche accueille la mienne, d'abord avec douceur, puis avec ardeur. Quand nous nous séparons enfin, nous sommes à bout de souffle.

— Ça veut dire que tu me pardonnes ? demandé-je en enroulant une mèche de ses cheveux autour de mon doigt.

— Ça reste à voir…

Une moue espiègle étire ses lèvres gonflées par mes baisers, avant qu'elle ne s'empare des miennes encore une fois. Un râle de plaisir s'échappe de ma gorge quand ses seins ronds se pressent contre mon torse. Ma bouche descend le long de son cou. Tirant sur son tee-shirt, je dénude son épaule que je parcours de la pointe de ma langue, ma main passant de son ventre à ses seins.

Je souris contre sa peau en découvrant qu'elle ne porte pas de soutien-gorge. J'empoigne son sein, savourant le contact de son téton durci par le désir, et je sens soudain son genou appuyer contre ma cuisse. Je gémis quand elle remonte jusqu'à mon entrejambe, avant de redescendre et de recommencer, lentement, précisément, intensément.

Quand je suis à deux doigts de rendre les armes et de la faire basculer sur le lit, elle approche sa bouche de mon oreille et chuchote :

— Tu ne devais pas me montrer quelque chose, à propos du chapitre 23 ?

CHAPITRE 38
Finn

— Je continue de croire que cette position n'est pas viable, affirme Tillie alors que, étendus dans son lit, nous reprenons peu à peu notre souffle.

— C'est drôle, ce n'est pas ce que tu avais l'air de penser il y a cinq minutes.

Ses joues se parent d'une couleur rouge soutenue qui vaut tous les aveux du monde. Je le savais, mon chapitre 23 est viable !

Je ricane et me penche pour mordiller le lobe de son oreille, lorsqu'on frappe brusquement à la porte. Bordel, c'est une habitude chez elle ou quoi ?

— J'ai une livraison pour Tillie Marshall ! annonce une voix d'homme de l'autre côté de la cloison.

— Oh bon sang, j'avais complètement oublié ! s'exclame Tillie en sautant à bas du lit.

Intrigué, je la regarde enfiler précipitamment son tee-shirt Mr Darcy avant d'aller ouvrir.

— C'est vous, Marshall ? demande le livreur, dissimulé par l'angle du mur.

Elle acquiesce et croise les bras sur sa poitrine, l'air mal à l'aise. Je fronce les sourcils et me redresse. Je n'entends pas ce que lui dit le type, mais visiblement, ce n'est pas du goût de Tillie. Elle fait un pas en arrière et lui arrache un sac en kraft des mains avant de lui claquer la porte au nez. D'un geste sec, elle tourne la clef dans la serrure. Quand elle me rejoint, ses yeux étincellent de colère.

— Il y a un problème ?

— La prochaine fois je mettrai un pantalon.

Un bref regard à ses jambes nues me suffit pour comprendre son malaise, et un grondement furieux s'élève de ma gorge. Tillie me dévisage avec surprise, puis un sourire étire le coin de ses lèvres.

— Seriez-vous jaloux, professeur Griffin ?

— Je devrais ?

— C'est ce que ferait un héros de romance.

— Pas tous. Tu le saurais si tu en lisais davantage.

— À quoi bon, me provoque-t-elle avec insolence. C'est toujours la même chose : rencontre, dispute, sexe...

— Ta partie préférée, commenté-je en me décalant pour lui laisser une place sur le lit.

— Non. Ma partie préférée, c'est quand le héros rejoint la fille dans sa chambre pour s'excuser d'avoir agi comme un imbécile.

Elle me lance un regard entendu, et je résiste mal à l'envie d'éclater de rire. Tillie ouvre le sac en papier dont elle sort deux plateaux de sushis.

— Tu avais faim, remarqué-je en voyant tout ce qu'elle a commandé.

— C'était censé être pour Cléo et moi, mais M. Pervers a mis des plombes à arriver, elle a été obligée de partir. Une chance pour toi !

Elle me tend un plateau puis s'assied en tailleur pour ouvrir le deuxième. Baguettes en équilibre, elle met un temps infini à choisir son premier sushi, à croire que le sort de l'humanité en dépend. Fasciné, je la regarde en prendre un au thon, puis le reposer avant d'en choisir un au saumon, avant de revenir à celui au thon, et ça un nombre de fois incalculable.

Finalement, elle se décide pour un sushi classique, qu'elle trempe délicatement dans la sauce sucrée.

— Tu ne manges pas ? demande-t-elle en voyant que je l'observe.

— Je ne sais pas, ça semble sacrément compliqué. Thon, saumon... J'hésite !

— Arrête de te moquer, me prévient-elle en levant ses baguettes d'un air menaçant.

— Mais je ne me moque pas. C'est vrai que c'est difficile de se décider, il y a quand même trois variétés différentes !

Elle secoue la tête, exaspérée, et pioche un maki au saumon qu'elle engloutit sans me quitter des yeux, me mettant silencieusement au défi de dire quoi que ce soit. Bien que ce soit très tentant, je choisis de ne pas la provoquer davantage : elle n'est pas bien grande, mais j'ai des marques dans le dos pour attester de la longueur de ses ongles et je n'ai pas particulièrement envie que mon visage subisse le même sort.

— Et toi ? reprend Tillie. Tu ne m'as pas dit : quel est le passage que tu préfères, dans les romances ?

La tête appuyée contre le mur, je mange un sushi et ferme les yeux, réfléchissant. Il y a beaucoup de moments qui me plaisent, que ce soit en tant que lecteur ou qu'auteur.

— J'aime quand les personnages se rencontrent, qu'ils apprennent à se découvrir et comprennent peu à peu qu'ils ne sont pas indifférents l'un à l'autre. Mais je crois que ce que je préfère par-dessus tout, c'est la fin. J'adore le moment charnière où les héros ont à la fois raison et tort, quand tout le monde sait qu'ils vont finir ensemble, et qu'eux-mêmes en prennent enfin conscience.

Quand je rouvre les paupières, je constate que Tillie me dévisage avec attention.

— Je ne m'attendais pas à ça.

— C'est sûr que si tu te limites à « rencontre, dispute, sexe », tu ne risques pas de voir au-delà.

— C'était pour rire. Mais c'est vrai que, jusqu'à ce que je lise tes livres, je n'imaginais pas y trouver grand-chose d'autre.

— Et maintenant ?

— Maintenant c'est différent. Tu sais, la dernière fois, quand tu m'as parlé d'ajouter une histoire d'amour à mon texte, j'y ai repensé, et je me dis que ce n'est pas une mauvaise idée, simplement je ne saurais pas comment faire. Je crois que ça m'aiderait de travailler avec toi.

— Tu sais que ça impliquerait de lire de la romance ? Et pas seulement mes livres, précisé-je en voyant ses yeux se tourner vers l'étagère où s'empilent mes ouvrages.

— J'avais deviné, oui.

— Et tu sais aussi que ça va nécessiter pas mal de travaux pratiques ?

— Vraiment ?

Elle fait mine d'être étonnée, mais sous son tee-shirt, la pointe de ses tétons se redresse. Il n'en faut pas plus pour que j'écarte nos plateaux à peine entamés et que je la fasse basculer sous moi dans un grondement primaire.

CHAPITRE 39
Finn

Le dimanche suivant, Tillie passe la nuit chez moi, et à mon réveil, je découvre une brassée de feuilles posées sur mon oreiller.

— Je peux savoir ce que c'est que ça ? demandé-je en les jetant sur le plan de travail de la cuisine.

Assise sur le comptoir, elle bat innocemment des jambes, le nez plongé dans une tasse de café noir. Il est presque 7 heures et elle est déjà habillée et prête à partir.

— Les corrections du devoir des première année sur le flash-back.

— Et je peux savoir qui t'a demandé de corriger le devoir des première année sur le flash-back ?

— C'est toi. Quand tu m'as engagée comme assistante.

Reposant sa tasse, elle se laisse glisser au sol et se penche pour attraper mon paquet de céréales, dans lequel elle plonge la main. Elle en ressort une poignée qu'elle égraine pour ne garder que les copeaux de chocolat. Je la regarde faire, fasciné par la façon dont sa bouche cueille les pépites. Quand elle s'aperçoit que je la scrute, elle fait courir la pointe de sa langue sur sa lèvre inférieure. Je déglutis et elle sourit triomphalement :

— Tu en as pensé quoi ?

— De ?

— Mes remarques ! Qu'est-ce que tu en as pensé ?

— Que tu es trop généreuse en compliments.

Elle fait la moue et replonge la main dans le paquet de céréales. De mon côté, je ramasse les copies et commence à les feuilleter. Tillie a écrit ses notes et ses commentaires au crayon, pour me laisser la possibilité de changer sa notation, ce dont je me garde bien.

— La prochaine fois, dis-je avec un clin d'œil, corrige directement en rouge, ça nous fera gagner du temps.

✦✦✦

Plus tard dans la semaine, je reçois un appel de Rolling. Comme je suis en plein cours, je le bascule sur messagerie mais cet emmerdeur me rappelle presque immédiatement.

Agacé, je cherche Tillie des yeux. Elle est au deuxième rang, penchée par-dessus l'épaule de Regan. C'est le troisième cours que nous passons sur le procédé d'anticipation, mais certains élèves semblent encore avoir besoin d'aide pour comprendre le processus narratif et nous ne sommes pas trop de deux pour répondre à leurs demandes individuelles.

Sentant mon regard sur elle, Tillie relève la tête et je lui fais signe de me rejoindre.

— Tout va bien, professeur ?

En classe, elle ne m'appelle jamais par mon prénom, y compris lorsque nous sommes trop loin des étudiants pour qu'ils nous entendent.

— J'ai un coup de téléphone à donner. Vous pensez pouvoir vous en sortir avec les élèves ?

— Évidemment ! s'exclame-t-elle, aux anges.

— Je ne serai pas long. Laissez-les finir l'exercice puis vous n'aurez qu'à leur rendre leurs devoirs sur le flash-back. Et surtout...

— « Soyez injuste, cruelle et tyrannique ! »

Elle me décoche un large sourire et je secoue la tête, masquant mal mon amusement.

— Ne faites pas brûler ma classe.

— Allez passer ce foutu coup de téléphone.

Mon portable vibre de nouveau, et je me résigne à quitter la pièce.

— Nom d'un chien, Finn, s'exclame Rolling à l'autre bout du fil. Ça fait une heure que j'essaie de t'appeler !

— Ravi également, Pete. Que puis-je pour toi ?

— J'ai eu ce salopard de Logan en ligne, il paraît que tu n'es pas sûr de signer le contrat audiovisuel. Qu'est-ce que c'est que ce bordel ? Tu ne vas quand même pas passer à côté d'une opportunité pareille !

— Calme-toi, tout ce que j'ai dit à Logan, c'est que je veux prendre le temps de terminer le livre avant de démarcher les boîtes de prod. Je n'ai pas envie qu'ils s'emparent de l'histoire tant que je ne saurai pas comment elle va finir.

— Mais tout le monde sait comment ça va finir, rigole-t-il, soudain plus détendu. Il la saute au tribunal, ils se marient et font beaucoup d'enfants.

— J'aimerais que ce soit aussi facile...

— Ne te prends pas trop la tête, il te reste peu de temps. Et pour cette histoire de contrat, ne traîne pas trop. Tu sais comment ça fonctionne dans ce milieu, si on ne vend pas vite, une autre maison d'édition va prendre la place. C'est marche ou crève, ici !

— Je te l'ai dit, je ne veux pas céder les droits d'un livre pas encore terminé.

— Écoute, viens au moins à New York le mois prochain, juste pour les rencontrer et parler un peu, d'accord ?

Je finis par capituler, surtout pour le faire taire, et raccroche avant qu'il n'ait l'idée d'embrayer sur la question des délais. Mon roman a beau avoir considérablement avancé en seulement quelques semaines, c'est la première fois que je commence une histoire sans connaître le dénouement, et je n'ai aucune envie de l'entendre me rappeler qu'il ne me reste plus beaucoup de temps pour le trouver. Je crois vraiment qu'il vaut mieux attendre la fin du manuscrit pour penser à la suite, mais ce que je ne lui ai pas dit, c'est que je ne sais même pas *si* je vais le terminer.

Lorsque je retourne dans ma classe, je découvre Tillie au tableau, occupée à noter des titres d'ouvrages pour illustrer ses propos sur la notion d'anticipation. Évidemment, j'aurais dû me douter qu'elle ne se contenterait pas de distribuer des copies. Quand elle me voit, elle m'adresse un sourire effronté et recule d'un pas pour me céder la place, mais je secoue la tête, amusé, et vais m'asseoir au fond de la salle. Maintenant qu'elle a commencé, autant la laisser finir.

✦ ✦ ✦

De : logan.fields@d-a-r.com
À : f.griffin@rc-sup.com
Objet : RE : Nouveaux chapitres

J'adore la scène de la salle de sport !
Très bien trouvé, je suis fan.
Continue comme ça et je pourrai prendre ma retraite à 40 ans avec la satisfaction d'avoir financé les études de mes héritiers sur six générations.

Logan

Je souris à la mention de mon nouveau chapitre préféré. Dans le livre, Mark est inscrit à la salle et Juliet lui fait la surprise de débarquer après son entraînement pour un second round sous la douche. Dans la vraie vie, c'est dans mon vestiaire privé que Tillie a déboulé lundi soir, seulement vêtue d'un maillot de soccer, qu'elle n'a pas gardé très longtemps…

Je rédige une réponse rapide à l'intention de mon agent puis je jette un coup d'œil au manuscrit que Tillie m'a déposé tout à l'heure, avant de rejoindre ses amis pour une soirée en ville. Elle m'a proposé de venir, mais malgré ses arguments hautement persuasifs, j'ai préféré rester pour avancer un peu sur mon travail de coach littéraire. En presque cinq semaines, le roman de Tillie a grandement gagné en profondeur. Elle a finalement consenti à rajouter une intrigue sentimentale, mais elle l'a si bien inscrite dans la continuité du récit que c'est tout le texte qui s'en trouve magnifié.

À ce stade, je n'ai plus que quelques ajustements minimes à apporter, si bien que je me retrouve vite démuni. Je pourrais sans doute avancer sur mon propre livre, mais depuis quelques jours, je bute sur un chapitre et je n'ai aucune envie de m'y confronter ce soir. Je choisis donc l'option sportive. Je laisse un mot à Tillie au cas où elle repasserait, et je traverse le parc en direction du stade. Une fois sur place, j'enfile rapidement un short et un sweatshirt et je sors dans l'air glacé enchaîner les tours de terrain.

Lorsque j'ai commencé à écrire, j'ai pris l'habitude d'aller courir tous les jours. Ça m'aidait à me vider la tête entre deux sessions d'écriture. Avec le temps, j'ai perdu ce rythme au profit de soirées plus tranquilles. Ce soir, pourtant, je me rappelle à quel point cette pratique me fait du bien. À moins que ce ne soit la présence de Tillie qui me stimule autant... Je n'en reviens toujours pas de la facilité avec laquelle elle a dissipé mon problème de page blanche. Entre nos innombrables conversations autour de la littérature et le travail que je fais sur son texte, j'ai l'impression d'avoir sans cesse de nouvelles idées, et je commence vraiment à croire que le roman pourrait finir par un *happy end*.

Je cours pendant plus d'une heure, laissant mes pensées s'évaporer au profit du contact de la terre sous mes crampons puis, quand je me lasse de tourner en rond autour de la pelouse, je vais chercher quelques ballons et me lance dans une séance de tirs au but. J'ai toujours aimé le soccer, même si j'ai su dès le lycée que je n'aurais jamais le potentiel pour en faire une carrière, et je prends un plaisir immense à voir la balle décoller pour aller s'écraser dans le filet. Une fois, deux fois, dix fois. Je traverse le terrain en courant, ballon au pied, slalome entre des adversaires imaginaires, dribble, feinte, shoot. Quand je suis sur cette pelouse, toute la tension que j'ai accumulée semble s'effacer, remplacée par un intense sentiment de liberté.

— Joli jeu de jambes, lance la voix de Tillie derrière moi.

Je n'avais pas remarqué qu'elle m'avait rejoint.

— Jolies jambes, répliqué-je en me retournant. Tu as trouvé mon mot ?

— Non, j'avais juste envie de marcher dix minutes dans le froid pour voir un stade vide.

Elle m'adresse un sourire malicieux et trottine vers moi. D'instinct, je regarde ses pieds, connaissant sa propension à se casser la figure, mais ce soir elle a laissé les talons au vestiaire et porte une simple paire de Converse noires. Quand elle arrive à ma hauteur, elle ne ralentit pas. Amusé, je l'observe gagner les cages, dont elle ressort en poussant le ballon du bout du pied. Elle se lance alors dans une traversée de terrain hasardeuse quoique assez impressionnante compte tenu de sa coordination habituelle, jusqu'au but adverse. Je me précipite à sa poursuite, m'emparant sans mal de la balle.

— Hé, voleur ! s'exclame Tillie qui se jette sur moi, nous faisant rouler au sol.

Elle a l'effet de surprise pour elle, ce qui lui permet de se relever plus rapidement et de repartir à l'assaut.

— Il y a faute ! crié-je dans son dos.

— Pas d'arbitre, pas de faute !

— Comment ça « pas de faute » ? C'était carrément une tentative d'assassinat.

— Et tandis que Finley Chochotte Griffin panse ses blessures, hurle Tillie à la manière d'un speaker, Otillie Marshall fonce vers le but. Toute la nation est derrière elle. C'est une remontée extraordinaire qui… Hé ! Repose-moi tout de suite ! C'est de la triche !

— Pas d'arbitre, pas de triche !

Elle se débat, mais je ne desserre pas mon étreinte pour autant, la perchant sur mon épaule comme un vulgaire sac de pommes de terre. Je pousse ensuite la balle du pied et je rebrousse chemin en ignorant les coups de poing furieux qui s'abattent dans mon dos. Quand j'arrive à la hauteur du but, j'envoie le ballon droit dans le filet.

— Griffin 1 – Marshall 0.

CHAPITRE 40
Tillie

Ça fait plus d'un mois que Finn et moi nous voyons quasiment tous les soirs, pour discuter romance ou simplement pour passer du temps ensemble. Généralement, je le retrouve dans son bureau après l'entraînement des garçons. Il écrit, et moi j'avance sur mes cours, les corrections de mon roman ou la lecture des ouvrages qu'il me conseille, entre deux travaux pratiques… En ce moment, je dévore une pépite à la fois drôle et touchante que le bras droit de son agent a dénichée. J'en ai déjà parcouru la moitié lorsqu'un soupir de Griffin attire mon attention.

— Ça ne va pas ? demandé-je en relevant les yeux de mon livre.

Assis à son bureau, le coude replié contre la table, sa main soutient son menton alors qu'il a les prunelles rivées sur son ordinateur.

— Finn ? Tout va bien ?

Il secoue la tête sans pour autant quitter son texte des yeux et répond, l'air contrarié :

— Je ne sais pas du tout comment finir cette scène.

— Je peux voir ?

Il acquiesce et tourne légèrement son écran vers moi. Il s'agit d'un dialogue entre son héroïne, et sa meilleure amie. À première vue, je trouve qu'il est plutôt bon, mais je commence à connaître Finn.

— Qu'est-ce qui ne va pas avec cette scène ?

— Ce n'est pas tant la scène en elle-même que le message qu'elle doit faire passer. On est à un peu plus de la moitié du livre et Mark et Juliet viennent enfin de se rapprocher. Ils ont connu pas mal de faux départs et pour l'instant leur relation est surtout physique, mais je crois que Mark commence à s'attacher à Juliet et ça l'effraie. Jusque-là, tout est clair dans ma tête, mais dans cette scène, Juliet se confie à sa meilleure amie sur ses sentiments pour Mark et c'est là que ça coince, parce que justement je n'ai aucune idée des sentiments en question.

— Ôte-moi d'un doute, tu es l'auteur du livre, non ?

— Oui, mais j'ai bafoué la règle d'or des écrivains et maintenant j'en paie le prix.

— Et c'est quoi la règle d'or des écrivains ?

— Ne jamais écrire une histoire dont on ne connaît pas la fin.

— C'est une romance, ça finira forcément bien.

— Il y a quelques exceptions à la règle... malheureusement. En attendant je suis coincé avec cette scène, et je n'ai aucune idée de ce que je dois en faire.

— Tu sais, j'ai un prof d'écriture créative qui nous a parlé de la psychologie des personnages...

Finn sourit.

— Selon lui, le plus important, c'est que le lecteur puisse comprendre ce qui motive leurs actions. Par exemple, si Mark commence à apprécier Juliet, je suppose que ça ne sort pas de nulle part. Elle a bien dû faire quelque chose qui la rend un peu spéciale.

— Des tas de choses, en vérité, répond-il, une lueur indéchiffrable dans le regard.

— Alors la question que tu dois te poser, c'est : qu'est-ce qui pourrait rendre Mark spécial aux yeux de Juliet ?

— Remarque très pertinente, mademoiselle Marshall. Et selon vous, qu'est-ce qu'un homme doit faire pour être un peu spécial ?

Je me mords la lèvre, hésitant sur la réponse à fournir. Je repense à Finn qui me rabroue en cours, à ses mains qui me retiennent sur le terrain de foot, à son sourire en coin, à nos disputes, à sa façon de retrousser ses manches, à sa manie de se pincer l'arête du nez quand il est agacé, à la passion qui l'anime quand il parle de littérature. Je repense à notre soirée au bar, à ses confidences sur sa mère et sur son premier chagrin d'amour. Je repense à ses lèvres et à son rire. Au bras qui cache son visage quand il dort. À ses livres. À ses baisers… Et soudain, je comprends : dans cette histoire, je suis Mark. C'est moi, celle qui commence à s'attacher et que ça terrifie.

Finn m'observe toujours, attendant une réponse, mais tout ce qui me vient est si directement lié à lui que j'en reste muette.

— Miss Je-sais-tout qui n'a pas la réponse à une question, c'est un jour à marquer d'une pierre blanche.

Cette pique est tout ce qu'il me fallait pour reprendre mes esprits. M'arrachant à des pensées que je ne suis pas encore prête à affronter, je m'engouffre dans la brèche :

— Je vois mal comment avoir réponse à tout alors que j'en sais si peu sur l'histoire. Pour l'instant, tout ce que je sais, c'est que les personnages s'appellent Juliet et Mark, qu'ils aiment s'envoyer en l'air et qu'elle en parle occasionnellement à sa meilleure amie. Ça fait peu.

— Ça aiderait si je te disais qu'ils sont avocats ? Du moins, Mark l'est, et par la force des choses, il va devenir le mentor de Juliet.

— Mentor et amant, ça me rappelle quelque chose…

— Oh tu sais, je suis écrivain : tout ce que tu diras pourrait finir dans un livre.

Je me fige, glacée par ses paroles. *Il plaisante, Tillie.* Je ferme un instant les paupières, tentant de dissiper les souvenirs amers de Ravendale.

— Ne dis pas ça, parviens-je enfin à articuler, la bouche sèche. C'est dégueulasse d'utiliser la vie des gens pour gagner de l'argent.

— Ce n'est pas censé être notre job, de s'inspirer de ce qui nous entoure pour écrire de belles histoires ?

— Il y a une différence entre s'inspirer d'une histoire et la reprendre purement et simplement. Et puis, toutes les histoires ne sont pas belles.

Finn fronce les sourcils et ses yeux se posent rapidement sur son écran avant de revenir vers moi.

— Tillie…

Il hésite, contracte la mâchoire puis entrouvre lentement les lèvres, comme s'il était sur le point de dire quelque chose d'important. Je soutiens son regard, attendant qu'il poursuive, mais quand il reprend finalement la parole, son ton a retrouvé sa légèreté :

— Merci pour ton aide.

Son air détaché contraste avec le sérieux de ses yeux. C'est si subtil qu'il n'y a pas si longtemps je ne m'en serais sans doute même pas rendu compte, pourtant, aujourd'hui, ça me suffit pour comprendre que ce n'est pas ce qu'il avait l'intention de me dire.

Je pourrais insister et le harceler jusqu'à ce qu'il crache le morceau – et il finirait sûrement par le faire – mais je n'ai aucune envie de prolonger cette conversation. Il y a des secrets que je ne suis pas encore prête à partager. Alors je serre les dents, et je retourne m'asseoir.

CHAPITRE 41
Finn

Je n'ai pas réussi à lui parler de mon manuscrit. Après trente minutes interminables à sonder mon écran en réfléchissant à la meilleure façon d'aborder le sujet, j'ai fini par déclarer forfait. À la place, j'ai proposé à Tillie d'aller boire un verre. Même si mon texte s'inspire de notre histoire, il s'en éloigne suffisamment pour que ce ne soit qu'un hommage, mais j'ai bien senti que c'était un point sensible pour elle. Il faudra absolument que je lui explique demain.

Quand nous rentrons du bar, il est plus de minuit, et entre la pénombre, la fatigue et les talons hauts, je dois user de toute ma vigilance pour empêcher Tillie de trébucher à chaque pas. Il nous faut près d'une demi-heure pour rejoindre le campus, et quinze minutes de plus rien que pour traverser le parc. Quand nous parvenons enfin dans le hall, nous sommes accueillis par un panneau « En panne » installé devant les ascenseurs. Il ne manquait plus que ça...

— Hé, mais qu'est-ce que tu fais ? s'exclame Tillie alors que je passe un bras sous ses genoux et l'autre derrière ses épaules.

— Quand on a un sens de l'équilibre aussi douteux que le tien, c'est criminel de porter des chaussures pareilles.

Elle se débat alors que je la soulève, mais je raffermis ma prise et la plaque contre mon torse.

— Pas la peine de protester. Il y a deux étages, soit soixante-douze marches. Autrement dit, je suis en train de nous faire gagner deux heures. Sans compter la perte de temps occasionnée par une potentielle commotion cérébrale.

Tillie secoue la tête mais se résigne vite et se cale contre moi. J'appuie ma tête sur la sienne, savourant la chaleur de son corps contre le mien tandis que nous traversons les couloirs déserts.

Quand je dépasse le premier étage, le visage de Tillie pivote contre mon épaule et elle vient sensuellement déposer un baiser à la base de mon cou. Je frémis tandis que ses lèvres poursuivent leur chemin sur ma peau. Encouragée par ma réaction, elle enfouit une main dans mes cheveux et, de l'autre, défait le premier bouton de ma chemise et commence à tracer des cercles sur mon torse du bout de l'index.

— Tillie, grogné-je en la sentant détacher un nouveau bouton.

— Oui ?

— On est dans un couloir...

— Ma chambre est juste à côté.

— Juste à côté c'est encore trop loin.

Sa réponse est couverte par le grondement rauque qui s'échappe de mes lèvres alors que sa main glisse plus bas et effleure la bosse de mon pantalon. Une minute plus tard, je la repose devant une porte en bois qu'elle reconnaît aussitôt.

— La bibliothèque ? demande-t-elle, intriguée.

— La bibliothèque, confirmé-je en sortant une clef de ma poche.

Lorsque nous pénétrons dans la pièce, nous sommes assaillis par une odeur de solvant et de vernis frais qui me fait plisser le nez. Elle a été repeinte cette semaine et ne devrait pas rouvrir avant un jour ou deux. C'est donc l'occasion ou jamais...

Désignant les rayonnages derrière nous, je lui souffle, d'une voix pleine de promesses :

— J'ai toujours rêvé de te baiser contre une de ces étagères.

Son regard brille d'excitation et ses dents se referment sur sa lèvre inférieure dans un délicieux appel. Glissant mes mains sous ses cuisses, je la soulève du sol pour qu'elle noue ses jambes autour de ma taille et je la plaque contre le premier rayon. Un gémissement lui échappe quand ma bouche quitte la sienne pour parcourir sa gorge. Son parfum fruité me chatouille les narines, chassant l'odeur de la pièce. En réponse, elle ondule pour mieux frotter son sexe contre mon érection.

Je ne la repose qu'un instant, le temps de lui retirer sa culotte et d'enfiler un préservatif, puis je colle de nouveau son dos à l'étagère. Elle gémit quand je la pénètre d'un coup de reins et enroule ses jambes autour de mes hanches. Une chose est sûre, il n'y a que lorsque ses pieds touchent le sol que cette fille est malhabile… Une main derrière ma nuque, l'autre fourrageant dans mes cheveux, elle accompagne mes mouvements de bassin, nous entraînant tous les deux au-delà du plaisir.

S'il y a bien un domaine dans lequel la fiction ne surpassera jamais la réalité, c'est celui-là !

— Je comprends mieux…

Adossés au rayon contre lequel nous venons de faire l'amour, nous reprenons notre souffle, complètement débraillés.

— Qu'est-ce que tu comprends mieux ?

— Pourquoi tes personnages aiment tant s'envoyer en l'air contre des surfaces verticales.

J'éclate de rire. J'ai tellement l'habitude d'écrire des scènes érotiques que je n'y pense même plus. Pourtant elle a raison, je ne crois pas me souvenir d'un seul roman dans lequel les protagonistes ne finissent pas appuyés contre un arbre, un mur, une voiture, ou les rayons d'une bibliothèque… Je suppose que ce qu'on dit des auteurs est vrai : on n'écrit jamais mieux que sur ce qu'on connaît.

— Qu'est-ce qui te fait rire ? demande-t-elle en retroussant le nez d'un air vexé.

— Toi, tu es délicieusement drôle.

Sans réfléchir, je me penche et pose doucement mes lèvres sur les siennes. Ça ne ressemble pas à nos baisers habituels, mais si elle semble surprise de mon geste, elle ne se dérobe pas pour autant. Délicatement, je glisse une main derrière son cou et l'attire vers moi. Je soupire de contentement lorsque sa bouche s'entrouvre. Avec une avidité contenue, je goûte sa langue contre la mienne. Quand nous nous écartons enfin, nous sommes tous les deux hors d'haleine.

Le visage de Tillie reflète un milliard de questions, mais celle qu'elle choisit de poser me prend totalement au dépourvu :

— Tu as déjà réfléchi à un titre pour ton prochain roman ?

— Pas du tout.

— Dommage que *Love Story* soit pris... soupire-t-elle en appuyant sa tête contre mon épaule.

Je fronce les sourcils, perplexe.

— Qu'est-ce qui te fait penser que ce titre aurait pu convenir à mon livre ? Tu ne l'as même pas lu !

— Non, mais je sais que ton héroïne s'appelle Juliet, ça me suffit.

Alors là, je suis complètement largué.

— *« That you were Romeo, you were throwin' pebbles, And my daddy said, "Stay away from Juliet" »*, se met-elle à fredonner d'un air entendu.

— Tu as conscience que je n'ai aucune idée de ce dont tu veux parler ?

— *Love Story*, la chanson de Taylor Swift !

Je secoue la tête, toujours aussi perdu, et l'assurance de Tillie laisse soudain place à de la suspicion.

— Es-tu en train d'essayer de me faire croire que tu ne connais pas Taylor Swift ?

— Évidemment que je la connais. Je ne vis pas sous l'eau. Mais je ne vois pas le rapport avec mon livre.

— Tu ne vois pas... Merde, Finn. Le rapport, ce sont tous tes autres livres. *Forever & Always*, *Snow On The Beach*, *The Story Of Us*... Bref, je ne vais pas te faire un dessin, tu m'as comprise.

Elle a l'air sidérée à présent, et moi je suis de plus en plus dérouté. Tout ce que je sais sur Taylor Swift, c'est que Maya, l'assistante de mon éditeur, a fait des pieds et des mains pour aller la voir en concert. Maya, qui est une fan inconditionnelle de cette chanteuse. Maya, qui suggère chaque fois les titres de mes romans. Maya, qui n'a visiblement pas jugé utile de me faire part de la source de ses idées. Et enfin Maya, que je vais me faire un plaisir d'étriper à notre prochaine rencontre.

— Ne me dis pas que tu l'ignorais ? s'exclame Tillie, une main plaquée sur sa bouche pour étouffer son rire.

Pour toute réponse, je sors mon téléphone et cherche Taylor Swift sur Spotify. Ses plus grands succès apparaissent en haut de la page. Chacun d'eux correspond à l'un de mes romans. Je n'en reviens pas. Il y a même toute une playlist intitulée « Finley Griffin's novels ».

À côté de moi, Tillie a de plus en plus de mal à contrôler son hilarité. Il faut dire que la situation est complètement absurde.

— Donc, commenté-je d'une voix laconique, le monde entier me prend pour un fan de Taylor Swift ?

— Quel prétentieux. Tu penses vraiment que le monde entier te connaît ?

— Chut, sale petite peste.

Je lui jette un regard faussement furieux et elle s'esclaffe de plus belle.

— Vas-tu cesser de rire ? C'est très sérieux. J'envoie immédiatement un e-mail à mon éditeur pour lui faire part de ma façon de penser.

Ce disant, j'ouvre ma messagerie électronique, mais avant que j'aie pu faire quoi que ce soit de plus, le rire de Tillie s'étrangle dans sa gorge.

— Qu'est-ce que c'est ? demande-t-elle, les yeux rivés sur mon écran.

Je suis son regard et découvre un courrier de Milton. L'objet indique : « Visite de Gilbert Lockwood ».

— Ça ? C'est une surprise du doyen. Il a proposé au lauréat du National Book Award de venir donner une conférence lundi. Mais je ne suis pas censé t'en avoir parlé alors garde-le pour toi, d'accord ?

Tillie hoche lentement la tête. Elle a l'air d'avoir vu un fantôme.

— Tout va bien ?

Je scrute son visage avec attention, mais elle fuit mon regard.

— Ça va, oui, je suis juste un peu fatiguée. Je crois que je vais rentrer.

— Tu es sûre ?

Elle opine, toujours sans me regarder, et malgré les questions qui se bousculent dans mon esprit, je n'insiste pas. Elle récupère ses affaires et ne dit rien de plus à ce sujet jusqu'à ce que nous ayons atteint sa chambre. En vérité, elle ne dit rien du tout, ce qui, la connaissant, en dit déjà beaucoup. Quand la porte se referme sur elle, je me rends compte que c'est la première nuit en deux semaines qu'elle ne passera pas avec moi.

CHAPITRE 42
Finn

— Sérieusement ?

Mes joueurs regardent la pluie s'écraser au sol en même temps que leur moral quand je leur annonce qu'il n'est pas question d'annuler la matinée d'entraînement.

— Mais coach, c'est le déluge.

— Et il y a de fortes chances que les conditions soient similaires lors de notre prochain match, alors arrêtez de vous plaindre et dépêchez-vous de sortir des vestiaires avant que je ne vous traîne dehors par la peau des couilles.

Un grognement collectif me répond. Aucun de mes gars n'est cependant assez con pour s'opposer ouvertement à moi, et dix minutes plus tard, l'échauffement peut commencer.

Nous jouons contre Westminster le mois prochain, et même si nous avons gagné notre dernier match, je suis loin d'être satisfait du travail de mon équipe. Et ils le savent.

En rang sur la ligne de touche, ils s'exercent à la remise en jeu. La pluie tombe de plus en plus fort et je suis complètement trempé, ce qui a au moins le mérite de me réveiller. Hier soir, pour la première fois depuis des semaines, je n'ai pas réussi à écrire. J'avais l'esprit trop absorbé par Tillie et sa réaction lorsqu'elle a vu l'e-mail de Milton. Ses yeux écarquillés, sa soudaine pâleur et son mutisme. Ce n'était pas seulement de la surprise, c'était de l'angoisse.

La tête en vrac, j'arpente la pelouse de long en large, criant mes instructions pour me faire entendre des joueurs par-dessus le vent.

— Muller, plus de pression sur ton inclinaison arrière. O'Connor, tu es trop près de la ligne. Davis, tu veux que je t'aide ?

Le milieu de terrain rougit quand il constate que je l'ai vu prendre un selfie et fourre aussitôt son portable dans sa poche.

— Désolé coach, marmonne-t-il, gêné.

Je ne prends pas la peine de lui répondre et reporte mon attention sur les autres joueurs. Evans est décidément un très bon élément. Largement au-dessus du niveau de ses coéquipiers. Je me demande bien comment un sportif de son acabit a pu atterrir à Chatham. Avec un pied droit pareil, il aurait pu décrocher une bourse pour n'importe quelle université, alors pourquoi avoir choisi la nôtre ?

Son copain ne se débrouille pas mal non plus, mais s'il possède toute l'agilité nécessaire à un excellent gardien, côté mental, en revanche, il y a encore des efforts à faire. Il s'est presque décomposé lorsqu'il a encaissé le premier but contre W&J, et c'est un miracle qu'il ait réussi à bloquer l'attaque de Williams à la fin du match. On va devoir travailler là-dessus si on ne veut pas se faire massacrer la semaine prochaine.

— Prewett, hurlé-je donc à l'attention de mon gardien, viens par ici !

Ryan gambade joyeusement dans ma direction. Même sous une pluie battante, ce garçon fait preuve d'un enthousiasme formidable.

— Oui, coach ?

Mais je ne réponds pas tout de suite : je viens d'apercevoir une silhouette dans les gradins qui n'a rien à y faire. Aucune personne saine d'esprit n'aurait l'idée de venir assister à un entraînement par un temps pareil, mais il semblerait que Tillie obéisse à des règles qui lui sont propres… En y regardant à deux fois, je me rends compte que le soccer n'a pas l'air de la captiver outre mesure : les yeux dans le vague, elle fixe un point au-delà du terrain, et même à cette distance, je devine qu'elle ne va pas mieux qu'hier soir.

Un instant, j'envisage l'idée de renvoyer mes gars aux vestiaires et d'aller la voir. Si elle est venue, ce n'est certainement pas un hasard et je déteste la savoir malheureuse, quelle qu'en soit la raison. Toutefois, mes joueurs sont tous là, trempés jusqu'à l'os, et continuent de lutter pour nous rapporter la victoire. Je ne peux pas les laisser tomber maintenant. En revanche, je peux faire autre chose pour elle :

— Evans ! hurlé-je de nouveau.

Mon capitaine rejoint son coéquipier qui attend encore mes instructions.

— Retournez aux vestiaires. L'entraînement est fini pour vous.

Ryan ouvre la bouche pour protester, mais d'un signe de menton je lui désigne Tillie, toujours prostrée dans les gradins.

— Je crois que votre amie a besoin de vous…

Aussitôt, l'expression de Nate se durcit.

— Qu'est-ce qu'elle a ?

— Navré de vous décevoir monsieur Evans, mais je n'y suis pour rien.

— Je peux savoir de quoi vous parlez ? intervient Prewett en nous observant tour à tour, l'air perdu.

— De rien.

— Il couche avec Tillie.

Putain, il a osé. D'un regard circulaire, je m'assure que les autres joueurs sont hors de portée. Dieu merci, ils sont toujours sur la ligne de touche, et avec ce vent, impossible qu'ils aient entendu quoi que ce soit.

— Je vois que la discrétion n'est pas ta plus grande qualité, lancé-je furieusement à Evans.

— Désolé mais ma loyauté va d'abord à mes amis.

— Dans ce cas, dépêche-toi d'aller la rejoindre avant de dire quelque chose que tu regretteras demain.

— C'est une menace ?

— C'est un conseil.

Evans hésite un instant, puis il choisit de baisser les armes. Sage décision.

— En admettant que je vous croie quand vous prétendez n'y être pour rien, je suis sûr que vous savez ce qu'elle a.

— Là encore, je vais devoir te décevoir. Je n'en ai aucune idée. Tout ce que je peux te dire, c'est que j'étais avec elle hier soir et qu'elle est tombée sur un e-mail annonçant que Gilbert Lockwood allait venir faire une conférence. C'est un auteur qui…

— Oh merde, souffle Evans sans me laisser finir ma phrase.

D'instinct, ses yeux se tournent vers les gradins.

— Il faut qu'on y aille, renchérit Prewett.

De toute évidence, eux, ils savent ce qu'il y a, et même si je meurs d'envie de leur poser la question, je m'abstiens. Si Tillie avait voulu m'en parler, elle l'aurait fait hier.

— Alors filez !

Sans avoir besoin de se concerter, ils s'élancent droit vers Tillie, ne repassant même pas par les vestiaires. Evans s'arrête cependant après quelques foulées à peine. Il se tourne vers moi, mal à l'aise.

— Euh… coach…

— C'est bon Evans, c'est oublié. Allez vous occuper d'elle.

Il hoche la tête, soulagé, et rattrape Prewett au pas de course. Et moi je rejoins le reste de l'équipe, en ignorant mon intense désir de les suivre.

CHAPITRE 43

Tillie

C'est un cauchemar. Un horrible et abominable cauchemar. Ça ne peut pas être autre chose.

C'est ce dont j'essaie de me convaincre depuis hier soir, mais même moi je n'y crois pas. Ce n'est pas un cauchemar, c'est un fait. Surtout depuis que la venue de Lockwood a été officialisée ce matin sous la forme d'un e-mail du doyen stipulant qu'une conférence aura lieu lundi à 16 heures, et que, bien évidemment, la présence de tous les étudiants du département y est obligatoire.

Lundi, Lockwood sera là. Voilà, c'est dit. Lundi-Lockwood-sera-là. À Chatham. Pour y donner une conférence. Obligatoire.

Réfugiée en haut des gradins, j'attends désespérément que l'entraînement des garçons se termine. Ils sont les seuls à être au courant de ce qu'il s'est passé cette année-là. Les seuls à savoir ce que le retour de Lockwood signifie pour moi. C'est assez ironique que je me retrouve à les attendre ici : au collège, les gradins étaient mon sanctuaire. À la moindre contrariété, je me nichais tout en haut et j'attendais que mon père lève les yeux. À l'époque, il entraînait encore l'équipe de basket ; c'était avant qu'il ne soit nommé juge et que ma vie ne vole en éclats.

Lundi, Lockwood sera là.

— Tillie !

La voix de Nate me tire de ma léthargie. Battant des paupières, je les découvre Ryan et lui grimpant quatre à quatre les marches pour venir me rejoindre.

— Qu'est-ce que vous faites là ?

Je jette un regard au stade en contrebas. L'entraînement n'est pas fini.

— Griffin a estimé qu'on serait plus utiles ici que sur le terrain, explique Nate en s'asseyant à côté de moi.

Il grimace en constatant que le siège est trempé, mais il ne se relève pas.

— Parle pour toi, réplique Ryan. Tu es peut-être un élément négligeable de l'équipe, mais moi je suis indispensable. Après tout, que feraient-ils sans gardien ?

— Ils pourraient demander à Muller de te remplacer, riposté-je.

— Tu sais quoi, Tillie ? Je te préférais quand tu étais apathique.

Pour toute réponse, je lui tire la langue. J'ignore comment, mais leur seule présence suffit à me rendre le sourire. Jusqu'à ce que je m'en rende compte et que je me souvienne des raisons qui m'ont conduite ici.

— Griffin nous a dit pour Lockwood, explique Nate avec douceur. Tu veux en parler ?

— Pas vraiment. Lundi, il sera là. Ça va aller. Et mardi la vie reprendra son cours normal. Ça va aller, répété-je, c'est derrière moi maintenant.

Nate et Ryan échangent un regard hésitant. C'est Ryan qui se lance :

— Tillie, tu as déjà envisagé l'idée que ça ne soit *pas* derrière toi ?

— Ça l'est.

— Vraiment ? C'est pour ça que tu sursautes chaque fois qu'un numéro inconnu t'appelle ? Que tu ne rentres jamais chez toi ? Que tu ne parles jamais de tes parents ? Et que tu ne nous as rien dit quand tu as su que Lockwood allait venir ?

— Attention, on ne te juge pas, précise Nate en voyant mes sourcils se froncer, tout ce qu'on veut, c'est t'aider à dépasser ça pour de bon.

— Et comment ? En me jetant à la figure que je ne tiens pas du tout la route ? Merci, mais ça je le savais déjà.

— Hé, s'exclame Ryan en levant les mains devant lui. Ne te braque pas. On a conscience que ce n'est pas facile. Mais ce n'est pas en prétendant que tout va bien que les choses s'arrangent.

— Et donc ? Qu'est-ce que vous proposez ?

— Pour l'instant, qu'on se tire d'ici. Il fait beaucoup trop froid. On rentre chez toi, on se change, et on file récupérer ta voiture au garage. C'était bien le programme, non ? Après, je suggère qu'on aille à la maison du pancake. Et là, si tu t'en sens capable, on reparlera de Lockwood.

Les garçons m'aident à me lever et m'escortent tels des gardes du corps jusqu'en bas des gradins. Lorsque nous longeons le terrain, je cherche Finn des yeux et le vois qui m'observe en retour. Il est entouré de trop d'élèves pour que je puisse lui témoigner ma reconnaissance autrement que par un simple signe de tête, mais à la manière dont il me le rend, je sais qu'il a compris.

Deux heures et demie plus tard, je suis assise devant une montagne de pancakes arrosés de sauce au chocolat.

— Je crois que je n'ai pas remis les pieds ici depuis que je t'ai récupéré chez ta serveuse… commenté-je en lançant un regard moqueur à Nate.

— Attention Tillie, les retours de karma ne sont pas à prendre à la légère. Souviens-toi, la dernière fois que tu m'as provoqué à ce sujet, ta voiture a refusé de démarrer… Ce serait dommage de devoir la ramener au garage encore une fois.

Mon majeur se charge de répondre pour moi tandis que je cherche ma Golf par la fenêtre. Bon sang, ça fait du bien de la retrouver !

— Si ma mémoire est bonne, intervient Ryan, c'est également le jour où tu as rencontré Griffin.

Il n'a toujours pas digéré le fait que Nate ait été au courant avant lui pour Finn et moi. En vérité, il n'a pas non plus digéré le fait qu'il y ait un « Finn et moi ».

— Nan mais sérieusement Tillie, je croyais que tu le trouvais détestable ! Moi, quand je déteste quelqu'un, je ne couche pas avec. Par exemple, je déteste Muller, et la dernière chose que je voudrais, c'est l'avoir nu dans mon lit. Beurk. Voilà. Ça, c'est une réaction normale !

— Tu exagères, Muller est peut-être un abruti, mais il est beau garçon.

— Là n'est pas la question. Est-ce que tu te rends compte que Griffin est un monstre sadique ?

— Je croyais que c'était un dieu du soccer...

— Ça, c'était avant que j'apprenne ce que vous traficotez tous les deux. Maintenant c'est un monstre.

— Nate le trouve mieux que Muller.

— Quel rapport avec Muller ?

— J'ai cru qu'elle sortait avec lui, explique Nate.

— Tillie ? Avec Muller ? Vous cherchez à me faire vomir ?

— Bon sang ! m'exclamé-je, ulcérée. Je crois que je préfère encore parler de Lockwood.

Aussitôt, mes amis redeviennent sérieux. Enfin, si on exclut Ryan qui a toujours l'air au bord du malaise. Depuis l'autre côté de la table, Nate m'observe avec compassion. Quand il tend la main vers moi, j'entrelace mes doigts aux siens et puise dans cette petite étreinte la force de reprendre la parole :

— Le soir de la veillée, j'ai reçu un message de Giulia, l'amie dont je vous avais parlé. Elle voulait m'annoncer que... Lockwood a remporté un prix grâce au *Temps des tourments*.

— Oh, Tillie...

Nate me presse délicatement les doigts et même Ryan s'efforce de marquer son soutien en me tapotant maladroitement l'épaule. Et soudain, parce qu'ils sont si gentils, si doux et si aimants, je craque. C'est comme si une digue venait de céder à l'intérieur de moi, livrant passage à tous les sentiments que je refuse d'affronter depuis des semaines.

— Elle avait déjà appelé, mais je n'avais pas décroché, reprends-je, la voix tremblante. Et j'ai cru que ça s'arrêterait là. Je voulais tellement que ça s'arrête. Et puis elle a laissé ce message qui disait que tout est ma faute. Que même si j'ai quitté Ravendale, ça ne change rien. Que mon passé me suivra toujours. Comment j'ai pu penser que ça allait aller mieux, alors qu'il va venir ici ? C'est si injuste !

Des larmes chaudes dévalent mes joues à présent, et je me mets à sangloter :

— Je ne veux pas que ça recommence... C'était fini. J'étais partie. Je ne veux pas qu'il vienne. C'est ma maison, c'est chez moi. Il n'a pas le droit de venir. Ce n'est pas juste.

Ryan passe un bras autour de mes épaules et m'attire contre lui. J'enfouis mon visage dans son torse, et bientôt, je sens une nouvelle paire de bras s'enrouler autour de moi. Les garçons me gardent serrée contre eux tandis que les sanglots déchirent ma poitrine. Protégée, je laisse le chagrin me consumer jusqu'à ce que je puisse de nouveau respirer librement. Quand ils me relâchent, j'ai l'impression d'aller un peu mieux.

— Tu sais, me dit Nate en plongeant ses incroyables yeux verts dans les miens, rien ne t'oblige à le voir. C'est un grand campus. Et puis Griffin n'est pas idiot, il a bien compris que quelque chose clochait. Si tu le lui demandes, il te dispensera certainement d'assister à la conférence.

Je secoue la tête, même si cette idée m'a effleuré l'esprit plus d'une fois depuis hier.

— Je ne veux pas qu'il pense que je lui réclame un traitement de faveur parce que nous sommes... enfin, parce que nous couchons ensemble.

— Est-ce que ce n'est pas justement ça l'intérêt de coucher avec son prof ? intervient Ryan.

— Laisse-la tranquille, réplique Nate. Pour une fois qu'elle reste avec un type plus de deux jours, tu pourrais la soutenir un peu.

— Et d'ailleurs, à ce propos, on peut savoir depuis combien de temps ça dure, cette histoire ?

Je secoue la tête, le visage toujours collé à son tee-shirt. J'ai conscience qu'ils cherchent juste à détendre l'atmosphère et je leur en suis reconnaissante, mais la perspective de ce qui m'attend lundi me noue trop le ventre pour que je me joigne à leur conversation. C'est absurde pourtant, nous sommes presque cinq cents à avoir été conviés à cette conférence. Au milieu d'une foule pareille, il n'y a aucun risque que Lockwood me remarque.

En revanche, moi, je ne verrai que lui.

CHAPITRE 44
Tillie

Ça ne va pas aller ! Je le sais avant même d'arriver dans l'amphithéâtre. À côté de moi, Cléo est une pile électrique. C'est simple : elle n'arrête pas de sautiller sur place depuis ce matin.

— Ça va être génial, pépie-t-elle en poussant la porte de l'auditorium.

J'aurais dû lui parler de Lockwood mais elle n'était pas là le soir où je me suis confiée aux garçons il y a quelques années, et je n'ai plus eu le courage de réaborder le sujet depuis. Maintenant, je le regrette. Comme attirés par un aimant, mes yeux se tournent d'eux-mêmes vers l'estrade. Finn est là, en compagnie de Katie Barlow et du doyen Milton. Quand il me voit, il m'adresse un regard plein de sollicitude. Nous ne nous sommes pas reparlé depuis vendredi mais il n'est pas idiot : il sait que quelque chose ne va pas, et il sait que c'est lié à l'homme qui se tient quelques mètres devant lui, sur son promontoire.

Gilbert Lockwood est fidèle à l'image que je gardais de lui : un visage angulaire avec des traits forts et des sourcils épais, des yeux marron foncé mis en valeur par d'élégantes lunettes rondes, et de courts cheveux brun clair, soigneusement coiffés en arrière, qui lui donnent un air sophistiqué. À le voir comme ça, vêtu d'une veste jacquard bleue et d'un pantalon en velours, qui pourrait le soupçonner d'avoir détruit ma vie ?

— On se met là ? demande Cléo en désignant deux places encore vacantes au troisième rang.

Je secoue la tête, incapable de répondre, et je la tire par la manche jusqu'à une rangée plus en retrait. Cléo me jette un regard étonné mais n'insiste pas, se contentant d'une moue dégoûtée à l'égard de Dylan qui s'est évidemment précipité sur les places en question. Je devrais être soulagée de ne pas avoir à m'expliquer mais je suis trop tendue pour ça. Mon esprit est entièrement focalisé sur Lockwood.

La salle se remplit rapidement. Plusieurs centaines de personnes sont venues voir le prodige de la littérature américaine, et mon enfer personnel. Ça chuchote, ça jette des regards admiratifs vers la scène, ça trépigne d'impatience. Moi, j'ai envie de vomir.

Une fois tous les étudiants installés, Milton prend la parole :

— Mesdames et Messieurs, c'est avec un immense plaisir que je vous présente aujourd'hui l'un des auteurs les plus talentueux de notre époque, Gilbert Lockwood. En tant que lauréat du National Book Award, Gilbert est un écrivain qui a su captiver l'imagination de ses lecteurs grâce à sa finesse et à sa sensibilité. Le drame familial qui l'a fait connaître du grand public a été acclamé par la critique pour sa portée émotionnelle et sa représentation réaliste de la classe moyenne. Avec une prose élégante et une compréhension profonde de la psychologie humaine, Gilbert a créé une œuvre qui se démarque dans le monde de la littérature contemporaine. Nous sommes chanceux de pouvoir l'accueillir aujourd'hui afin qu'il partage son expérience avec nous et nous donne un aperçu de son processus créatif. Puissiez-vous tous être inspirés par sa présence en nos murs.

Oh mais rassurez-vous, sa présence m'inspire : des idées de meurtre, principalement.

Lockwood s'avance vers le centre de l'estrade, le bruit de ses chaussures vernies se perdant dans le tonnerre d'applaudissements qui secoue la salle. Mon cœur bat à toute allure lorsqu'il balaie ses admirateurs du regard. Il lève la main pour leur répondre, et soudain, j'ai à nouveau dix-sept ans. J'arrive en cours de littérature, et il est là. Debout derrière le bureau, un sourire chaleureux aux lèvres. Il nous parle de *Sur la route de Madison*, et je fonds en larmes.

— Merci d'être venus. Ça fait bien longtemps que je ne me suis pas tenu devant des élèves alors pardonnez-moi d'avance si je ne suis pas à la hauteur de la présentation que M. Milton vient de vous faire.

Il rit, et une partie de l'auditoire l'imite. J'avais oublié cette aura qu'il dégage chaque fois qu'il ouvre la bouche ; l'aisance avec laquelle il échange avec la foule, qu'il s'agisse de lycéens ou d'étudiants ; la facilité avec laquelle il séduit le public. Nous sommes ses spectateurs, et lui, formidable acteur, offre aujourd'hui l'une de ses meilleures performances.

— Quand j'ai démarré l'écriture du *Temps des tourments*, je n'avais aucune idée du succès qu'allait rencontrer ce livre. Je savais bien sûr que l'histoire avait du potentiel, mais c'est le cas de toutes les histoires, non ? Alors pourquoi celle-ci, en particulier, a-t-elle captivé autant les lecteurs ? Qu'est-ce qui, dans la faiblesse humaine que j'expose au grand jour, fascine tant les gens ? C'est la question à laquelle nous allons essayer de répondre aujourd'hui.

La tête courbée sur son carnet de notes, Cléo tente de capturer chaque parole de son discours. Son stylo glisse sur le papier avec une rapidité presque fébrile, laissant derrière lui une traînée d'encre noire qui n'a pas le temps de sécher avant qu'elle passe à la page suivante. Je suis incapable de l'imiter. Le sang pulse dans mon crâne et ma vision se trouble tandis que Lockwood poursuit sa présentation. Lorsqu'il marque enfin une pause pour boire un peu d'eau, Cléo se penche vers moi :

— Il est incroyable, non ?

— C'est le mot.

— Je n'en reviens pas que Milton ait réussi à le convaincre de venir, il y a tellement de facs plus prestigieuses où il aurait pu aller…

— Milton était son prof à WCU, réponds-je sans réfléchir.

— D'où tu sors ça ? Je croyais que tu n'avais jamais entendu parler de lui.

Elle fronce les sourcils, suspicieuse. On dirait un chien qui vient de trouver un os, et pas un gentil golden façon Ryan. Oh non ! Cléo est un pitbull dressé pour attaquer. Et si je ne surveille pas mes paroles, elle va bientôt me sauter à la gorge.

— Quelqu'un a dû le mentionner, tenté-je, tâchant d'être désinvolte. Griffin peut-être, ou Vreeland…

Contrairement à moi, Cléo n'est pas très douée pour masquer ses émotions, et je devine tout de suite qu'elle ne me croit pas. Il semble toutefois exister un dieu pour les menteurs, et, comble de l'ironie, c'est Lockwood lui-même qui l'incarne. Reprenant la parole, il met un terme à l'interrogatoire de ma meilleure amie, qui se replonge dans sa prise de notes.

Sa conférence terminée, mon ancien professeur de littérature accepte de répondre aux questions de l'auditoire. Je soupire, soulagée que le calvaire touche à sa fin. Du moins jusqu'à ce que Cléo lève la main et attire l'attention de Lockwood dans notre direction. D'abord, il ne se passe rien. Ma meilleure amie pose une question que je n'entends pas, et je me dis que ça va s'arrêter là. Après tout, j'ai beaucoup changé en trois ans. Mes cheveux sont plus courts qu'ils ne l'étaient à l'époque et mes vêtements n'ont plus rien à voir avec ceux que je portais au lycée. Sans compter que, ces dernières années, Lockwood a dû voir défiler une multitude de visages, sans doute beaucoup plus marquants que le mien. Mes espoirs partent cependant en fumée lorsque ses yeux se posent sur moi. Ses lèvres s'étirent en un sourire amusé, et j'ai l'horrible impression que l'air vient de s'épaissir brutalement. Les mains moites, je sens mon rythme cardiaque accélérer encore tandis que ma respiration se bloque dans ma gorge. J'ai envie de fermer les paupières, mais je refuse de lui faire ce plaisir. Alors je me force à soutenir son regard, tentant de réprimer la nausée qui me serre le ventre.

— Où je puise mon inspiration ? répète Lockwood sans ciller. C'est une excellente question.

Ce salaud jubile. Et pour cause : Cléo n'aurait rien pu lui demander de pire. Mes yeux me brûlent et des larmes commencent à s'accumuler sur ma rétine. J'espère qu'il est trop loin pour les voir.

— Comme la plupart des auteurs, je suppose, dit-il d'une voix qui se veut charmante mais qui me fait l'effet d'un glaçon posé en haut du dos. Je m'inspire à la fois de mes expériences personnelles, de mes lectures, de la musique que je peux entendre ou des tableaux, photos ou films que je peux regarder. En somme, je ne suis qu'un observateur aguerri. Mais il m'arrive aussi de trouver l'inspiration au détour d'une conversation. Méfiez-vous, ajoute-t-il en riant, je suis écrivain, tout ce que vous direz finira dans mon prochain livre !

Cette fois, c'est plus que je ne peux en supporter. Alors, comme je l'ai fait si souvent lors de mon année de terminale, je laisse les larmes dévaler mes joues, attrape mes affaires et quitte la salle.

CHAPITRE 45
Tillie

Mon cœur bat à toute allure. *Respire, Tillie.* Rien n'y fait, je suffoque. Mes mains tremblent et ma vision devient floue. J'avais pourtant dépassé ça... Dans mon dos, une porte claque et mon estomac se serre lorsque je reconnais des pas d'homme. Non. Non, non, non. Je ne peux pas l'affronter, pas maintenant.

— Tillie ?

Je me retourne, et en découvrant Finn, un immense soupir de soulagement s'échappe de ma poitrine. Lorsqu'il aperçoit les larmes sur mes joues, un voile orageux recouvre ses prunelles.

— Viens, dit-il en m'entraînant vers une salle de classe vide.

Une fois que nous sommes à l'abri, il verrouille la porte et m'attire contre lui, sans prononcer un mot. J'ignore combien de temps s'écoule avant que ma respiration ne s'apaise, uniquement consciente de la main de Finn caressant doucement mes cheveux. Quand je me calme enfin, il me détache de lui.

— Tu veux un verre d'eau ? propose-t-il avec une tendresse que je ne lui connaissais pas.

Je secoue la tête et m'éloigne de quelques pas, cherchant à éclaircir mes pensées.

Durant les seize premières années de ma vie, mon père a été mon héros. Il était grand, fort, entraînait l'équipe de basket du lycée et adorait la littérature. Puis il est devenu juge et l'admiration que lui vouaient déjà ses pairs s'est encore accrue. Ma mère et lui formaient le couple idéal, tendres et complices comme aux premiers jours, au point que c'en était parfois gênant. Pourtant, j'étais fière d'être leur fille unique et chérie...

— Tu as déjà songé à une journée qui a changé ta vie ? demandé-je en rivant mon regard sur un point quelque part au-dessus du tableau. En te disant, avec le recul, qu'elle avait commencé de la manière la plus banale qui soit ? Qu'il était impossible de présager qu'après ce jour-là plus rien ne serait pareil ?

Appuyé contre un bureau, Finn reste muet mais ses yeux m'encouragent à poursuivre. Alors je prends une grande inspiration et je me lance :

— C'était juste avant mon entrée en première : j'étais jeune, insouciante, et mon plus gros problème était de savoir si Marcus Landon, le maître-nageur, allait enfin me remarquer.

Quatre ans ont beau s'être écoulés, la sensation est toujours aussi vive. C'était un jour d'été comme j'en ai vécu des dizaines. Giulia et moi avions prévu d'aller à la piscine. En me concentrant, je peux presque sentir l'odeur du chlore et du monoï dont nous nous enduisions abondamment, pressées d'être les plus bronzées possible. Tout comme je peux entendre le rire sonore de Giulia au moment où je me suis rendu compte que mon maillot était resté chez moi. Je sens encore la morsure du soleil sur ma nuque lorsque j'ai dû parcourir à pied les deux kilomètres me séparant de la maison, la sueur qui coulait dans mon dos et le frisson délicieux de la climatisation quand j'ai passé la porte.

Je n'ai pas entendu le bruit tout de suite, absorbée par les textos que m'envoyait Giulia. Puis il y a eu un gémissement plus fort. Je me rappelle avoir souri, autant amusée que dégoûtée à l'idée que mes parents soient rentrés pendant leur pause déjeuner pour se peloter comme des ados. J'ai monté l'escalier jusqu'à ma chambre sur la pointe des pieds. Mon haut de maillot m'attendait, sagement posé sur le lit. Si seulement je l'avais mis sur moi avant de partir à la piscine, si seulement je n'avais pas été distraite en préparant mes affaires... Je suis redescendue en tendant l'oreille. Il n'y avait plus de bruit. En levant la tête, j'ai découvert mon père dans l'encadrement de la porte, les lèvres plaquées à celles de la mère de Giulia. Ils ne m'ont pas vue et ont poursuivi leur au revoir langoureux. Puis mon père a refermé le battant, et lorsqu'il s'est retourné, j'ai lu la culpabilité sur son visage. Une culpabilité qui a fait figure d'aveu, de confirmation. Puis ses traits se sont changés en un sourire.

— Tillie, ma chérie ! J'ignorais que tu étais à la maison !

Il m'a scrutée avec attention, cherchant sûrement à deviner ce que je savais, ce que j'avais entendu, s'il pouvait encore sauver les meubles.

— J'avais... oublié mon maillot.

— Madame Miller est passée récupérer un dossier pour le boulot.

Jusque-là j'avais eu l'impression d'être anesthésiée, figée par l'horreur de la situation, mais le mensonge de mon père a brusquement réveillé ma fureur. J'aurais pu prétendre que je n'avais rien vu, que j'avais mal compris. Avec n'importe qui d'autre j'aurais sûrement réussi. Mais pas avec lui. Je l'admirais trop pour ça.

— Et c'est pour ça que tu avais la langue dans sa gorge ?

Un éclat de colère et d'agacement est passé dans ses yeux. On aurait dit un de ces films dans lesquels les extra-terrestres se déguisent en humains pour prendre leur place. L'homme en face de moi avait le visage de mon père, les mêmes yeux brillants d'intelligence, les mêmes tempes grisonnantes, le même sourire charmeur, mais ce n'était pas l'homme que j'aimais et que j'adulais. Il a ri. Un rire désinvolte, moqueur, insupportable.

— Mais qu'est-ce que tu racontes ma chérie ? Je sais que tu veux devenir autrice mais ne laisse pas ton imagination s'inviter dans la réalité.

Un flot de haine pur a coulé dans mes veines, et pour la première fois de ma vie, j'ai sincèrement détesté mon père.

— J'ignore ce que tu as cru voir, Tillie, mais nous nous sommes simplement fait la bise, comme deux amis.

— Les amis ne poussent pas le genre de gémissements que j'ai entendus en entrant.

Son visage a encore changé. De confiant, il est passé à tendu, inquiet, aux abois.

C'est peut-être stupide, mais même à ce moment-là, j'espérais qu'il parviendrait à me convaincre que j'avais tort, ce qui explique peut-être pourquoi j'ai eu si mal lorsqu'il s'est retrouvé à court de mensonges et qu'il a commencé à bafouiller.

— Je t'en prie... mon cœur... Essaie de comprendre.... Ta mère et moi traversons une période compliquée et j'ai commis une erreur. Tu sais combien j'aime ta maman, tu sais combien je t'aime et combien j'aime notre famille, pas vrai ? S'il te plaît, aie confiance en moi, je ne vous blesserais jamais.

Les mains sur mes épaules, il m'a regardée droit dans les yeux, rassurant, insistant. Il était censé me protéger du monde.

Il mentait.

Tout au long de mon récit, Finn est resté immobile. D'ordinaire, je déteste son masque impassible, mais aujourd'hui, sa capacité à dissimuler ses émotions est exactement ce qu'il me faut ; je n'aurais pas pu supporter sa pitié.

— Je me suis laissée convaincre que c'était un dérapage idiot et sans conséquence. J'ai promis de ne rien dire pour ne pas heurter ma mère et il a promis que ça ne se reproduirait plus. J'étais tellement naïve. Je voulais tellement le croire. Quand j'ai compris qu'il avait recommencé, je suis allé le trouver et j'ai menacé de tout dire s'il ne le faisait pas lui-même. Il m'a répondu que c'était trop tard, que si je parlais maintenant tout le monde saurait que je l'avais couvert, y compris ma mère, et que dès lors je perdrais leur confiance à tous les deux. Sans que je m'en rende compte, il a fait de moi sa complice.

Ce n'est que la troisième fois que je raconte cette histoire, et malgré mes efforts, ma voix se brise toujours sur cette constatation. La première fois on m'a regardée avec intérêt, la seconde avec compassion. Mais jamais encore on ne m'avait regardée comme Finn le fait à cet instant. Dans ses yeux je vois non seulement de la colère, mais aussi de la compréhension, parce qu'il connaît déjà cette histoire : il l'a déjà lue.

CHAPITRE 46
Finn

Il y a deux catégories d'écrivains que je ne supporte pas : ceux qui prétendent n'avoir aucun talent, et ceux qui sont convaincus d'en avoir, à tort. Après avoir entendu le récit de Tillie, pourtant, je découvre qu'il en existe une troisième que je déteste peut-être même plus que les deux précédentes : ceux dont le désir de succès écrase la moralité.

Je n'ai pas besoin des explications de Tillie pour comprendre. Son histoire entière est racontée dans l'ouvrage qui a valu son prix à Lockwood.

— Lockwood était mon prof de littérature, et bien sûr, je le trouvais génial. Un jour, il nous a demandé de parler du traitement de l'adultère dans *Sur la route de Madison*, et c'est là que j'ai craqué. Quand on y réfléchit, c'est assez drôle : je me suis enfuie du cours exactement comme je viens de le faire et il m'a suivie exactement comme tu viens de le faire.

Pour ma part, je ne vois rien de drôle dans cette histoire.

— Je lui ai tout raconté : mon père, son aventure, mon secret… Il m'a écoutée, il a posé des questions, il a compati, puis il m'a assuré que tout irait bien. Et quand je lui ai demandé de ne rien dire à personne, il m'a fait un clin d'œil et a promis que seuls ses lecteurs seraient au courant. Naïvement, j'ai cru qu'il plaisantait.

Je serre les dents en repensant à la réaction de Tillie lorsque je l'ai taquinée sur les similitudes entre mon roman et notre histoire. Quel con ! J'aurais dû tout lui dire immédiatement. Et maintenant ne me semble pas être le moment idéal pour lui en parler...

— Quand est-ce que tu as su ? demandé-je d'une voix chargée de colère.

— À peu près huit mois plus tard, quand le livre est sorti en librairie. Évidemment, il n'a pas fallu longtemps pour que les gens fassent le lien entre son héros et le respectable juge Marshall. Et il ne leur a pas fallu plus de temps pour comprendre où le talentueux professeur de lycée avait trouvé son inspiration.

Elle grimace et ferme un instant les paupières en expirant doucement par le nez.

— Je te l'ai dit, mes parents formaient le couple parfait, et c'est en couple parfait qu'ils ont affronté la situation. Ma mère a pardonné à mon père son erreur. Ils se sont affichés publiquement au country club, se sont tenu la main dans la rue, ont suivi une thérapie conjugale et en sont ressortis plus forts. Du moins, c'est ce qu'elle a affirmé. C'était sans doute plus facile de prétendre être une épouse compréhensive que d'assumer le déshonneur d'un divorce. Je n'ai pas eu la chance de mon père. Quand elle a compris ce que racontait le livre de Lockwood et comment il avait eu ses informations, ma mère ne m'a rien dit. Pas une question, pas un reproche, pas un mot. Plus rien. Pendant des semaines, j'ai attendu. Je l'ai vue échanger avec mon père comme si de rien n'était. Je l'ai écoutée rire au téléphone avec une amie. Je l'ai entendue pleurer seule dans sa chambre. Que mon père me déteste, je pouvais le comprendre. Après ce que j'avais fait, comment aurait-il pu continuer à m'aimer ? Mais le rejet de ma mère a été plus douloureux à accepter. Pourtant, après un mois de mutisme, j'ai fini par me résigner. Il faut croire que la trahison d'un mari infidèle ne pèse pas grand-chose en comparaison de la duplicité d'une adolescente... J'ai quitté Ravendale six mois plus tard et je suis venue m'installer ici. Ils ne m'ont même pas dit au revoir.

Nouveau silence. Plus long que le précédent. Elle a de plus en plus de mal à contrôler sa voix. Je ne pose pas de questions, je ne veux pas lui forcer la main.

— Peu après la parution du *Temps des tourments*, le père de Giulia est parti, et aux yeux de ma meilleure amie j'en étais la seule responsable. Non seulement j'avais parlé à Lockwood, mais en plus je m'en étais tirée sans aucune égratignure alors que sa famille avait implosé. Donc elle s'est vengée. J'ignore comment elle s'y est prise, mais en l'espace d'une journée tout le monde a rallié sa cause et ma vie est devenue un enfer. Ça a commencé par des messages d'insultes laissés dans mon casier, envoyés par SMS ou déposés dans ma boîte aux lettres. Et puis il y a eu les menaces, les crachats, les coups. Un jour... Un jour j'ai retrouvé un amas de cheveux dans mon sac. Ils avaient coupé ma queue-de-cheval. Ils m'ont coupé les cheveux, Finn !

Ma colère repart de plus belle lorsque je vois les larmes rouler sur ses joues. Putain. Putain, putain, putain. Quand je pense que cet enfoiré est en train de donner une conférence, dans mon amphi, à mes élèves, et qu'il a le culot de leur parler de son inspiration comme s'il était une sorte de génie littéraire alors qu'il n'est qu'un sac à merde, tout juste bon à construire sa réussite sur la détresse des autres.

— Tu n'as qu'un mot à dire...

— Ça va aller. Demain il sera parti et ma vie pourra reprendre son cours normal.

Elle récite cette dernière phrase comme si elle l'avait apprise par cœur. Combien de fois se l'est-elle répétée depuis qu'elle a vu le mail de Milton ? Trop, sans doute. Et ça me met hors de moi.

— Ce salopard ne devrait pas avoir le droit de s'afficher publiquement après ce qu'il t'a fait.

— *Spoiler alert*, je me suis fait ça toute seule. Si j'avais tenu ma langue, Lockwood n'aurait jamais...

— Tu avais dix-sept ans, Tillie. Lui, c'était un adulte. Il aurait dû te protéger.

— Tu parles comme Nate et Ryan. Ils sont persuadés que me confronter à Lockwood pourrait me faire du bien.

— Et toi, qu'est-ce que tu en penses ?

— Que ça ne me rendra pas l'affection de mes parents.

Elle détourne le regard et sa vulnérabilité me frappe de plein fouet. Je l'ai connue moqueuse, piquante, entêtée, bornée même, mais jamais elle n'avait paru si fragile. Et ça me tue. Comment peut-elle encore espérer quoi que ce soit d'eux alors qu'ils le méritent si peu ? Une fille aussi incroyable ne devrait pas avoir à supplier pour qu'on l'aime.

— Je suis vraiment désolé Tillie.

— Tu n'y es pour rien.

— Toi non plus.

— Alors pourquoi c'est moi qui suis punie ? Ce salaud a détruit ma vie et il est là à en parler comme si de rien n'était. Ce n'est pas juste.

— Non, ça ne l'est pas.

— Donc tu crois que Ryan et Nate ont raison ? Que ça m'aiderait d'aller lui casser la gueule ?

— Lui casser la gueule, je ne sais pas, mais arrêter de fuir devant lui, sûrement.

Elle hésite un instant, les yeux baissés, et soupire.

— J'en ai conscience, mais c'est plus fort que moi. Quand il est là, j'ai l'impression de redevenir cette adolescente qui voit son monde s'effondrer et qui ne sait même plus respirer.

— Je comprends.

Même si ça me donne envie de donner des coups de poing dans les murs.

— Tu ne dois pas dire « je comprends », reprend-elle après un silence. Tu dois dire que je peux y arriver. Que j'ai ça en moi. Que je suis plus forte que lui, et toutes les autres conneries qu'on trouve dans tes livres. Sinon on ne sortira jamais d'ici.

Et tu dois aussi dire que tu seras juste là, et que si jamais les choses tournent mal tu...

— Lui collerai mon poing dans la figure.

— Merci.

Tillie tend la main et je noue mes doigts aux siens. Je les serre fort, mais je ne bouge pas. C'est à elle de décider. Elle pousse un profond soupir et penche la tête en arrière, les yeux fermés. Quand elle se redresse, elle a l'air plus confiante, même si elle reste encore très pâle.

— Allons-y, dit-elle finalement.

Nous sortons dans le couloir, sa main toujours dans la mienne, et nous parcourons le court trajet jusqu'à l'auditorium. En atteignant la porte, Tillie me lâche et pousse le battant, la tête haute. Je retiens mon souffle et entre à sa suite. La masse d'étudiants a quitté les gradins et une poignée d'entre eux s'attardent au pied de l'estrade pour discuter avec les enseignants. Je cherche Lockwood des yeux mais ne le trouve nulle part. En revanche, Milton me repère immédiatement et se précipite vers moi :

— Finley, vous avez raté la fin du show ! s'exclame-t-il joyeusement.

Du coin de l'œil, je m'assure que Tillie n'a pas besoin de moi, puis je demande :

— Lockwood est parti ?

— Seulement pour quelques heures. Il est allé se reposer un peu avant le dîner de ce soir. Vous serez des nôtres, n'est-ce pas ?

— Plaît-il ?

— Ce soir, répète Milton sur le ton de l'évidence. Les professeurs du département d'écriture dînent avec Gilbert. Vous n'avez pas reçu mon message ?

Oh merde. Il faut que je trouve un moyen d'esquiver, et vite. Il est absolument hors de question que je passe la soirée en compagnie de cet enfoiré de première.

— J'ai entraînement avec l'équipe.

— Eh bien vous viendrez après. Vous n'aurez qu'à prendre un taxi et faire une note de frais.

— Désolé, mais après ça j'ai rendez-vous avec mon assistante. Elle donne un cours demain et je tiens à être certain qu'elle est bien préparée.

Je souris intérieurement en imaginant la réaction de Tillie quand elle saura que je vais encore la laisser prendre ma place.

— Aucune importance, elle n'a qu'à se joindre à nous !

— C'est hors de question.

— Allons Finley, cessez d'être aussi obtus. Je suis sûr que ce sera très formateur pour elle, n'est-ce pas mademoiselle Marshall ?

Horrifié, je le vois agiter la main en direction de Tillie pour lui faire signe de nous rejoindre, ce qu'elle fait, sans se douter du traquenard dans lequel je viens malgré moi de la jeter.

— Bonjour monsieur Milton.

— Mademoiselle Marshall, c'est un plaisir de vous voir. Je disais à l'instant à Finley que nous organisons un petit dîner ce soir avec les membres du corps enseignant. Gilbert Lockwood sera des nôtres, bien entendu, et vous êtes la bienvenue.

Tillie ouvre la bouche pour répondre, mais Milton poursuit joyeusement :

— Finley m'a expliqué que vous aviez déjà rendez-vous pour travailler, mais ce n'est pas tous les jours qu'on a l'occasion de passer du temps avec un écrivain aussi talentueux, ce serait dommage de rater ça.

Elle me jette un coup d'œil, la main tremblante, avant de serrer le poing discrètement.

— Bien sûr, répond-elle d'une voix blanche. Ce serait dommage.

CHAPITRE 47
Finn

Le restaurant choisi par Milton est l'un des plus chic de Pittsburgh. Les mains dans les poches, j'arpente le pavé en attendant l'arrivée de Tillie. Les autres sont déjà à l'intérieur et je ne tiens pas à lui imposer le supplice de devoir traverser seule la salle pour rejoindre Lockwood. Je suis récompensé de mon attente quand je la vois sortir du taxi. Le monde semble ralentir autour de moi alors que je découvre sa tenue. Visiblement, elle m'a pris au mot lorsque je lui ai dit d'en mettre plein la vue à ce connard. J'ai du mal à déglutir. Elle est tout simplement renversante dans sa robe vert sapin, et je me prends à regretter la présence de tout le corps enseignant à l'intérieur qui m'empêche de la plaquer immédiatement contre un mur. Puis elle me sourit, et le temps reprend soudain son cours normal.

— Vous êtes ravissante, mademoiselle Marshall.

— Je vous retourne le compliment, professeur.

Elle insiste sur ce dernier mot, et je suis presque sûr que ce n'est pas par accident qu'elle effleure mon cul en passant devant moi.

La salle du restaurant est élégante et moderne, avec cette ambiance sophistiquée digne d'une galerie d'art. Cependant, ce qui fait la spécificité de l'endroit, c'est l'immense cuisine ouverte vers laquelle sont tournées toutes les tables.

Je repère immédiatement la nôtre. Tillie aussi, et je sens sa belle assurance vaciller, à l'image de ses jambes, qu'elle a perchées sur des talons vertigineux. Un rictus étire les lèvres de Lockwood lorsqu'il la reconnaît. Putain, j'ai envie de lui exploser la tête sur la table. Mais ce n'est ni le lieu ni le moment. Et pour l'instant, ma priorité c'est Tillie. Évidemment, elle n'a rien manqué du sourire de cet enfoiré et s'est instantanément crispée. Sans réfléchir, je pose ma main en bas de son dos et lui chuchote :

— Ça va aller.

Ses muscles se détendent très légèrement sous mes doigts, au contraire des miens qui se contractent de plus en plus à chaque pas. Promesse ou pas, s'il va trop loin avec elle, je me chargerai de lui en personne. Et tant pis si ça fait définitivement de moi un héros de romance.

Nous sommes les derniers arrivés, si bien qu'il ne reste plus que deux places à table. Une à côté de Lockwood et l'autre entre le doyen et Ann Vreeland. Sans hésitation, je cède cette dernière à Tillie et vais m'asseoir près du connard de l'année. Du coin de l'œil, je surprends Ann poser un regard très intéressé sur nous. La connaissant, je suis certain qu'elle doit se frotter les mains de satisfaction rien qu'à l'idée que je puisse apprécier un tant soit peu sa protégée.

— Je suis si contente de vous voir, ma petite, enchaîne-t-elle d'ailleurs à peine sommes-nous assis. Si j'avais su en vous recommandant à Finley que vous n'auriez plus jamais le temps de prendre une tasse de thé avec moi, je me serais abstenue.

Tillie rit doucement, un peu gênée, et je devine qu'elle se retient de lever les yeux vers moi.

— Mlle Marshall est l'une de nos plus brillantes étudiantes, se sent obligé de préciser Milton en constatant que l'attention de Lockwood est tournée vers elle. Et c'est également l'assistante de Finley.

— Enchanté, mademoiselle, salue Lockwood en gratifiant Tillie d'un sourire éclatant.

Mes collègues doivent certainement le trouver charmant, et je me serais sans doute laissé abuser moi aussi si je ne connaissais pas toute l'histoire. À présent, je vois les rouages qui se cachent derrière sa dentition parfaite : ce n'est qu'un jeu pour lui. Il aurait pu expliquer à Milton qu'elle était son élève au lycée mais il se délecte bien trop du malaise qui vient de s'emparer de Tillie. Il doit penser qu'elle ne dira rien, et je suppose qu'il n'a pas tort. Elle a été très claire à ce sujet : la dernière chose qu'elle veut, c'est que tout le monde sache qu'elle est la fille du livre. Son visage passe par toutes les couleurs tandis qu'elle se demande s'il ne l'a réellement pas reconnue. Je devine sans mal la myriade d'émotions que cette idée réveille chez elle, et le plaisir qu'en tire Lockwood.

Si j'avais encore eu des doutes sur le genre d'enfoiré qui se tient à côté de moi, cette scène se serait chargée de me les ôter. Putain ! Tillie n'était qu'une gamine à l'époque, et non content d'avoir trahi sa confiance, cette espèce de salaud s'amuse à retourner lentement le couteau dans la plaie. Les doigts serrés autour de ma serviette, je m'exhorte au calme. Nous ne sommes pas seuls, tous mes collègues sont là, et Tillie aussi. Pas question de la mettre dans l'embarras ce soir, même si ça signifie renoncer à écraser mon poing dans la figure de mon voisin de table.

Au cours des deux heures suivantes, Lockwood continue de monopoliser l'attention, distribuant sourire sur sourire et ne s'intéressant aux autres que si ça lui permet de se valoriser lui-même. Il le fait cependant avec tant de finesse qu'aucun de mes collègues ne semble s'en apercevoir, sauf Ann. Je ne lui ai jamais vu l'air aussi pincé que depuis le début du repas, ce qui me la rend d'autant plus agréable.

Tillie fait bonne figure, même si son verre se vide un peu trop vite et un peu trop souvent. Elle a beau tenir le coup, il y a une différence entre garder la tête haute dans un amphi et passer toute une soirée à assister au triomphe de cet enfoiré.

Quand le serveur nous apporte la carte des desserts, je cherche désespérément un moyen de renverser la vapeur, mais Lockwood ne m'en laisse pas l'occasion, se tournant soudain vers moi. Visiblement, il s'est lassé de l'admiration de Katie et est à l'affût d'un nouveau spectateur...

— J'ai cru comprendre que vous écriviez ?

Je ne distingue pas le visage de Tillie, à moitié dissimulé par le menu, mais même sans la voir, je sais que son attention est entièrement focalisée sur nous.

— C'est exact.

— Excellent ! Si vous avez besoin d'aide pour vous faire connaître, n'hésitez surtout pas, j'ai beaucoup de contacts dans le milieu et j'adore rendre service à mes collègues.

Je hausse un sourcil, impressionné par son culot. Je dois bien lui reconnaître ça : ce type a des couilles en acier !

— Ce ne sera pas nécessaire, mais merci.

— Allons, mon cher Finley, vous ne seriez pas le premier auteur que j'assiste, ça je vous le garantis. Pas plus tard que l'an dernier, j'ai rencontré un jeune homme en dédicace qui rêvait de faire carrière. Il m'a envoyé son manuscrit et je suis certain qu'avec les conseils que je lui ai donnés il arrivera peut-être un jour à trouver un agent. Alors dites-moi, où en êtes-vous ? Vous avez un texte achevé ? Ou peut-être pas. Ne soyez pas gêné, il n'y a aucun mal à ne pas encore avoir terminé son...

— En vérité, il a déjà publié douze romans.

La voix de Tillie fuse par-dessus la table. En levant les yeux vers elle, je constate que les siens sont rivés sur Lockwood.

— Vraiment ? répond ce dernier sans se départir de son sourire. Mince alors, comment se fait-il que je n'aie jamais entendu parler de vous ? Et c'est quoi votre truc ? Le polar, l'historique ?

— J'écris de la romance.

L'espace d'une seconde, il écarquille les yeux de surprise, puis il éclate de rire.

— Eh bah ça, je ne m'en serais jamais douté ! s'exclame-t-il en m'assenant une claque sur l'épaule. Vous êtes malin, vous. Vous avez trouvé le bon filon : non seulement c'est facile à écrire, mais en plus, avec le nombre de ménagères frustrées qui raffolent de ces histoires olé olé, vos ventes sont assurées pour les dix prochaines années.

Classique... Comme si la romance n'était bonne qu'à engranger du pognon sur le dos des femmes au foyer. En même temps, est-ce vraiment surprenant de la part de Lockwood ? Un frisson de dégoût me parcourt quand je me souviens qu'il a été le mentor de Tillie ; l'un des hommes qui ont forgé son rapport à la littérature... Cette idée me hérisse le poil et je suis sur le point de l'envoyer balader lorsque Tillie intervient de nouveau, sèchement :

— C'est un peu réducteur de penser qu'il faut nécessairement être une femme au foyer frustrée pour apprécier une bonne histoire d'amour.

Lockwood tourne les yeux vers elle, et ses paupières se plissent alors qu'il lui répond, tout sourire :

— Ah oui ? Vous êtes une amatrice du genre, mademoiselle Marshall ? Je vous imaginais plutôt adepte de *Sur la route de Madison*.

Tillie ne dit rien, et ce connard insiste :

— Et vous avez un type de romances préféré ? Il doit bien y avoir plusieurs sous-genres, non ? Alors, Marshall, plutôt romance interdite, amitié brisée ou adultère ?

Un silence de plomb lui répond et je vois le visage de Tillie se vider de toutes ses couleurs. Pourtant, elle ne détourne pas le regard et ancre au contraire ses prunelles à celles de Lockwood avant de répliquer d'une voix pleine de fiel :

— Vous me dégoûtez.

Milton écarquille les yeux et s'étrangle à moitié.

— Allons, mademois...

— Vous croyez que parce que vous êtes un écrivain reconnu ça vous donne le droit de vous comporter comme le dernier des salauds ? le coupe Tillie, comme s'il n'existait pas. C'est pathétique. Et vous êtes là à vous pavaner et à juger le travail des autres alors que vous êtes incapable d'imaginer la moindre idée par vous-même. Vous avez déjà lu de la romance ? Non, mais ça ne vous empêche pas de parler de textes faciles à écrire et d'histoires « olé olé » comme si la présence de scènes charnelles ôtait toute valeur littéraire à l'œuvre. Au mieux c'est de l'ignorance, au pire de la connerie, mais venant d'un homme qui place les intérêts financiers avant l'intégrité morale, je suppose que je ne devrais pas être surprise.

Je n'ai pas besoin de vérifier pour savoir que tous mes collègues ont les yeux braqués sur elle. Putain, cette fille est incroyable, et, hommage à tous les héros de romance, elle est à moi.

Sur ma gauche, Lockwood a enfin perdu de sa superbe. Son sourire n'est plus enjôleur ni carnassier mais figé, et ses yeux font la navette entre Tillie et Milton. Contrairement à Ann, qui semble se retenir de rire, le doyen a l'air sur le point de faire une attaque. Les joues rouges, il dévisage Tillie comme si elle venait de cracher sur la table.

— Excusez-moi, dit-elle en repoussant brusquement sa chaise, mais la misogynie latente me donne toujours un peu chaud. Je crois que je vais aller prendre l'air.

CHAPITRE 48
Tillie

Je traverse le restaurant en priant pour ne pas chavirer sur mes talons. Mon cœur cogne si fort dans ma poitrine que je ne serais pas surprise de le voir s'en arracher tout seul pour aller s'écraser sur le parquet lustré.

Par miracle, je parviens indemne jusqu'aux portes battantes. La morsure du froid vient apaiser la brûlure de mes joues. C'est fini… J'exhale lentement et laisse peu à peu mon souffle revenir à un rythme normal. Moins d'une minute après que j'ai franchi les portes, elles se rouvrent pour livrer passage à Finn.

Je sais qu'il aurait toutes les raisons d'être furieux après l'esclandre que je viens de faire, mais lorsque je croise son regard, ce n'est pas du tout de la colère que j'y lis.

Avec un temps de retard, je constate qu'il tient mon manteau et mon sac. Dieu merci ! Je ne sais pas si j'aurais été capable d'y retourner et d'affronter à la fois le doyen, mes enseignants, et Lockwood.

— Viens, dit-il en s'avançant dans la rue pour héler un taxi.

La voiture s'arrête dans un crissement de pneus et Finn pose sa main au creux de mes reins pour m'aider à monter à l'intérieur. Je frissonne au contact du cuir froid sur mes cuisses nues et resserre mon manteau autour de moi.

— Ça va ?

Je hoche la tête. Curieusement, c'est vrai. C'est peut-être à cause de l'adrénaline qui court dans mes veines, ou alors c'est parce que Finn et les garçons avaient raison depuis le début, mais quoi qu'il en soit, je me sens mieux. Comme libérée d'un poids. Je l'ai fait. Vraiment fait. Et peu importe ce que le doyen et les autres vont penser de moi. Peu importe également ce que Lockwood a pu leur dire après mon départ. Pour la première fois depuis quatre ans, j'ai l'impression d'être libre.

Le chauffeur a allumé la radio et je reconnais immédiatement *You Belong With Me* de Taylor Swift. Et à en croire la moue boudeuse de Finn, lui aussi. Parfait, j'ai besoin de me changer les idées.

— Ne fais pas cette tête, lancé-je joyeusement. Cette chanson est super. Ça parle d'une lycéenne un peu originale et d'un garçon qui ne se rend pas compte qu'elle est faite pour lui. Quand j'y pense, ce serait le titre parfait pour ton premier roman !

— Mon premier roman a déjà un titre.

— Pas ton premier roman *publié*, celui dont tu m'as parlé au bar. Tu sais, celui que tu as écrit pour ta fausse copine et que j'ai très envie de lire !

— Dieu m'en préserve.

Je lève les yeux au ciel et il se penche vers notre chauffeur pour lui donner l'adresse de la fac.

— Tu me ramènes ?

Il me scrute, suspicieux.

— Tu avais autre chose en tête ?

— Tu sais ce qui serait vraiment génial ? demandé-je, saisie d'une illumination.

— Je crains le pire...

— Corriger nos examens blancs !

— Parce que c'est ça l'idée que tu te fais d'une activité sympa ?

J'acquiesce avec enthousiasme. Finn me regarde, sidéré.

— Tu as conscience que, pour un prof, il n'y a rien de plus chiant ?

— Raison de plus pour me laisser le faire. Après tout, n'est-ce pas mon rôle que de vous décharger de toutes les tâches ingrates, patron ?

— Premièrement, réplique-t-il avec une grimace, arrête de m'appeler comme ça ! Et deuxièmement, tu penses vraiment que j'accepterais de te laisser corriger les copies de ta propre promo ?

— Je viens quand même d'affronter un événement traumatique, tu ne crois pas que ça mérite une récompense ?

Il hausse un sourcil, puis un sourire s'étire lentement sur ses lèvres.

— Soit, tu as gagné : je t'autorise à m'appeler patron.

— Mais c'est nul, m'exclamé-je en boudant, les bras croisés. Ce que je veux, c'est corriger la copie de Dylan Muller !

— Je peux savoir ce que tes amis et toi lui reprochez, exactement ?

— Tu veux dire, à part être un crétin arrogant qui pense toujours tout connaître mieux que les autres ?

— Il sait ce qu'il veut et fait ce qu'il faut pour l'obtenir.

— Évidemment, tu détestes tous les élèves *sauf* Dylan Muller. Ça ne me surprend même plus à ce stade. En même temps, toi aussi tu es un crétin arrogant qui pense toujours tout savoir mieux que les autres… Maintenant que j'y pense, on dirait toi avec quinze ans de moins.

— Quinze ans ? s'insurge Finn.

— Comment j'ai fait pour ne pas m'en rendre compte avant ? Je couche avec la version senior de Dylan Muller…

— Bordel, Tillie, tu crois que j'ai quel âge au juste ?

— Quarante ? Quarante-cinq ? Cinquante ?

— Vous dépassez les bornes, mademoiselle Marshall !

Je lui souris en battant des cils, d'un air parfaitement innocent qui ne trompe évidemment personne, puis, à la façon d'une secrétaire énamourée, je pose la main sur sa cuisse et entame une lente caresse.

Au regard qu'il me lance, je dirais qu'il hésite entre l'envie de m'écharper et celle de m'embrasser. Sans cesser de lui sourire, je fais glisser mes doigts sur sa jambe, traçant des cercles qui remontent de plus en plus haut.

Du coin de l'œil, je m'assure que notre chauffeur est toujours concentré sur la route et je me penche vers Finn.

— J'ai vraiment dépassé les bornes, patron ?

— Absolument.

— Dans ce cas, soufflé-je en augmentant la pression de ma caresse, je crois que je te dois des excuses… en bonne et due forme.

Tout son corps se tend et je me mords la lèvre, satisfaite de sentir son sang pulser sous mes doigts. Lorsque j'appuie plus intensément sur son sexe, sa main se referme vivement sur mon poignet.

— Oublie cette histoire de copies, gronde-t-il à mon oreille. Si je te ramène à mon bureau, ce sera pour un truc *vraiment* sympa…

Quand le taxi nous dépose devant l'entrée de la fac, je glisse ma paume dans celle de Finn et l'entraîne à travers le dédale de couloirs. C'est étrange comme, en l'espace de quelques semaines, la petite pièce dans laquelle il passe le plus clair de son temps m'est devenue presque aussi familière que ma propre chambre.

— Qu'est-ce que tu fais ? demande Finn lorsque je le pousse vers son fauteuil.

Je reste silencieuse, attendant qu'il comprenne. Il déglutit bruyamment. Ravie de mon effet, je me dirige vers la porte et, sans sortir, je frappe trois coups au battant, comme pour signaler ma présence.

— Entrez, dit Finn d'un ton délicieusement froid.

— Bonsoir, professeur.

— Mademoiselle Marshall, en retard, comme d'habitude.

J'essaie de prendre un air contrit, mais j'ai du mal à ne pas rire. Finn, lui, est parfaitement dans son rôle, à la fois sévère et terriblement sexy.

— Je suis désolée professeur, dis-je en faisant glisser un doigt le long de son énorme bureau.

Il hausse un sourcil devant mon geste évocateur, puis son regard se pose sur mes lèvres, que je caresse de ma langue.

— Vous êtes allée trop loin, confirme-t-il d'une voix rauque.

— Je peux peut-être trouver un moyen de me faire pardonner ? Je suis prête à tout...

Je m'avance encore et contourne le meuble pour venir me placer entre ses jambes, mais avant que j'aie atteint ma cible, une vibration sonore nous interrompt.

— Merde, jure Finn en extrayant son portable de sa poche. C'est Milton.

Il se lève et dépose un léger baiser sur ma bouche avant d'ajouter :

— Il faut que je réponde, attends-moi là.

Il sort rapidement de la pièce et j'ai à peine le temps d'entendre un « Bonsoir John » que la porte se referme sur lui. Compte tenu de ce qu'il s'est passé ce soir, je n'ai pas vraiment de doute sur les raisons pour lesquelles le doyen prend la peine de téléphoner à Finn aussi tard. Est-ce qu'ils vont me virer ? Arpentant le bureau, je m'efforce de calmer les battements frénétiques de mon cœur. Il en met du temps... J'espère que c'est bon signe. Après tout, si Milton avait été catégorique sur mon renvoi, la conversation n'aurait pas traîné autant, non ? Et voilà que je recommence à cogiter. Si je continue comme ça, je vais finir par creuser une tranchée dans le parquet.

Soufflant un grand coup, je vais m'asseoir dans le fauteuil que Finn a quitté il y a une éternité. Comme d'habitude, son bureau est encombré d'une multitude de feuilles volantes. Sans réfléchir, je les rassemble en un tas ordonné. Puis je réagence ses stylos, que je range par taille et par couleur. La bouteille vide qui traînait dans un coin depuis des jours finit à la poubelle, et je commence à respirer un peu plus librement ; ranger a toujours eu cet effet sur moi. Comme Finn ne revient pas, je décide de m'attaquer à ses tiroirs. Bon sang, comment peut-on être si peu organisé ? Les deux premiers sont presque entièrement remplis de feuilles volantes, certaines complètement noircies d'une écriture fine et penchée, d'autres vierges, et d'autres encore barrées par seulement une phrase ou deux.

Soupirant, je commence à les trier, quand mes yeux sont attirés par un calepin sur lequel je peux très distinctement lire « Tillie ». Curieuse, je le sors du tiroir et parcours rapidement la page du regard. En haut, Finn a écrit mon nom et l'a relié par une flèche à celui de Juliet. Puis il a listé un tas de petites choses à mon sujet, de mon physique à mon caractère, en passant par mes tics de langage. On dirait une fiche préparatoire pour un personnage de fiction. Mal à l'aise, je tourne la page et découvre un tableau dans lequel Finn a consigné les principaux chapitres de son livre.

Rencontre : Juliet arrive en retard à une réunion. Mark lui dit de partir mais elle lui tient tête et le convainc de la laisser rester. (Citer journal intime et mot d'excuses.)
Rapprochement : une collègue de Mark l'oblige à prendre Juliet comme assistante sur un dossier. Il refuse. Incident du café ?
Comment amener la fellation ?
Sextogate, Mark doit s'excuser ?
...

Ignorant la nausée que je sens monter en moi, je fais défiler les feuilles. Tout est là : des extraits de nos conversations, des notes clefs sur notre couple, notre rencontre, nos confidences. Tout. Il a tout consigné. Il m'a tout arraché pour l'offrir au reste du monde, comme si notre histoire ne valait rien. Comme Lockwood avant lui. Il m'a trahie.

Un bourdonnement sourd emplit mes oreilles, mais il ne suffit pas à masquer le bruit de la porte qui s'ouvre et celui de mon cœur qui se brise.

CHAPITRE 49
Finn

— En quarante ans de carrière, je ne me suis jamais senti aussi humilié ! s'insurge Milton. Insulter un invité de marque et s'enfuir comme l'a fait Mlle Marshall, c'est tout simplement inadmissible !

J'écarte le téléphone de mon oreille pour m'éviter une surdité précoce. Évidemment, il est furieux. Je l'ai su rien qu'à sa manière de dire « Bonsoir Finley », en accentuant la dernière syllabe comme s'il s'adressait à un élève indiscipliné.

De mon côté, j'essaie de parler d'une voix calme, malgré la tension qui s'accumule dans mes muscles. Ça fait dix minutes que je subis une énumération longue comme le bras des raisons qui ont mis Milton dans l'embarras ce soir. Étrangement, l'attitude de Lockwood à mon endroit ne figure pas dans sa liste.

— Je sais bien que Mlle Marshall est encore très jeune, insiste-t-il, mais il faut qu'elle apprenne qu'en certaines circonstances le respect doit prendre le pas sur les convictions personnelles. Vous imaginez bien qu'après votre départ je ne savais plus où me mettre. Et je ne vous parle même pas de ce pauvre Gilbert, qui n'a presque plus conversé de la soirée...

Conneries ! On dirait un collectionneur incapable d'admettre que le trophée qu'il a passé des semaines à lustrer est en toc. Même si j'ai promis à Tillie de ne rien révéler de leur histoire commune, à Lockwood et elle, ça ne signifie pas pour autant que je dois laisser ce salopard en haut du piédestal où Milton l'a placé.

— Vous parlez de respect, répliqué-je d'une voix sèche, mais je n'ai pas vu votre invité en témoigner beaucoup à mon égard ni à celui de mon lectorat. Et si Mlle Marshall n'était pas intervenue, c'est moi qui l'aurais fait.

Un silence me répond, suivi par un soupir las.

— Peu importe ses raisons, Finley, vous ne pouvez pas me demander de laisser son action impunie, ce serait aller à l'encontre de toutes les règles de mon établissement.

— Tout ce que je vous demande, c'est de me laisser décider seul de son sort. C'est mon assistante et je suis prêt à assumer mon rôle de mentor. Telle que je la connais, elle doit d'ailleurs déjà être en train de préparer des excuses en bonne et due forme.

Milton hésite mais je finis par le convaincre de me laisser régler les choses moi-même. Tillie sera certainement ravie d'apprendre que ses actions de ce soir n'auront aucune conséquence, ni sur son poste d'assistante ni sur son dossier scolaire exemplaire. Et à dire vrai, je n'en suis pas moins soulagé. Lorsque je raccroche, je prends conscience que, tout le temps qu'a duré l'appel, j'ai retenu mon souffle. Je n'aurais pas supporté que le coup d'éclat de Tillie lui coûte quoi que ce soit. Si Milton avait choisi de la renvoyer, il aurait été bon pour chercher un autre prof dans la foulée.

C'est le cœur léger que je regagne mon bureau, mais mon soulagement est de courte durée. En franchissant la porte, je comprends tout de suite que quelque chose ne va pas. Tillie est assise dans mon fauteuil, blême. D'abord, je pense qu'elle s'inquiète à cause de Milton, mais à l'instant où j'ouvre la bouche pour la rassurer, mes yeux tombent sur le calepin entre ses mains. Bordel de merde.

— Tillie...

— Ne dis rien.

C'est loin d'être la première fois que je suis confronté à sa colère, mais cette fois n'a rien à voir avec les précédentes. Le beau visage de Tillie est déformé par un pur élan de rage qui me brise le cœur, parce que je devine sans peine la souffrance qui se cache derrière.

— Ce n'est pas ce que tu crois, dis-je en m'avançant vers elle, les mains levées en signe d'apaisement. Je n'ai pas...

— Pas quoi ? Écrit un livre fondé sur notre histoire ?

— S'il te plaît, ne tire pas de conclusions hâtives et laisse-moi t'expliquer...

— Tu comptais m'en parler ? Ou tu allais attendre qu'il sorte en librairie ? Quand je pense que tu as osé critiquer Lockwood alors que tu es exactement comme lui.

L'insulte me coupe le souffle.

— Je n'ai rien à voir avec cet enfoiré.

— C'est vrai, lui il n'est pas allé jusqu'à me sauter.

L'acidité de sa voix me fait reculer, mais c'est l'éclat brillant de ses yeux qui me donne le coup de grâce. Non, non, non, non, non !

— Tu... Tu crois que j'ai couché avec toi pour ajouter du mordant à mon bouquin ?

— Non. Je crois que tu as couché avec moi parce que tu es un connard en mal d'ego, qu'il te fallait un shot d'inspiration et que tu as fait comme pour ton premier roman : tu as choisi une fille à séduire, et tu as croisé les doigts pour que ça donne une bonne histoire. Coup de bol, avec moi tu as eu les deux : la fille et le livre. Beau palmarès, professeur Griffin. Mais si je peux me permettre, tu aurais dû garder le trope prof/élève. Ce n'est pas le plus original mais il fonctionne toujours. Et surtout n'oublie pas de rajouter cette scène à ton chef-d'œuvre, les lecteurs vont adorer. Sur ce, je te souhaite beaucoup de succès et surtout d'aller bien te faire foutre !

C'est faux. Évidemment que c'est faux. Je ne suis pas le connard qu'elle décrit. J'ai couché avec elle parce qu'elle m'a plu. Parce qu'elle me plaît. Merde, elle me plaît vraiment ! Et jamais je n'ai voulu me comporter avec elle comme cette ordure de Lockwood.

— Til...

Mon estomac se tord quand la porte claque. Putain, pourquoi a-t-il fallu que j'écrive ce fichu bouquin ? Et pourquoi n'ai-je rien dit plus tôt ? J'aurais dû lui raconter dès le départ de quoi parlait mon livre. Si je lui avais expliqué les choses, peut-être qu'elle n'aurait pas été aussi blessée. Mais c'est trop tard, maintenant. Elle est partie. Pour de bon.

Et c'est entièrement ma faute.

CHAPITRE 50
Tillie

Je vérifie mon portable pour ce qui me semble être la centième fois de la soirée. Cléo n'a jamais été très ponctuelle, et c'est un euphémisme, mais là je commence vraiment à m'inquiéter. Lucas devait la déposer il y a plus d'une heure et demie, et toujours aucun signe d'eux. Mes SMS demeurent sans réponse, et lorsque je les appelle, j'atterris directement sur la messagerie. Je ne suis pas du genre alarmiste mais je sais reconnaître quand quelque chose ne va pas. Et là, ça ne va pas.

Du bout de l'ongle, je trace une tranchée sur le comptoir en bois vernis du *Shadow*. Vu l'heure, les garçons ne vont pas tarder à terminer l'entraînement, à moins que le coach ne les garde plus longtemps en prévision du match de samedi. Ça fait maintenant dix jours que je n'ai pas revu Griffin. J'ai refusé tous ses appels. Quand j'ai quitté son bureau l'autre soir, je suis allée immédiatement chez Nate et Ryan où j'ai passé une bonne partie de la nuit à pleurer. Mes amis ont pensé que c'était à cause de Lockwood, et je ne les ai pas détrompés. S'ils avaient su la vérité, ils auraient été capables d'aller s'expliquer directement avec le coach et ça n'aurait fait qu'empirer les choses. Depuis, je navigue entre leur appartement et ma chambre. Étant donné que je n'ai pas l'intention de demeurer l'assistante de Griffin, j'ai fini par accepter leur proposition de colocation. Le week-end dernier, Nate s'est définitivement installé dans la chambre de Ryan et nous avons déménagé la plus grosse partie de mes affaires. Il ne reste plus que quelques cartons, que je ramène tranquillement, à raison d'un par soir. Entre mes économies et la baisse de loyer, je devrais pouvoir tenir jusqu'à Noël, en espérant que d'ici là quelques jobs étudiants se seront libérés... Je n'aurai plus qu'à mettre un point final à cet assistanat. Quand j'en aurai le courage.

Mon téléphone émet un bip et le visage de Cléo s'affiche sur l'écran. Il était temps !

— Allô ?

— Il a rencontré quelqu'un.

La voix de ma meilleure amie me parvient de très loin, et j'ai du mal à la reconnaître à travers les sanglots qui l'étranglent. En trois ans, c'est la première fois que je l'entends pleurer. Merde.

— Où es-tu ? demandé-je en fouillant déjà mon sac à la recherche de mes clefs de voiture.

— Chez nous. Enfin, chez lui. En bas de l'immeuble.

— J'arrive !

Je sors du bar et remonte à pas vifs les allées du parc en direction du parking de la fac, avant de me souvenir, effarée, que ma voiture n'y est pas. Évidemment puisque j'ai fait le trajet avec les garçons ce matin. Quelle idiote... Luttant contre l'envie de me mettre des gifles, je ressors mon portable et vérifie l'heure. Trop tard pour prendre le bus. Un soupir de lassitude pure s'échappe de mes lèvres quand je comprends ce qu'il me reste à faire. Les poings serrés, je me dirige vers le terrain de soccer, priant de toutes mes forces pour que l'entraînement soit fini.

Il ne l'est pas. Bien. Très bien. Aucune importance. Je vais simplement longer le stade et faire signe à Ryan. Voilà, ni vue ni connue. Enfin, ça c'est la théorie, parce que bien sûr, à peine ai-je contourné les gradins que mes yeux se heurtent au regard acier de Griffin de l'autre côté de la pelouse. Il pâlit, je rougis, et ni lui ni moi n'esquissons le moindre geste. Des bribes de notre dernier échange rejaillissent dans mon esprit et un mélange de douleur et de colère écrase ma poitrine. Son calepin, qui ne m'a pas quittée une seule fois depuis que je l'ai emporté avec moi lundi, semble soudain peser une tonne dans mon sac.

Griffin est le premier à se ressaisir. Il cille et fait mine d'avancer d'un pas, mais je recule aussitôt et me détourne, cherchant mes amis du regard. Ryan est dans les cages, à seulement quelques mètres de moi. Mon sang pulse à toute allure et je sens un picotement désagréable courir le long de mon épine dorsale. Il faut que je parte d'ici, et vite. Concentré sur l'entraînement, Ryan n'a pas encore remarqué ma présence, si bien que ma voix le fait sursauter.

— Tillie ? Qu'est-ce que tu fais là ? Je croyais qu'on devait se retrouver au bar.

— J'ai besoin de tes clefs de voiture. Il y a un problème avec Cléo.

Dans mon dos, j'entends quelqu'un approcher. Tous mes muscles se tendent et je dois me faire violence pour ne pas me retourner. Quand il pose sa main sur mon épaule, je serre les poings et me dégage vivement. Mais ce n'est que Nate. Étrangement, ce n'est pas un sentiment de soulagement qui m'envahit, mais de déception. Bon sang, mais qu'est-ce qui ne tourne pas rond chez moi ?

— Qu'est-ce qu'il y a ?

— Cléo vient d'appeler.

En quelques phrases, je leur explique la situation.

— Quel fumier, siffle Ryan.

— Ne bougez pas, je reviens, dit Nate.

Malgré moi, je ne peux m'empêcher de le suivre des yeux tandis qu'il remonte le terrain en direction de Griffin. Ce dernier m'observe toujours et je sens ma peau se couvrir de chair de poule.

Il se détourne quand Nate le rejoint. J'ignore ce que mon ami lui raconte, mais je vois très nettement ses sourcils se froncer avant que son regard ne se pose de nouveau sur moi. Sans me quitter des yeux, il hoche la tête une fois et répond quelque chose que je ne peux pas entendre. Nate opine à son tour et repart en sens inverse. Dans son dos, Griffin s'est détourné, les poings serrés.

— On vient avec toi, dit Nate en nous rejoignant. Le coach a donné son accord. Attends-nous là, on récupère nos affaires et on arrive.

Malgré son injonction, je leur emboîte le pas jusqu'aux vestiaires. Il est hors de question que je reste ici toute seule. Mes amis me jettent un regard surpris mais n'insistent pas. En quelques minutes, ils ont rassemblé leurs vêtements, et sans enlever leur tenue de sport, ils se dirigent à grandes enjambées vers le parking. Je suis presque obligée de trottiner pour rester à leur hauteur. De nouveau, j'ai une sensation de picotement dans la nuque, et je n'ai pas besoin de me retourner pour savoir que Griffin m'observe.

Une fois installée à l'avant du minivan, j'envoie un texto à Cléo pour la prévenir que je suis avec les garçons et qu'on sera bientôt là. Elle ne me répond pas et je sens ma tension grimper d'un cran supplémentaire. Je déteste l'idée qu'elle soit toute seule en bas de l'immeuble de ce tocard. Nate et Ryan avaient raison, ce mec est un vrai naze !

— Qu'est-ce qu'il se passe entre le coach et toi ? demande soudain Nate alors que nous sommes arrêtés à un feu rouge.

— Qu'est-ce qui te fait penser qu'il se passe quelque chose ?

— Je ne sais pas, disons quinze secondes d'observation ?

Je me retourne pour le fusiller du regard et croise les bras sur ma poitrine.

— Il ne se passe rien du tout. Et de toute façon, ce n'est pas le sujet du jour. Cléo…

— N'est pas là, termine Nate à ma place. Toi, oui ! Sérieusement, Tillie, je suis inquiet. Tu sèches les cours, tu te nourris presque exclusivement de M&M's jaunes et tu as l'air…

Il s'interrompt et me désigne d'un vague geste de la main, comme si ça voulait tout dire. Merci beaucoup...

— Laisse-la tranquille, mec, intervient Ryan. Moi aussi je bouffe des bonbons et je sèche les cours. Ça ne veut pas forcément dire qu'il y a un souci.

— Tu plaisantes ? On parle de Tillie, là. L'an dernier elle avait quarante de fièvre et ça ne l'a pas empêchée de traverser tout le campus pour assister à un cours optionnel de poésie moderne. Et puis elle ne sèche pas les cours, elle sèche uniquement ceux des mercredis et vendredis matin qui sont, sacrée coïncidence, justement ceux que donne Griffin.

— Tu veux une autre coïncidence ? demandé-je sèchement. Tes couilles qui sont...

— Attends, mais il a raison ! s'exclame Ryan. Pourquoi tu évites le coach ?

— T'es dans quel camp, toi ?

— Celui de l'amour !

Je fais mine de vomir et Ryan lâche momentanément le volant, le temps d'échanger un check avec Nate. Bande de crétins insupportables.

— C'est bon, vous avez fini ?

— Certainement pas, on...

— On a fini, l'interrompt Nate d'une voix tendue. Coupe le moteur, Ryan.

Je n'avais même pas remarqué que nous étions arrivés. À travers le pare-brise sale, je vois Cléo, adossée à la porte d'entrée de l'immeuble. Elle a ramené ses genoux contre sa poitrine et a enfoui son visage dans ses bras.

Sans attendre les garçons, je saute à bas du minivan et cours vers ma meilleure amie. Le bruit de mes pas lui fait relever la tête. Les larmes sur ses joues attisent ma colère, mais ce n'est rien en comparaison de la vague de fureur qui me submerge lorsque je découvre une valise rose à côté d'elle. Non mais je rêve, là ? Il l'a foutue dehors ?

Contrôlant mal le tremblement de mes mains, je m'agenouille près d'elle et l'attire dans mes bras.

— Oh Cléo… soupiré-je en l'entendant sangloter de plus belle.

Les graviers crissent dans mon dos quand les garçons nous rejoignent. Je m'écarte pour leur faire de la place et, maladroitement, ils l'enlacent à leur tour.

— Ça va ? demande Ryan avec sa candeur naturelle.

Je ne peux pas m'empêcher de lever les yeux au ciel.

— Non, ça ne va pas, réponds-je à la place de Cléo. Son mec est un connard. Il a joué les types bien, il a gagné sa confiance, et maintenant il la laisse tomber pour une autre. Mais c'est quoi votre problème à vous, les garçons ? C'est si compliqué de vous comporter correctement ? Franchement, on ne demande pas la lune, juste un semblant d'honnêteté et de respect. Et de considération aussi. Tu trouves qu'elle a l'air de quelqu'un à qui on a témoigné respect et considération ? Alors comment veux-tu qu'elle aille bien ? Personne n'irait bien dans sa situation ! Et si Lucas avait un minimum de décence, c'est lui qui serait là avec une valise. Sérieusement, quel genre d'enfoiré quitte une fille et la fout à la porte dans la foulée ? Il faut vraiment être la dernière des merdes. Voilà. Lucas est la dernière des…

— On a compris Tillie, me coupe gentiment Nate, avant de se tourner vers Cléo. Cela dit, elle n'a pas tort. Il n'aurait jamais dû te mettre dehors, c'est minable de faire ça.

— C'est chez lui…

— Ce n'est pas une raison pour te traiter comme ça. Et si tu veux qu'on monte…

Cléo secoue la tête, les yeux rivés sur un point à quelques centimètres de ses chaussures. Depuis notre arrivée, elle n'a pas soutenu nos regards une seule fois. À croire que c'est elle qui est coupable de quelque chose et pas le connard resté bien au chaud trois étages plus haut. De nouveau, je sens une bouffée de colère monter en moi.

— Moi j'y vais !

Et tant pis si je mesure trente centimètres de moins que lui, que je n'ai pas un gramme de muscle dans les biceps et que j'ai bel et bien autant de coordination qu'un mulet sur une patinoire. Il paraît que certaines femmes peuvent soulever des voitures sous l'effet de l'adrénaline, je dois bien pouvoir mettre un coup de poing dans le nez d'un crétin.

— Certainement pas ! s'exclame Nate en passant un bras autour de ma taille. Crois-moi Rocky, tu n'es pas la seule à vouloir démolir ce type, mais Cléo a dit non, alors c'est non.

— Lâche-moi !

Je rue pour me libérer, mais ces histoires d'adrénaline sont de la pure intox et Nate n'a aucun mal à m'éloigner de l'immeuble. Dans le même temps, Ryan attrape la valise de Cléo.

— Venez, dit-il doucement. On rentre à la maison.

CHAPITRE 51
Tillie

Assise en tailleur sur le canapé des garçons, je fais défiler Disney+ à la recherche de *Mary Poppins*. Près de moi, Cléo semble anesthésiée. Elle n'a pas prononcé un mot depuis que nous sommes rentrés, mais je fais confiance à Julie Andrews pour lui rendre la parole. Nate, installé contre l'accoudoir, grimace devant mon choix de film.

— Pour Cléo ! l'entends-je marmonner d'un air résigné.

Ryan est moins diplomate.

— Tu déconnes ? demande-t-il en surgissant de la cuisine, une assiette remplie de cookies dans une main et un pot de glace dans l'autre. Il est hors de question que je me farcisse un film de nanas. Jamais, même pas mort !

— Ben voyons, ricane Nate, parce que *Pretty Woman* n'est pas un film pour nanas, peut-être ?

— Il y a Julia Roberts dedans, ça ne compte pas. Et je te signale que tu avais promis de garder ça pour toi.

— Non, ce que j'ai promis c'est de ne pas dire que tu as pleuré devant...

— Mais tais-toi ! s'exclame Ryan, outré, en lui jetant un cookie au visage.

Le biscuit rebondit sur son front et vient s'écraser sur mes genoux. Nate s'apprête à le ramasser mais je m'en saisis avant lui. Pas question que ce gâteau reparte en sens inverse. Il est encore chaud et exactement comme je les aime : croustillant à l'extérieur et moelleux à l'intérieur.

— Waouh, tu t'es surpassé Ryan ! C'est délicieux. Tu as mis de la vanille ?

— Oui, j'en mets toujours une pointe juste avant de rajouter le chocolat. Tu trouves ça comment ?

— Terriblement viril !

Nate se marre et frappe la paume de sa main contre la mienne.

— Traîtresse, siffle Ryan en s'asseyant aux pieds de Cléo, à qui il tend le pot de glace.

Je plisse le nez en découvrant le parfum : menthe-chocolat. Beurk. Impossible d'en remanger depuis l'incident de notre première année, et Ryan le sait parfaitement.

— Et ça, lancé-je en désignant la glace, ce n'est pas un acte de trahison, peut-être ?

— Certains souvenirs méritent qu'on les entretienne, réplique-t-il.

— Vous allez nous dire ce qu'il s'est passé avec cette glace, un jour ? demande Cléo en recouvrant soudain la parole.

Je suis si surprise de l'entendre parler que je pourrais presque accéder à sa requête.

— Jamais ! intervient Ryan.

— Allez, s'il vous plaît, j'ai besoin de me changer les idées.

— Ce n'est pas à ça qu'est censé servir le film de Tillie ?

— Tu gâches ma vie, boude Cléo en ramenant ses genoux contre sa poitrine. Alors que je souffre déjà beaucoup. Et que je n'ai même plus d'endroit où dormir.

— Et dire que tu rêves d'être actrice…

— Tu sais que tu es la bienvenue ici autant que tu veux, intervient Nate.

— Oh non, ne vous sentez pas obligés, s'écrie Cléo, mal à l'aise. Je plaisantais !

— Je sais, mais ça ne change rien à ma proposition, il y a bien assez de place pour une personne de plus.

— Ah, ça c'est du grand Nate, soupire Ryan. Toujours prêt à ramasser les chiens errants.

— Hé ! s'exclame Cléo en même temps que moi.

Ryan rit de sa bêtise et nous envoie un baiser. Mon majeur se dresse spontanément, il m'offre une cuillerée de glace. Je fais mine de vomir et Cléo en profite pour revenir à la charge :

— Je vais aller prendre une douche, annonce-t-elle en se levant du canapé. À mon retour, je veux tout savoir de cette histoire !

Ryan ouvre la bouche pour protester mais Cléo lui plaque la main sur les lèvres.

— Tout, insiste-t-elle avant de disparaître dans l'ancienne chambre de Nate pour chercher des vêtements propres.

— Elle ne va pas te lâcher, chantonné-je gaiement.

— Je te signale que cette histoire est aussi gênante pour toi que pour moi.

— Mais pas du tout !

— En parlant d'histoire gênante, s'interpose Nate, tu vas enfin nous dire ce qu'il s'est passé avec le coach ?

— Chut, Cléo va t'entendre.

— En fait...

— Ne me dites pas que vous lui avez raconté !

— Il est possible que le sujet ait été évoqué dans une conversation ou deux...

Il se fout de moi, là ? Après son sketch de l'autre soir sur sa prétendue aptitude à garder un secret ?

— C'est un scandale ! Quand je pense que je vous considérais comme mes amis...

— On *est* tes amis, affirme Ryan en m'attirant contre lui pour un câlin forcé.

— Tu parles d'amis, peste Nate dans son dos. Tu ne veux même pas nous dire ce qu'il se passe avec Griffin !

— Qu'est-ce qu'il se passe avec Griffin ? demande Cléo en ressortant de la chambre, sa serviette de toilette sur le bras.

Oh Seigneur, à trois contre un, je n'ai aucune chance.

— Rien, justement, marmonné-je, le visage toujours collé au torse de Ryan. Plus depuis que j'ai découvert qu'il s'est servi de moi pour écrire un roman.

— Pardon ?

Mes trois amis se sont exprimés en même temps. Sous le choc, Ryan attrape mes épaules et m'écarte de lui pour mieux me faire face.

— Il a fait quoi ? répète-t-il, incrédule.

Je pousse un soupir résigné et m'assieds sur le canapé. Cléo s'empresse de s'installer à côté de moi, et Ryan et Nate prennent chacun un fauteuil. Je me tourne vers ma meilleure amie, gênée de me retrouver au centre de l'attention alors que c'est d'elle dont nous devrions nous occuper.

— Si tu préfères qu'on parle de Lucas...

— Absolument pas. Au contraire, parler des dramas des autres me fait relativiser le mien !

Sur l'écran, Julie Andrews mesure Jane et Michael, et moi, je raconte la soirée désastreuse de lundi dernier à mes amis. Quand je termine mon récit, trois paires d'yeux me dévisagent, horrifiées :

— Il a vraiment relaté toute votre histoire ? s'insurge Nate.

— Pas exactement. D'après ce que j'ai pu lire, les personnages évoluent dans un autre milieu, avec d'autres problématiques, mais quand on connaît notre histoire, on ne peut pas passer à côté des similitudes.

— Ça veut dire qu'en dehors de vous deux, personne ne peut faire le lien, remarque Cléo. Ce n'est pas si grave.

— Ça l'est pour moi. J'ai déjà donné avec Lockwood !

Je mords mes lèvres à l'instant où le nom de mon ancien mentor les franchit, mais il est trop tard. Mes yeux se dirigent vers Cléo, guettant la question qu'elle va inévitablement me poser. Sauf qu'elle ne le fait pas. À la place, elle échange un regard entendu avec les garçons.

— Vous vous foutez de moi ? Garder un secret ça veut dire quelque chose pour vous ?

— Elle est venue nous voir après que tu t'es sauvée au milieu de sa conférence, qu'est-ce qu'on était censés lui répondre ?

— De me poser la question directement !

— Tu m'aurais répondu ? intervient Cléo.

Il n'y a aucun reproche dans sa voix, juste de la curiosité.

— Je ne sais pas, admets-je après une hésitation. Mais pas parce que je ne te fais pas confiance, c'est simplement quelque chose que j'aborde difficilement.

— Je comprends.

Elle prononce ces mots avec ferveur, comme si elle aussi avait déjà eu à porter un secret, puis, avec tact, revient au sujet précédent :

— Je ne pense pas que tu puisses comparer ce que Griffin a fait avec la trahison de Lockwood, les contextes n'ont rien à voir.

— Tu plaisantes ? Il a écrit tout un roman sur...

— Deux personnages inspirés de vous, complète Nate. Mais il l'a fait sans savoir pour Lockwood, et puis c'est son histoire autant que la tienne, Tillie. Tu ne peux pas lui interdire de la raconter.

Je me renfrogne dans mon siège, vexée de voir mes amis prendre la défense de Griffin. Où sont passés les machos qui se disaient prêts à lui casser la gueule à la moindre incartade ?

— Il n'aurait pas dû me mentir, protesté-je, même par omission. Quand il a su pour Lockwood, il aurait dû m'en parler.

— Oui, admet Nate, mais reconnais que tu ne lui as pas non plus laissé beaucoup d'occasions de s'expliquer. Et puis, de toute façon, je ne suis pas certain que ce soit réellement ça le problème.

Je fronce les sourcils, perdue, et c'est Ryan qui poursuit :

— Depuis qu'on te connaît, tu enchaînes les histoires sans lendemain, et dès que ça commence à devenir un petit peu sérieux, tu trouves un prétexte pour prendre la fuite. Mais je ne sais pas, avec le coach, tu avais l'air...

— Bien, conclut Cléo. Tu avais l'air bien.

Je ne réponds rien, et mes amis n'insistent pas, même si je sens leurs regards revenir régulièrement sur moi.

Quand la tête de Cléo se met à dodeliner, Nate déclare qu'il est l'heure d'aller dormir. Ma meilleure amie proteste qu'elle n'est pas fatiguée, mais sa supplique est totalement décrédibilisée par le bâillement qui la ponctue.

Nate et Ryan nous prennent tour à tour dans leurs bras pour nous souhaiter bonne nuit, avant de disparaître dans leur chambre. Je laisse Cléo seule le temps d'aller me doucher, et à mon retour, je la découvre endormie dans mon lit. Ou du moins, je fais semblant de le croire. Nous avons partagé notre chambre bien assez souvent pour que je ne me fasse pas avoir par son faux ronflement.

Malgré ma fatigue, j'ai du mal à trouver le sommeil. Revoir Finn m'a troublée plus que je ne voudrais l'admettre, et ma conversation avec mes amis ne m'a pas vraiment aidée à me calmer. Je repense à ce que Nate a dit à propos des personnages de Griffin inspirés par notre relation, et ses paroles se superposent à celles que j'ai prononcées il y a quelques semaines, dans le bureau de Finn : « Il y a une différence entre s'inspirer d'une histoire et la raconter purement et simplement. » J'ai envie de le croire, mais ça ne change rien au fait qu'il a écrit son roman dans mon dos. Quant à l'autre question soulevée par mes amis, pas besoin de réveiller Freud pour savoir pourquoi j'ai du mal à me lancer dans une histoire sérieuse ; il suffit de voir ce que mon père a fait subir à ma mère... Les histoires sérieuses ne le sont jamais vraiment, et s'il m'avait fallu une preuve supplémentaire, la trahison de Griffin aurait été un exemple parfait.

CHAPITRE 52
Finn

— Qu'est-ce que tu fais là ? s'inquiète Logan en me découvrant sur le pas de sa porte. Tu ne devais pas venir avant deux semaines.

Excellente question, que je me suis moi-même posée pendant tout le trajet, sans y trouver de réponse satisfaisante. J'ignore ce qui m'a poussé à prendre un jour de congé sans préavis et à acheter un billet pour New York. Ou du moins, je prétends l'ignorer, repoussant au fond de mon esprit l'expression de Tillie la dernière fois que je l'ai vue, au bord du terrain de soccer. Belle à en crever, malgré ses cernes et sa peau plus pâle que d'ordinaire.

— Je ne compte pas venir à la réunion avec Rolling.

— Et tu t'es tapé tout le trajet depuis Pittsburgh simplement pour me dire ça ?

— Pour boire une bière aussi.

Logan fronce les sourcils, il faut dire qu'il est 9 heures du matin, mais il se décale quand même pour me permettre d'entrer.

Même si j'adore mon appartement new-yorkais, je dois bien reconnaître que, sur le plan du charme, il ne tient absolument pas la comparaison avec les moulures, les cheminées et les planchers d'époque de cette maison. C'est en partie pour ça que j'aime venir rendre visite à mon agent. Quant au reste, il tient dans les trois autres personnes qui m'accueillent à bras ouverts dès que je franchis le seuil du salon.

Peter, six ans, et Lizzie, quatre ans, se lèvent précipitamment du canapé et se ruent sur moi. J'ébouriffe les cheveux de l'aîné tandis que ma filleule s'accroche désespérément à ma jambe.

Emy est plus discrète, se contentant de déposer un baiser sur ma joue, mais son regard atteste qu'elle est aussi heureuse de me voir que ses enfants.

— Finn, qu'est-ce qui t'amène ?

— Il vient pour poser un lapin à Rolling, balance Logan dans mon dos.

Je roule des yeux et Emy me sourit avec indulgence.

— Dure semaine ?

— Tu l'as dit.

Logan marmonne quelque chose à propos de la fragilité des joueurs de soccer, et je dresse mon majeur en représailles, ce qui me vaut un soufflet de la part de sa femme.

— Dois-je te rappeler que cette maison abrite deux jeunes enfants ? me morigène-t-elle.

— Merde, pardon Emy.

— Il a dit merde ! s'exclame Peter.

— Mede, mede, mede, renchérit Lizzie.

Logan plaque ses immenses mains sur la bouche de ses mômes, qui se débattent en riant. Emy secoue la tête et lui caresse l'épaule.

— Je vais faire du café.

— Avec beaucoup de sucre pour moi, réplique Logan. À quoi bon faire attention, de toute manière...

— Il boude parce que je l'ai encore battu au marathon, m'explique Emy.

— De quatre minutes seulement, proteste son mari d'un air bougon.

— À une moyenne de 12,2 km/h, ça fait quand même 812 mètres d'avance.

— J'en reviens pas, tu l'as carrément calculé ?

— J'adore les maths.

— Tu détestes les maths.

— C'est faux. Enfin, disons que c'est de moins en moins vrai. D'ailleurs le héros de mon prochain roman sera mathématicien.

— Et comment se fait-il que tu ne m'en aies pas parlé ? s'insurge Logan en remettant brusquement sa casquette d'agent.

— Ce n'est qu'une ébauche de projet. Mais en gros, ce sera l'histoire d'un sportif raté reconverti en prof de lycée, qui se sert des mathématiques pour calculer ses chances de gagner enfin une course contre sa *love interest*, si belle et si rapide.

— Je te déteste, grogne Logan.

— Moi je t'adore, répliqué-je en adressant un clin d'œil à Emy. Et c'est un livre que j'ai très envie de lire.

— Et moi, tu sais ce que j'aimerais lire ? demande-t-elle sournoisement. L'histoire entre ton assistante et toi !

— Oh bordel !

— Il a dit bordel !

— Bodel, bodel...

— Tu comptes leur enseigner tous les gros mots de ton répertoire ? s'insurge Emy les poings sur les hanches.

— Ça risque d'être compliqué, je ne suis là que pour la journée.

Son regard est à la fois fâché et amusé – typiquement de ceux que m'adressait ma mère. Est-ce que c'est un truc qu'on apprend à faire aux cours de préparation à l'accouchement ou est-ce que ça vient de manière innée ?

— Ne joue pas au plus malin avec moi, me menace-t-elle, tu perdrais à coup sûr. Et maintenant, parle-moi de ta copine.

— Qu'est-ce qui te fait croire que j'ai une copine ?

Emy plisse les yeux avant de se tourner vers son mari.

— Mon cœur, si tu allais faire un tour avec les petits pendant que Finn et moi on discute un peu ?

Logan semble sur le point de protester mais Emy le fait taire d'un geste qui signifie « ne-discute-pas », couplé à un regard spécial « je-te-raconterai-plus-tard ». Super.

Une fois que nous sommes seuls, la maîtresse des lieux me fait finalement couler un café.

— Tu as entendu ce que j'ai dit sur le fait de jouer au plus malin ? demande-t-elle en s'asseyant dans le rocking-chair que je lui ai offert à la naissance de Lizzie. Tu n'as rien écrit de bon depuis des mois et tout à coup tu nous sors l'un de tes meilleurs romans, avec une héroïne à des kilomètres de celles que tu décris habituellement. Ce n'était pas difficile d'assembler les pièces du puzzle. Surtout pas pour moi.

Le sous-entendu est évident. Ayant elle-même relancé sa carrière en racontant son histoire d'amour avec Logan, elle est la mieux placée pour comprendre ce que j'éprouve en ce moment.

— Elle s'appelle Tillie, cédé-je. Et effectivement, c'est mon assistante.

— Comme Juliet, note-t-elle avec un sourire.

— Comme Juliet, acquiescé-je. Et comme Juliet, c'est une petite peste insolente, têtue et complètement cinglée.

— C'est bizarre, en lisant tes chapitres j'aurais plutôt dit qu'elle était drôle et courageuse. Et peut-être un peu têtue, oui, mais dans le bon sens du terme. Le genre de fille capable d'empoisonner le café de son patron, par exemple.

C'est vrai que Tillie a fait ça, et pas que... En vérité, je ne compte plus les fois où ses réactions m'ont autant surpris que séduit. Ne serait-ce que ce premier jour où, devant une centaine de personnes, elle n'a pas hésité à m'envoyer chier pour défendre sa place. Comment j'ai fait pour ne pas me rendre compte à ce moment-là à quel point elle était incroyable ?

Quelque chose dans mon expression semble alerter Emy car son ton taquin se fait plus doux.

— Que s'est-il passé, Finn ? Si ce que tu racontes dans ton livre est vrai, les choses avaient l'air d'aller plutôt bien entre vous, non ?

Oui, on peut dire que les choses allaient plutôt bien. Voire très bien : Tillie était dans mon bureau tous les soirs et je me réveillais dans son lit presque tous les matins, ses bras enroulés autour de ma taille et ses cheveux étalés sur mon torse. Quel auteur a écrit qu'on ne reconnaît vraiment le bonheur que lorsqu'on l'a perdu, déjà ?

Devant le regard insistant d'Emy, je finis par admettre avec réticence :

— Elle a découvert mon manuscrit, et elle est partie.

— Tu te fous de moi, là ? s'écrie Emy, horrifiée. Tu veux dire que tu ne lui en avais pas parlé ?

— Merci pour le soutien amical…

— Oh, tu sais, tu es surtout l'ami de Logan !

— Je m'en souviendrai.

— Plus sérieusement, Finn, tu comptes faire quoi maintenant ?

— Pour le livre ?

— Pour Tillie !

— Si je le savais, tu penses vraiment que je serais ici ?

— Touchée.

Elle soupire, le bras posé sur l'accoudoir, puis elle avale une gorgée de café.

Je suis incapable d'en faire autant, repensant inévitablement aux attentats caféinés de mon assistante. C'est le même sentiment de frustration qui m'envahit chaque fois que je monte dans un taxi, passe devant la bibliothèque du campus ou vois quelqu'un manger des sushis. Les souvenirs des quelques semaines que nous avons partagées sont partout. Tillie est partout.

Si seulement je pouvais lui faire comprendre que ce roman n'est pas une trahison. Lui faire comprendre que je n'ai pas cherché à l'utiliser pour écrire un livre. Que si j'ai écrit cette histoire, c'est parce que… Je ferme les yeux, sans parvenir à formuler les mots, même dans ma tête. Pas maintenant que je l'ai perdue.

— Si tu ne sais pas quoi faire, me conseille Emy avec douceur, demande-toi ce que Mark ferait.

Je passe le reste de la matinée à jouer avec les enfants et à regarder Emy et Logan se chamailler pour un oui ou pour un non. Après le déjeuner, Emy s'enferme dans son bureau pour écrire et Logan lance une rediffusion d'un match à la télé. Je scrute longuement l'écran sans le voir, mes pensées tournées vers Tillie. Quand arrive la mi-temps, commencent à germer dans mon esprit les prémices d'un plan.

Faussant compagnie à Logan, je cours emprunter une feuille et un stylo à sa femme.

— J'en conclus que tu as trouvé ce que ferait Mark ? me demande-t-elle tandis que je me laisse tomber sur sa méridienne.

Pour toute réponse, je hoche la tête et plonge le nez dans le carnet qu'elle vient de me donner. Je ne sais pas encore exactement comment procéder, je ne sais pas non plus si ça va fonctionner, mais une chose est sûre : Tillie vaut la peine que j'essaie.

CHAPITRE 53
Tillie

— Tu t'en sors ?

Cléo pousse la porte de ma chambre universitaire et entre dans la pièce quasiment vide. Elle est venue m'aider à emporter les derniers cartons tandis que Nate et Ryan se chargent de récupérer ses affaires chez Lucas. J'espère secrètement qu'ils en profiteront pour lui casser la gueule, même si j'en doute.

— J'ai presque fini.

Je jette un regard circulaire. Même si la perspective de retrouver mon ancienne coloc et d'emménager chez les garçons ne me déplaît pas, j'ai quand même un petit pincement au cœur en quittant ce refuge où j'avais fini par me sentir chez moi. Je m'étais habituée à vivre seule, à aller en cours à pied et à voir les garçons débouler un soir sur deux pour prendre leur douche dans ma salle de bain microscopique. Je suppose que maintenant ils devront se contenter de la douche des vestiaires…

Attrapant les derniers livres de mon étagère, ceux de Finn évidemment, je les fourre tout au fond d'un carton et entasse par-dessus mes cours de l'année dernière. Ensuite de quoi, je me saisis du gros scotch et ferme le paquet avant d'inscrire DIVERS P.I. sur le côté.

— P.I. ? demande Cléo.

— Pas important.

Elle fronce les sourcils mais s'abstient de tout commentaire, ce dont je lui sais gré.

— Et ça, tu en fais quoi ?

Ma meilleure amie me désigne la fenêtre sur le rebord de laquelle sont posés un carnet rose bonbon et une épaisse enveloppe en kraft que je n'avais pas remarqués jusque-là.

Intriguée, j'attrape le cahier. Il n'est pas seulement rose, il est également recouvert de paillettes et fermé par un cadenas dans lequel est glissée une minuscule clef. Celle-ci émet un léger clic lorsque je la fais pivoter. La première page est à la hauteur de la couverture : couleur PQ et décorée de toutes petites fleurs. Au centre de la feuille, une écriture fine et penchée beaucoup trop familière indique « Journal intime d'Otillie Marshall ».

Qu'est-ce que c'est que ce délire ? Et ça empire à la page deux, entièrement recouverte de cœurs dans lesquels je peux lire des « Mrs Finley Griffin », « Tillie F. Griffin », « T + F » et divers sobriquets du même acabit. Les autres pages sont vides, à l'exception de la dernière, sur laquelle Griffin a collé un Post-it précisant : « *cf.* chapitre 3 ».

Je fronce les sourcils et ouvre l'enveloppe. À l'intérieur, Finn a déposé une copie de son manuscrit. Il y reprend le jour de notre rencontre, mon arrivée catastrophique dans son cours et son fameux « Gardez ça pour votre journal intime », mais dans l'univers de Juliet et Mark, à savoir un cabinet d'avocats.

— Je crois que Griffin est devenu fou, dis-je en tendant le journal et le manuscrit à Cléo.

— Je ne crois pas qu'il soit devenu fou. À mon avis, il cherche surtout à attirer ton attention.

Je suis dubitative, mais la théorie de Cléo se vérifie dès le lendemain matin quand, en cours d'initiation aux nouveaux supports éditoriaux, le professeur Carter me remet une enveloppe dans laquelle je découvre une notice d'utilisation pour la machine à café de la fac et un mot illustré d'un « *cf.* chapitre 13 ». En sortant du cours, je suis ensuite rattrapée dans le couloir par un étudiant de première année qui me tend un gobelet fumant orné d'un Post-it, « Tu vois, ce n'était pas si compliqué », et après le déjeuner, c'est carrément Cléo qui me donne une petite boîte en carton lorsque je la rejoins à la bibliothèque.

— Qu'est-ce que c'est ? chuchote-t-elle en me voyant sortir une tige métallique de l'écrin.

Pour le coup, je n'en suis pas très sûre, mais un coup d'œil au chapitre 20 me met sur la voie.

— Je dirais que c'est un crochet pour forcer une serrure, lui expliqué-je en me retenant de sourire.

— J'aime mieux ne pas savoir…

— Tu as tort, c'est une histoire fabuleuse.

— J'attendrai la sortie du livre.

Je la fusille du regard et elle me tire la langue, pas désolée pour un sou.

Je passe l'heure suivante à réviser. Les examens de mi-semestre approchent, et entre Lockwood, Griffin et mon déménagement, j'ai eu un peu trop tendance à négliger mes cours ces derniers temps. Comme d'habitude, Cléo et moi échangeons nos notes et je m'applique à recopier celles du cours d'écriture créative, dans lequel je n'ai pas remis les pieds depuis ma dispute avec Finn. Tout comme je n'ai plus touché à mon roman depuis que j'ai appris pour la venue de Lockwood. J'ai encore besoin d'un peu de temps pour me remettre avant d'attaquer la dernière ligne droite, mais je suis trop près du but pour m'arrêter maintenant. D'autant que, et ça me fait mal de l'admettre, Finn m'a vraiment aidée à tirer le meilleur de mon histoire.

De son côté, Cléo est plongée dans un ouvrage thématique pour son cours de scénarisation théâtrale, mais en l'observant plus attentivement, je constate que ses yeux sont rivés sur le même paragraphe depuis plusieurs minutes déjà.

— Tu as eu des nouvelles ? demandé-je doucement.

Sa voix tremble légèrement lorsqu'elle me répond :

— Aucune depuis l'autre soir. Les garçons m'ont dit qu'il n'était pas là quand ils y sont allés. Je lui ai envoyé un SMS mais...

Elle hausse les épaules, et ses prunelles brillent d'un éclat humide qu'elle s'applique à chasser d'un battement de paupières.

— Il ne sait pas ce qu'il perd.

J'ai conscience que c'est une phrase vaine, souvent prononcée de manière mécanique, mais en ce qui concerne Cléo et Lucas, elle ne pourrait pas être plus vraie.

— Tant pis pour lui. De toute façon il n'était pas à la hauteur, réplique ma meilleure amie, l'air de chercher à s'en convaincre elle-même. Il n'aurait jamais pu faire un truc aussi mignon.

— Que ?

— Ça !

Le doigt tendu, elle désigne la tige en métal posée près de ma trousse.

— Ça n'a rien de mignon, c'est du harcèlement.

Je proteste pour la forme, mais ça ne m'empêche pas de guetter impatiemment les prochaines références de Griffin.

Celles-ci s'accumulent tout au long de la semaine. Je retrouve notamment une poupée vaudoue à l'effigie de Lockwood déposée dans mon sac pendant mon cours de sport, une copie de ma rédaction (« à photocopier en soixante exemplaires, *cf.* chapitre 15 ») coincée sous mon essuie-glace, un kit de coudières et genouillères (« *cf.* chapitre 29 ») devant chez les garçons, un paquet de céréales rempli de copeaux de chocolat (« *cf.* chapitre 39 ») près de la photocopieuse, une clef de voiture (« *cf.* chapitre 13 ») glissée dans la poche de ma veste, une édition collector d'*Orgueil et Préjugés* (« *cf.* chapitre 21 ») servie à la caféteria, une compilation de Taylor Swift (« *cf.* chapitre 41 ») insérée directement dans mon autoradio, et carrément un plateau de sushis (« *cf.* chapitre 38 ») rapporté le jeudi soir par Nate et Ryan.

Le coup de grâce arrive le vendredi matin lorsque, en passant la porte de la bibliothèque, je découvre une étagère entièrement bâchée sur laquelle est écrit « *cf.* chapitre 41 ».

Oh bon sang… Je sens mes joues s'embraser en repensant aux mains de Griffin agrippées à mes hanches pour mieux me plaquer contre ce rayon, et une délicieuse sensation de chaleur se propage dans tout mon corps. Cet homme a un vrai souci ! Mais il faut croire que je ne suis pas plus saine d'esprit que lui, sinon comment expliquer que je tourne les talons et me dirige à grandes enjambées vers le cours d'écriture créative ?

CHAPITRE 54

Tillie

Il est 8 h 50 lorsque j'atteins le couloir du deuxième étage, mais bien sûr, Griffin est déjà là. Dos à moi, il fouille sa sacoche pour trouver les clefs de la salle, et je profite du fait qu'il ne m'ait pas encore vue pour reprendre mon souffle.

Les autres étudiants me jettent des regards intrigués auxquels je ne réponds pas. J'ignore ce qu'ils se sont figurés à propos de mon absence aux derniers cours mais l'expérience m'a appris que, dans certains cas, mieux vaut garder le silence. Aucun mensonge n'égale jamais l'imagination des curieux.

Je cherche Cléo et la trouve de l'autre côté du couloir, à quelques centimètres seulement de ce tocard de Dylan Muller. Croyant sans doute que mon regard lui était destiné, il m'adresse un sourire mauvais, auquel je réplique en levant mon majeur pile au moment où les yeux de Griffin glissent enfin dans ma direction. Merde. Je referme aussitôt le poing, les joues écarlates. En réponse, il arque un sourcil et je vois sa bouche tressauter, comme s'il se retenait de rire. Dans son dos, Muller ne se donne pas cette peine et je résiste de peu à l'envie de lui jeter ma basket au visage, mais entre ma chance et ma maladresse, mauvaise idée !

Sans mot dire, Griffin ouvre la porte et les élèves commencent à entrer. Mon cœur bat la chamade lorsque j'avance avec le groupe. Je retiens mon souffle en passant près de lui, et un frisson me parcourt tandis que, sans le vouloir, mon corps effleure le sien. Je le sens réagir à mon contact et, par réflexe, je lève les yeux. Quand son regard croise le mien, il m'adresse un sourire discret, l'air à la fois surpris et content de me voir. Et tout à coup je comprends qu'on y est : c'est maintenant, le moment charnière des romances dont il m'a parlé, celui où nous avons tous les deux raison et tort. Ce constat me fait sourire à mon tour. J'ouvre la bouche, prête à dire quelque chose, mais quelqu'un dans mon dos – probablement le rejeton satanique de Griffin – se racle la gorge pour me faire avancer. Ma phrase meurt instantanément sur mes lèvres, remplacée par un soupir exaspéré, et Finn a le culot de ricaner. Mon stylo bille me démange, sauf que j'ignore dans l'œil duquel l'enfoncer en premier. Finn est plus proche, mais ce serait plus satisfaisant avec Dylan...

— Vous comptez rester plantée là toute la journée ?

Je retire ! Mon regard furibond me vaut une œillade amusée tandis que je vais m'installer à ma place habituelle, le plus loin possible du bureau de ma future victime. Je prends tout mon temps pour sortir mes affaires et ne relève le menton que lorsque Griffin entame l'appel. Il nous distribue ensuite une feuille pour l'exercice du jour, et je tressaille en le sentant passer juste derrière moi.

— Je suis ravi de vous revoir, mademoiselle Marshall, souffle-t-il à mon oreille en déposant une copie sur ma table.

Il ne me laisse pas le temps de réagir, repartant déjà en direction des rangées en contrebas, mais quand il se rassied à son bureau, ses yeux balaient la salle et viennent accrocher les miens tandis qu'il nous donne l'énoncé :

— Notez : « Un professeur d'université présente humblement ses excuses à son assistante après s'être comporté comme un imbécile. »

Je ne peux retenir un éclat de rire qui attire tous les regards vers moi, mais un seul compte à cet instant. Est-ce que le terrifiant professeur Griffin vient réellement de me présenter des excuses devant toute la classe ? Je crois que je suis passée dans un univers parallèle. Finley Griffin ne présente pas *humblement* ses excuses. Et il les présente encore moins *publiquement*.

— Vous comptez vous mettre au travail, ou vous espérez que vos textes vont s'écrire d'eux-mêmes ?

La voix cassante de Griffin fait sursauter toute la classe et le monde se remet soudain à l'endroit. La tête baissée, je cache un nouvel éclat de rire derrière ma feuille et attrape mon stylo.

Quand la demi-heure octroyée par Griffin touche à son terme, je m'arrange pour être la dernière à déposer ma copie devant lui. Finn la parcourt très rapidement du regard puis se tourne vers Dylan, qui traîne des pieds pour entendre notre conversation.

— Muller, ordonne-t-il sèchement, fermez la porte en sortant.

Dylan marmonne dans sa barbe avant de quitter la pièce. Une fois seuls, Finn penche la tête sur le côté, un sourire canaille aux lèvres.

— Des excuses torrides au sortir d'un taxi, hein ? C'est tout ce que tu as trouvé ?

— Au départ, je me suis dit que le professeur en question pourrait harceler son assistante avec des tas de références à leur histoire commune, mais ça aurait été beaucoup trop fleur bleue. On n'est pas dans une de tes romances...

— Bien sûr que non, sinon je me serais déjà levé pour m'approcher de toi, un peu comme ça...

Il joint le geste à la parole, venant s'appuyer contre son bureau, à quelques centimètres seulement de moi.

— Voilà qui manque cruellement d'originalité !

— Tu l'as dit toi-même, le trope prof/élève n'est pas original.

— C'est vrai, les héros finissent toujours par s'envoyer en l'air sur le bureau alors que tous les étudiants attendent derrière la porte.

Je ponctue ma remarque d'un sourire innocent et note avec satisfaction que les doigts de Griffin agrippent le meuble avec plus de force.

— Pour une fille qui prétend ne pas aimer la romance, je te trouve bien renseignée.

— J'ai eu un excellent professeur.

— Oh, quelle réponse originale, je suis bluffé.

Je me mords la lèvre pour ne pas rire.

— Tu veux voir ce qu'il m'a appris d'autre ?

Griffin déglutit tandis que je franchis le mince espace entre nous, et ses mains lâchent le bureau pour venir se poser sur mes hanches. Je me dresse sur la pointe des pieds pour atteindre ses lèvres, mais au dernier moment, il me retient :

— Ce soir-là, dans mon bureau, tu as dit que...

— Je suis désolée si je suis allée trop loin.

— Non, tu avais raison. Quand j'ai commencé mon manuscrit, je n'avais pas vraiment conscience de ce que je faisais. Il fallait que j'écrive, mais chaque fois que je réfléchissais à mon texte, c'est ton visage que je voyais. Et puis il y a eu cette soirée au bar, lorsque je t'ai parlé de mon premier roman et de comment j'avais reconstruit ma fausse relation pour en faire un livre. En rentrant, j'ai décidé d'écrire la romance que je ne pensais pas pouvoir m'autoriser à vivre. Je n'ai compris que ça pouvait te blesser que plus tard, quand tu m'as dit qu'il y avait une différence entre s'inspirer d'une histoire et la reprendre à son compte. C'est là que j'ai pris conscience que j'avais merdé. J'ai voulu te le dire, mais avant que j'aie pu le faire, tu as appris la venue de Lockwood et tout s'est emballé. J'ai été con. Et je suis vraiment désolé. Mais Tillie, ce que tu as dit en découvrant mon manuscrit, c'est faux. Je ne t'ai pas utilisée pour trouver l'inspiration. J'ai écrit ce roman parce que je ne pouvais pas faire autrement. Parce que je suis fou de toi. Et que depuis que tu as déboulé dans ma vie je n'ai qu'une envie, c'est faire tomber le reste du monde aussi amoureux de toi que je le suis.

Ses yeux se rivent aux miens, et l'intensité de ce que j'y lis me fait presque autant chavirer que ses paroles. Incapable de soutenir son regard plus longtemps, je me racle la gorge.

— Après un discours pareil, c'est de Mark que les gens vont tomber amoureux.

— Tu crois ?

— Non. Je crois que les gens vont tomber amoureux de lui bien avant, en tout cas, c'est ce qu'il s'est passé pour moi.

Il penche la tête sur le côté, et sa bouche s'étire pour former le sourire narquois auquel je ne peux plus résister.

— Bien avant, hein ?

— Une chance pour toi, sinon ton pèlerinage mémoriel tordu n'aurait eu aucun effet.

— Ça n'avait rien de tordu, c'était parfaitement calculé. La preuve, j'ai réussi à te faire venir ce matin.

— Hmm, et par curiosité, qu'est-ce que tu aurais fait si je n'étais pas venue ?

— Je leur aurais fait faire une rédaction et je t'aurais laissée corriger la copie de Muller.

— Quoi ? Et c'est maintenant que tu me le dis ? Mais ça change tout. Oublie ce que je viens de te dire. Lâche-moi, il faut que je sorte d'ici.

Je me débats pour échapper à sa prise, mais il est beaucoup plus fort que moi et me plaque sans mal contre son torse. Je hume à pleins poumons son odeur chaude et musquée, comprenant une fois de plus à quel point il m'a manqué ces dernières semaines. Et je cesse de lutter, m'abandonnant totalement à son étreinte. Nouant mes bras autour de sa nuque, je me dresse de nouveau sur la pointe des pieds et, cette fois, il ne m'interrompt pas quand mes lèvres partent à la recherche des siennes.

ÉPILOGUE
Finn

— C'est un petit chien ?

Vu la brutalité avec laquelle Tillie secoue son cadeau, s'il y avait un chien à l'intérieur, il serait mort à l'heure actuelle.

— Un petit chien ? Dans l'appartement ? s'insurge Ryan. Tu plaisantes, j'espère ?

— Tu as quelque chose contre les chiens, Prewett ?

— Pas du tout, coach.

Je ricane en voyant mon gardien se ratatiner sur son siège. Ça fait bientôt deux mois que Tillie a emménagé avec ses amis mais c'est la première fois que je mets les pieds dans leur appartement, du moins en leur présence. D'ordinaire, je fais tout mon possible pour limiter mes interactions avec eux, toutefois, pour l'anniversaire de Tillie, je n'ai pas eu d'autre choix que de venir.

— Ça te ferait un copain pour jouer ! proteste Tillie en déchirant énergiquement l'emballage sur lequel j'ai passé près d'une heure.

— J'ai assez d'amis, merci.

Elle lui tire la langue et lui jette une boule de papier froissée. Il la saisit au vol et la lance à Nate. Ce dernier la fait rebondir sur son genou, puis la balle improvisée traverse le salon pour atterrir dans la corbeille à l'autre bout de la pièce.

— Bien joué !

— Merci, coach.

— *Merci, coach*, marmonne Prewett dans sa barbe.

Il s'imagine sûrement que personne ne l'entend, et je résiste mal à l'envie de lui envoyer une pique. Tillie n'a besoin que d'un regard dans ma direction pour comprendre mon intention. Ses sourcils se froncent aussitôt. Le message est clair, je n'ai pas intérêt à oublier la promesse que je lui ai faite lorsqu'elle m'a invité :

— *Je veux qu'ils t'aiment !* a-t-elle insisté, *alors tiens-toi correctement.*

— *Ils m'adorent déjà. Souviens-toi qu'à leurs yeux je suis une sorte de dieu.*

— *Je me fiche qu'ils t'apprécient en tant que coach, ce que je veux c'est qu'ils t'apprécient en tant que petit ami.*

— *Es-tu en train de suggérer que je devrais coucher avec eux ?*

— *Quoi ? Mais pas du tout !*

— *C'est pourtant comme ça que tu en es venue à m'apprécier en tant que petit ami.*

— *Absolument pas.*

— *Bien sûr que si, ça et mon énooorme bureau.*

— *Je ne veux pas que... laisse tomber !*

— *Non, attends. Est-ce que tu penses qu'ils aimeraient que je...*

— *Chut. Ne prononce pas un mot de plus !* s'est-elle écriée en plaquant une main sur ma bouche.

Sans me dégager, je l'ai attirée contre moi et j'ai cherché à l'embrasser, ce qu'elle n'a consenti à faire qu'après avoir obtenu ma promesse solennelle que je serais gentil avec ses amis. C'est pour cette raison qu'au lieu de rabrouer Prewett, je préfère reporter mon attention sur le cadeau que Tillie achève juste de déballer. Quand elle découvre le manuscrit, elle redresse brusquement la tête, un grand sourire aux lèvres.

— C'est ton tout premier roman ? Je croyais que personne ne l'avait jamais lu.

— Et je compte sur toi pour que ça continue comme ça, alors si tu t'amuses à le partager avec qui que ce soit...

— Je n'ai pas l'intention de le partager, c'est mon cadeau !

Et la voilà qui serre mes élucubrations d'adolescent dans ses bras, comme une enfant le ferait avec une peluche. Je me retiens de sourire, un peu trop conscient de la présence de ses amis autour de nous. J'ai beau prendre un malin plaisir à tourmenter mes joueurs, j'ai moi-même encore du mal à laisser complètement tomber le masque du professeur sévère lorsque je suis avec eux. Même si je dois reconnaître que plus la journée avance, et plus il m'est facile de me détendre. Surtout quand Nate et Ryan lancent un jeu vidéo et que Tillie en profite pour passer sa main dans ma nuque.

Un frisson d'excitation familier me parcourt l'échine et j'en oublierais presque que nous ne sommes pas seuls... Quand je lui jette un regard en coin, je constate que cette petite peste sourit, tout à fait consciente de l'effet qu'elle a sur moi.

— Je peux savoir à quoi tu joues ? demandé-je dans un chuchotis qu'elle est la seule à entendre.

— À rien, répond-elle innocemment, sans cesser d'effleurer ma nuque de la pointe de son index. Je me disais seulement que Cléo risque encore de passer la nuit chez son mystérieux copain...

D'un geste du menton, elle désigne sa meilleure amie assise en tailleur sur un affreux pouf en velours jaune. Ça fait au moins vingt minutes que cette dernière ne s'intéresse plus à nous. Elle pianote à toute allure sur son portable, et semble complètement absorbée par sa conversation.

— Intéressant, commenté-je en veillant à garder une respiration régulière, malgré l'excitation que provoque sa caresse sur ma peau. Mais mon appartement est plus proche de l'aéroport.

À ces mots, un large sourire éclaire son visage, le même qu'elle arbore chaque fois qu'il est question de notre départ à New York. En vérité, l'aéroport n'est qu'un prétexte, j'ai une autre raison de vouloir la ramener chez moi ce soir et elle n'a rien à voir avec notre voyage.

Tillie doit le deviner car elle n'insiste pas et se contente d'aller préparer ses bagages pour demain. Une demi-heure plus tard, nous sommes installés à l'arrière d'un taxi, son énorme valise soigneusement rangée dans le coffre.

— Tu avais vraiment besoin de prendre autant d'affaires ?

— Évidemment, imagine que ton éditeur nous propose de déjeuner avec lui, je ne peux quand même pas me pointer en jean et Converse.

— *Notre* éditeur, corrigé-je, ce qui lui arrache un nouveau sourire.

Je souris aussi et fais mine de ne pas avoir remarqué que près de la moitié de ses bagages sont remplis par ces livres aux couvertures sulfureuses qu'elle ne supportait pas il y a encore quelques mois. J'aurai tout le temps de la taquiner une fois que nous serons arrivés à New York.

Quand elle se pelotonne contre moi, je ne peux pas résister à l'envie de me pencher pour l'embrasser. Elle me rend mon baiser avec ferveur et le goût de ses lèvres me donne envie de plus. Plus de baisers, plus de passion, plus d'elle tout entière.

Mais Tillie a autre chose en tête. Quand elle recule, je réprime difficilement un grognement de dépit, et plus encore lorsque je la vois sortir son portable et brancher ses écouteurs. Elle m'en tend un et je l'enfonce de mauvaise grâce dans mon oreille.

Depuis que j'ai rendu mon manuscrit à Rolling – une semaine à peine avant la fin de ma deadline –, Tillie profite de chaque occasion pour me faire écouter ses chansons favorites de Taylor Swift, bien décidée à choisir elle-même le titre de mon roman. Les morceaux défilent et je suis à deux doigts de sauter par la fenêtre de la voiture quand elle se met tout à coup à pépier d'excitation, ce qui n'a malheureusement rien à voir avec la main que j'ai posée sur sa cuisse.

— C'est celle-là ! s'exclame-t-elle.

Je lève un sourcil dubitatif, préférant la laisser penser que j'hésite plutôt que de reconnaître que je n'écoute plus rien depuis au moins trois chansons. Elle soupire et remet le morceau au début. Je m'efforce de focaliser mon attention sur les paroles, et quand arrive le refrain, je suis obligé d'admettre qu'effectivement le titre correspond assez bien à mon livre.

— On a trouvé ! annonce-t-elle triomphante en voyant une ébauche de sourire poindre sur mes lèvres.

Je hoche la tête, autant par conviction que pour mettre fin à cette écoute infernale. Profitant de ce moment ô combien sacré, je l'attire de nouveau vers moi pour plaquer ma bouche contre la sienne.

La présence du chauffeur de taxi m'empêche de me montrer plus entreprenant, mais je me rattrape sitôt la porte de mon appartement franchie, et cette fois je ne m'arrête pas avant d'avoir pu offrir à Tillie un deuxième cadeau d'anniversaire largement à la hauteur du premier.

Plus tard, alors que nous sommes tous deux allongés sur mon canapé – le lit était trop loin –, je me détache doucement des bras de Tillie pour aller fouiller mon bureau. Elle se redresse sur un coude, et comme toujours, je suis soufflé par la beauté de son corps nu, de ses cheveux épais et soyeux et de ses yeux qui me suivent à travers la pièce, encore brillants de plaisir.

— Qu'est-ce que tu cherches ?

En guise de réponse, je m'empare d'une feuille soigneusement pliée sur laquelle j'ai collé un ruban doré.

— Cette fois c'est sûr, c'est un petit chien !

— C'est quoi cette obsession pour les petits chiens ?

— Tu préférais quand je te harcelais pour corri… Oh bon sang !

Elle se relève si brusquement qu'elle manque de s'écraser contre la table basse. Au lieu de remercier mes incroyables réflexes qui viennent de lui sauver la vie, elle me repousse vivement et se saisit de la copie que je tiens toujours à la main.

— Tu ne veux pas t'habiller avant de...

— Chut ! siffle-t-elle en m'arrêtant d'un doigt. Donne-moi plutôt un stylo et laisse-moi travailler !

Je lève les yeux au ciel et retourne vers mon bureau tandis qu'elle poursuit sa lecture à grand renfort de commentaires sur le style de Muller qui « ne casse pas trois pattes à un canard » et « est aussi lourd que son ego ». Ce n'est peut-être pas très *fair-play* de ma part de l'autoriser à corriger la copie de son pire ennemi... Mais pour accéder au rang de meilleur petit ami de tous les temps, je sacrifie bien volontiers Muller.

Je mets enfin la main sur mon feutre rouge quand je l'entends pousser un cri étranglé dans mon dos :

— Oh, mon Dieu ! s'exclame-t-elle en scrutant la feuille comme si elle venait de la mordre. Je crois que Cléo sort avec Dylan !

REMERCIEMENTS
Long Story Short

Il faut que je vous fasse un aveu – de toute façon, il y a déjà tant de moi dans cet ouvrage que je ne suis plus à une confidence près –, alors voilà : il n'y a pas si longtemps, je ne lisais jamais les pages de remerciements. Une fois le roman fini, je reposais le livre et j'en commençais un autre, tout simplement. Puis j'ai découvert la New Romance®, et avec elle, des histoires que j'ai tellement aimées que je serais allée jusqu'à lire la liste des courses des auteurs rien que pour prolonger encore un peu ma lecture.

Tillie, Finn, Ryan, Nate, Cléo et même ce « tocard de Dylan Muller » n'auraient jamais existé sans le soutien de certaines personnes.

Anna Shaw, la meilleure des amies, sans qui ce roman n'aurait même pas été un brouillon dans un carnet. Merci pour *C.S.P.E.R.D.B.D.L.A.*, les quelques milliers d'heures de conversations téléphonique, les défis d'écriture débiles dans lesquels tu m'as entraînée, les rendez-vous Starbucks, les conseils, les éclats de rire, les coups de pied aux fesses, ton entêtement à vouloir m'inscrire sur Fyctia, et ce pari complètement idiot qui est à l'origine de toute cette histoire.

Élodie, que je connais si peu, et qui compte déjà tant. Merci pour les heures que tu as passées sur ce texte, je ne sais pas si j'aurais tenu les délais sans toi. (En fait, je sais que je ne les aurais pas tenus.)

La super Team #Fyctiadrama : Poppy, Céline, Justine, Emeline, Enola, Jessy pour leur soutien indéfectible, et le don de voyance de certaines. Cette aventure n'aurait pas été la même sans vous. Je sais que je vous l'ai dit beaucoup virtuellement, mais comme ça c'est officiel !

Diane, mi-bébé mi-T-rex, sans qui ce livre aurait sans doute été terminé beaucoup plus vite.

Ma famille, mes parents (merci de ne pas lire ce livre !), mes sœurs (merci d'avoir lu ce livre), et mon frère (sais-tu au moins qu'il y a un livre ?).

Ugo, qui cache son visage quand il dort : c'est ce qui te rend spécial pour moi.

Merci à l'équipe d'Hugo New Romance, à l'équipe Fyctia et plus particulièrement à Marie, pour tes huit pages de corrections terrifiantes, et l'incroyable travail que tu as fourni sur ce texte. Tu n'imagines pas à quel point je te suis reconnaissante de m'avoir laissé ma chance !

Merci aussi, en vrac et dans le désordre, à Nous les lecteurs (pour être une source de bonne humeur quotidienne) Lyson des livres & Cybelleslettres (pour avoir accidentellement égayé mon jeudi soir), Labookineriedelorenzo (pour ta lecture assidue des trois premiers chapitres. De toute façon, la suite est réservée aux grandes personnes !), Alex Enrose (pour m'avoir rassurée pendant la dernière ligne droite), F. V. Estyer, Maloria Cassis, Alexiane Thill, Kalypso Caldin, Laura S. Wild, Delinda Dane, Gaïa Alexia, Fanny Myjany, Laurence Chevallier, Les jolies lectures, Linh Wells, L'intensité des mots, Millmaybook, Nanous Books, et Viens on lit pour avoir contribué à rendre cette aventure extraordinaire !

Toujours en vrac et dans le désordre, merci à Lise, Julia, Minap, 40books, Mauranne, Audrey, Herja, Stacy Henrion, Eva Boh, Vanessa S., Maroussia, Jo Mack, Johanna D., Mariebookfan14, Sarah C., Anne-Estelle, Daphnée Wood, Cedermo, Azélia Charin et tous les lecteurs Fyctia qui, sans même s'en rendre compte, ont participé à faire vivre mon rêve.

Quant à vous, qui découvrez Tillie et Finn pour la première fois, merci infiniment pour la confiance que vous m'avez accordée en choisissant de lire cette histoire, j'espère que vous avez passé un agréable voyage, il est 8 h 07 heure locale, la température extérieure est de 37 °C et je vous aime tous très fort !

Vous n'êtes pas partis ? D'accord, on continue :
- Chocolat blanc
- Saumon fumé
- Avocat
- Ice Tea
- Nectarines
- Melon
- Croquettes pour Garrigue
- Grenadine

Imprimé en France par CPI
en octobre 2023

N° d'impression : 3054833